大陸横断

「つっ、かれ、たぁ～……」
注文を終えると喫茶『パレント』のテーブルに
八雲が突っ伏した。
二つのテーブルをくっつけた席には
年若い少女たちが集まっていた。

異世界はスマートフォンとともに。25

冬原パトラ illustration■兎塚エイジ

キャラクター紹介

望《もち》月《づき》冬《とう》夜《や》

神様のミスで異世界へ行くことになった高校一年生（登場時）。基本的にはあまり騒がず、流れに身を任すタイプ。無意識に空気を読まず、さらりとひどい事をする。無尽蔵の魔力、全属性持ち、無属性魔法を使い放題と、神様効果でいろいろ規格外。ブリュンヒルド公国国王。

ユミナ・エルネア・ベルファスト

ベルファスト王国王女。12歳（登場時）。右が碧、左が翠のオッドアイ。人の本質を見抜く魔眼持ち。風、土、闇の三属性を持つ。弓矢が得意。冬夜に一目惚れし、強引に押しかけてきた。冬夜のお嫁さん。

エルゼ・シルエスカ

冬夜が助けた双子姉妹の姉。両手にガントレットを装備し、拳で戦う武闘士。ストレートな性格でサバサバしている。身体強化の無属性魔法【ブースト】が使える。辛いもの好き。冬夜のお嫁さん。

リンゼ・シルエスカ

双子姉妹の妹。火、水、光の三属性持ちの魔法使い。光属性はあまり得意ではない。どちらかというと人見知りで、おしゃべりが苦手。しかし時には大胆。甘いもの好き。冬夜のお嫁さん。

九重《ここのえ》八重《やえ》

日本に似た遠い東の国、イーシェンから来た侍娘。ござる言葉を使い、人一倍よく食べる。真面目な性格なのだが、どこかズレているところも。実家は剣術道場で流派は九重真鳴流《ここのえしんめいりゅう》という。隠れ巨乳。冬夜のお嫁さん。

ルーシア・レア・レグルス

愛称はルー。レグルス帝国第三皇女。ユミナと同じ年齢。帝国反乱事件の時に冬夜に助けられて一目惚れする。双剣の使い手。ユミナと仲が良い。料理の才能がある。冬夜のお嫁さん。

スゥシィ・エルネア・オルトリンデ

愛称はスゥ。10歳（登場時）。刺客に襲われているところを冬夜たちに助けられる。ベルファスト国王の姪。ユミナの従姉妹《いとこ》。天真爛漫で好奇心が旺盛。冬夜のお嫁さん。

ヒルデガルド・ミナス・レスティア

愛称はヒルダ。レスティア騎士王国の第一王女。剣技に長け、「姫騎士」と呼ばれる。フレイズに襲われていたところを冬夜に助けられ、一目惚れする。テンパるとかなりどもるくせがある。八重と仲が良い。冬夜のお嫁さん。

リーン

元・妖精族の長。現在はブリュンヒルドの宮廷魔術師（暫定）。見た目は幼いが長い年月を生きている。自称612歳。魔法の天才。人をからかうのが好き。闇属性魔法以外の六属性持ち。冬夜のお嫁さん。

桜《さくら》

冬夜がイーシェンで拾った少女。記憶を失っていたが取り戻した。本名はファルネーゼ・フォルネウス。魔王国ゼノアスの魔王の娘。頭に自由に出せる角が生えている。あまり感情を出さないが、歌が上手く、音楽が大好き。冬夜のお嫁さん。

ポーラ

リーンが【プログラム】で作り上げた、生きているかのように動くクマのぬいぐるみ。200年もの間改良を重ね、動き続けている。その動きはかなりの演技派俳優並。ポーラ……恐ろしい子！

冬夜の召喚獣・その一。白帝と呼ばれる西方と大道の守護者にして獣の王。神獣。普段は虎の子供のサイズで目立たないようにしている。

冬夜の召喚獣・その二。二匹でワンセット。玄帝と呼ばれる神獣。鱗の王。水を操ることができる。珊瑚が亀、黒曜が蛇。

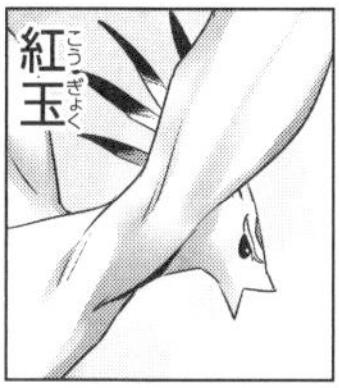

冬夜の召喚獣・その三。炎帝と呼ばれる神獣。鳥の王。落ち着いた性格だが、その外見は派手。炎を操る。

冬夜の召喚獣・その四。蒼帝と呼ばれる神獣。青き竜の王。皮肉屋で琥珀と仲が悪い。全ての竜を従える。

正体は恋愛神。冬夜の姉を名乗る。天界から逃げた従属神を捕獲するという大義名分の名のもとに、ブリュンヒルドに居座った。語尾に「〜なのよ」とつく。けっこうぐうたら。

正体は剣神。冬夜の二番目の姉を名乗る。ブリュンヒルド騎士団の剣術顧問に就任。凛々しい性格だが少々天然。剣を持たせたら敵うもの無し。

バビロンの遺産、『庭園』の管理人。愛称はシェスカ。メイド服を着用。機体ナンバー23。口を開けばエロジョーク。

バビロンの遺産、『工房』の管理人。愛称はロゼッタ。作業着を着用。機体ナンバー27。バビロン開発請負人。

バビロンの遺産、『錬金棟』の管理人。愛称はフローラ。ナース服を着用。機体ナンバー21。爆乳ナース。

バビロンの遺産、『格納庫』の管理人。愛称はモニカ。迷彩服を着用。機体ナンバー28。口の悪いちびっ子。

バビロンの遺産、『城壁』の管理人。愛称はリオラ。ブレザーを着用。機体ナンバー20。バビロンナンバーズで一番年上。バビロン博士の夜の相手も務めていた。男性は未経験。

バビロンの遺産、『塔』の管理人。愛称はノエル。ジャージを着用。機体ナンバー25。とにかく寝てる。食べては寝る。基本的にものぐさで面倒くさがり。

バビロンの遺産、『図書館』の管理人。愛称はファム。セーラー服を着用。機体ナンバー24。活字中毒者。読書の邪魔をされるのを嫌う。

バビロンの遺産、『蔵』の管理人。愛称はパルシェ。巫女装束を着用。機体ナンバー26。ドジっ娘。しかもその自覚がない。うっかり系のミスが多い。よく転ぶ。

バビロンの遺産、『研究所』の管理人。愛称はティカ。白衣を着用。機体ナンバー22。バビロン博士及び、ナンバーズのメンテナンスを担当。激しく幼女趣味。

古代の天才博士にして変態。空中要塞『バビロン』や様々なアーティファクトを生み出した。全属性持ち。機体ナンバー29の身体に脳移植をして、五千年の時を経て甦った。

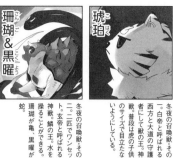

異世界はスマートフォンとともに。
世界地図

パレリウス王国
魔王国ゼノアス
王都ゼノスカル
パルーフ王国
エルフラウ王国
王都スラーニエン
リーニエ王国
王都ニムエ
ハノック王国
王都ハノークス
ノキア王国
ユーロン地方
神国イーシェン
レグルス帝国
帝都ガラリア
ベルファスト王国
王都アレフィス
ブリュンヒルド公国
ロードメア連邦
首都パネラメア
王都ファルマ
ホルン王国
フェルゼン王国
リフレットの町
聖都イスラ
ラミッシュ教国
ミスミド王国
王都ベルジュ
王都アトライル
ライル王国
王都レスティン
大樹海
騎士王国レスティア
ドラゴネス島
サンドラ王国
王都キュレイ
レトラバンバ
イグレット王国
新世界

前巻までのあらすじ。

神様特製のスマートフォンを持ち、異世界へとやってきた少年・望月冬夜。二つの世界を巻き込み、繰り広げられた邪神との戦いは終りを告げた。彼はその功績を世界神に認められ、一つとなった両世界の管理者として生きることになった。一見平和が訪れた世界。だが、騒動の種は尽きることなく、世界の管理者となった彼をさらに巻き込んでいく……。

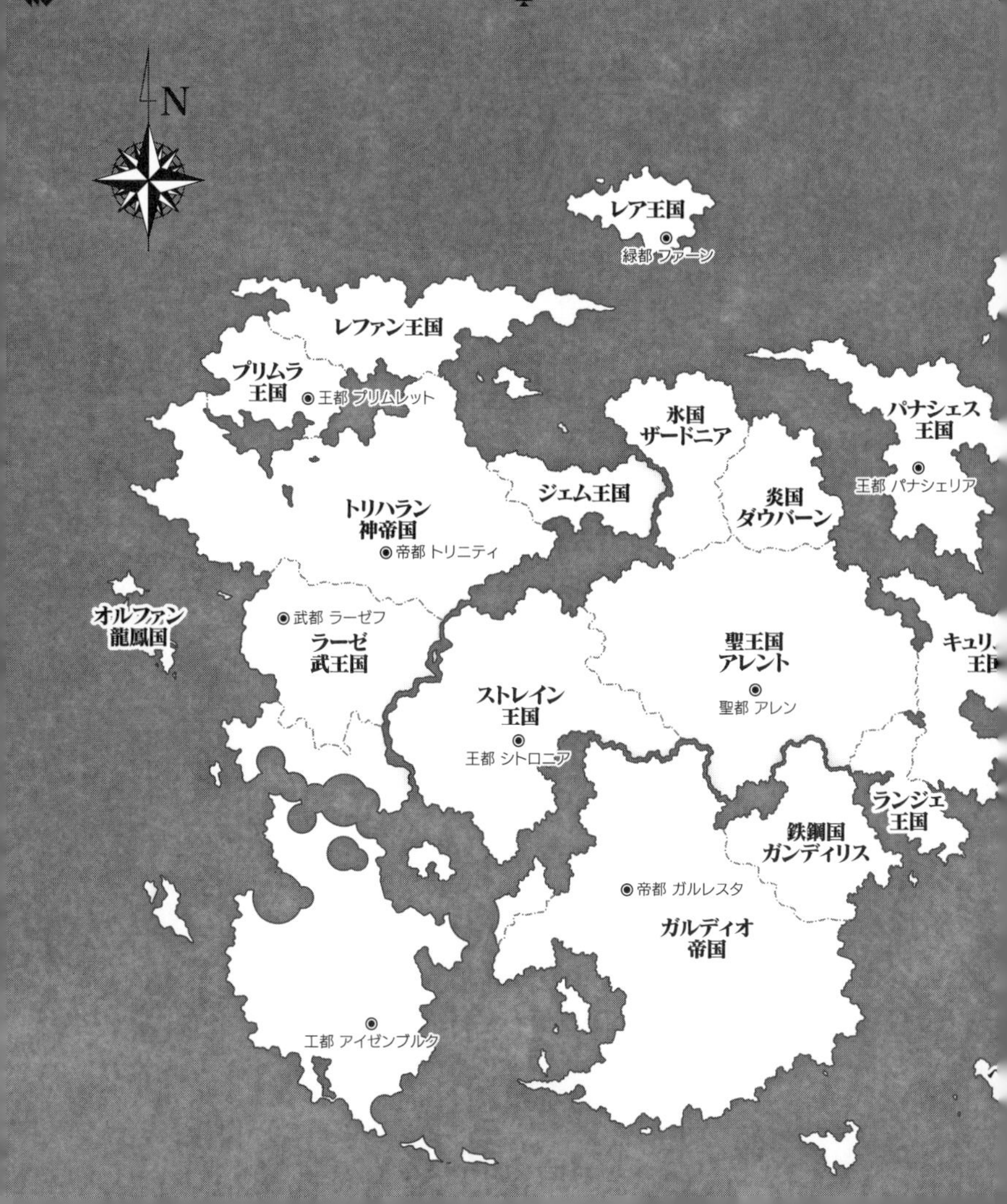

口絵・本文イラスト　兎塚エイジ
メカデザイン・イラスト　小笠原智史

第一章　異世界の車窓から

「おとーさん、見て見て！」

「待ってよ、リンネ！」

昼下がり、高坂《こうさか》さんから回された仕事を一段落させ、バルコニーでお茶を飲んでいると、部屋の奥《おく》からリンネとエルナの二人が駆《か》けるようにやってきた。

二人ともいつもの服装ではなく、メイドさんの格好をしている。なんだなんだ、どした？

「まあ、かわいい！　似合いますね！」

「うむ。かわいいのじゃ。よく似合っておるのう」

一緒《いっしょ》にいたユミナとスゥが手放しで褒《ほ》めちぎる。

かわいいだって？　そんな言葉では言い表せないくらいだ！　この気持ちを言葉にするならば、

「おとーさん、どう？　これ」

「ちょーかわいい」

くそっ、頭の悪そうな返しになってしまった。まあいい。事実だ。あ、かわいいって方ね。頭の方じゃないよ？

「こほん。どうしたんだ、その服。リンゼのお手製かい？」

「うん。レネさんの仕事を手伝うって言ったらリンゼお母さんが作ってくれたの。ぱぱぱって」

僕《ぼく》の質問にエルナが答えてくれた。ぱぱぱっとですか……。おそらく本当に数分で作っちゃったんだろうなぁ。リンゼの裁縫《さいほう》技術は今や神レベルだ。いや、実際に神がかっているのだけれども。

しかし、メイドのレネの手伝い？　まあ確かに歳《とし》が近いし、仲良くなってもおかしくはないけど……。

レネはいま十か、十一歳だったか？

「子供の頃《ころ》のレネさんと一緒に働くって変な感じ」

「うん。まるで別人だもんね」

「え、そうなのか？」

そうか、二人の知るレネは十数年後のレネなんだ。成長期を過ぎる前と後では姿もそりゃあ違《ちが》うだろう。

「うーんと、どっちかといえば性格……？　私たちの知ってるレネさんは、完璧《かんぺき》なメイドさんだから。私たちの礼儀《れいぎ》作法の先生もしてるの」

「なに⁉　あのレネがか⁉」

驚《おどろ》いたような声を上げるスゥ。『スゥ姉ちゃん』と呼ばせて姉貴風を吹《ふ》かせていた妹分の未来を信じられないようだ。

まあ、気持ちはわかる。僕もあの『冬夜《とうや》兄ちゃん』と呼んでいたレネが、そんなパーフェクトメイドになるなんてちょっと信じられないからな。

「レネさんはなんでもできるんだよ。料理も裁縫も戦闘《せんとう》も礼儀作法も一流なんだ。ちょっと私たちに厳し過ぎるけど」

「なるほど。厳しいからこそレネが教育係なのですね」

納得《なっとく》したようにユミナが頷《うなず》く。

「リンネは作法の勉強をよくサボるから怒《おこ》られていただけ。レネさんは優《やさ》しいよ」

「むうー」

姉エルナの指摘《してき》に妹リンネが膨《ふく》れる。微笑《ほほえ》ましい光景に僕らが和《なご》んでいると、部屋のドアを開けてその当人レネが顔を出した。

「あの、こっちにエルナちゃんとリンネちゃんがいませんか？」

レネには二人は僕の親戚《しんせき》だと言ってある。【ミラージュ】が付与《ふよ》されたバッジ（今はブローチになっているが）で姿も普通《ふつう》の子供に見えているはずだ。僕らを『お父さん』『お母さん』呼びするのも、昔からのあだ名みたいに言っといたし。

「二人ともメイド長が待ってるよ。早く行こう？」

「あ、いけない！　行こっ、エルナお姉ちゃん！」

「うん。じゃあお父さん、お母さんたち、行ってきます」

「あっ、ちょい待ち。写真撮《と》らせて！」

踵《きびす》を返して走り出そうとするリンネたちに向けて僕は声をかけた。こんな貴重なショット、見逃《みのが》せるもんか。いそいそと懐《ふところ》からスマホを取り出す。

「あっ、そうだ。レネさんも入って！」

「ええ!?」

驚くレネを有無《うむ》を言わせず引き寄せて、両サイドを固めるエルナとリンネ。はい、そのままー……。

パシャリとシャッターを切る。うん、いいスリーショットなんじゃないかな。

「それ、あとで送ってね！」

そう言い残し、三人は慌《あわ》ただしくバタバタと部屋を出て行った。まるでつむじ風だな。

「あのレネがのう……。時の流れというものは人を変えるのじゃな……」

スゥが感慨深《かんがいぶか》そうにお茶に口をつける。

「確かにそれもあるのかもしれないけど、もともとレネは真面目なしっかり者だし、努力家だからね。一流メイドの素質はあったんだと思うよ」

『環境《かんきょう》が人を作る』とはよく言うけど、うちがこんな環境だからなあ。メイドの技術も戦闘術も、師匠《ししょう》になれる人がそこらにいるからさ。普通に神様たちが歩いているからね。

レネもなんらかの神々の加護を得てるんじゃないだろうか。耕助叔父《こうすけおじ》あたりの。よく畑の世話を一緒にしているって聞いたし。

「しかし羨《うらや》ましいですね……。はぁ……私たちの子供はいつやって来るのやら……」

ユミナが深いため息をつく。来てないのは八重《やえ》も同じだが、八重の子供、八雲《やくも》は目撃《もくげき》情報がいくつかある。まったく捉《とら》えられないのはユミナとスゥの子供、僕の子供の下から一番目と二番目の子供だけだ。

「いや、ユミナ姉様。子供たちの会話からすると、もうすでに来ている可能性が高いらしいぞ」

「え!?　じゃあなんで私たちに会いに来ないんですか!?」

「わらわに聞かれてものう……。来たくない理由があるのか、それともなにかに巻き込《こ》まれているのか……」

来たくない理由ってなにさ……。『お父さん嫌《きら》い』ってのだけは勘弁《かんべん》して下さい。

「冬夜さん、【リコール】で子供たちから記憶《きおく》もらって捜《さが》せないんですか？」

「うーん、それ時江《ときえ》おばあちゃんに禁止されてるからなぁ……。子供たちは全員無事にここに集まるから心配無用、って言われた」

【リコール】は相手の記憶を譲《ゆず》ってもらう魔法《まほう》だ。それを使って姿形を知りさえすれば、あとは【サーチ】で捜せるのだろうけど。

「私とスゥの子供のどちらかは男の子なんですよね。遊びに夢中で帰るのを忘れているのでは……」

「ううむ。あり得るのう。しかしアリスの話だと、歳の割にはしっかりした男子《おのこ》らしいぞ、久遠《くおん》は。遊《あそ》び呆《ほう》けて、ということはないのではないかの」

「では余計な災難に巻き込まれているとか？」

「冬夜の息子《むすこ》じゃ。それは充分《じゅうぶん》にあり得るのう……」

「おいおい」

勝手なこと言うなや。そもそもその子の母親は君らのどちらかでしょうが。

「まあ、考えていたって仕方がない。僕らは待つしかないよ」

「そうですね。ところで冬夜さん、さっきの写真、私にも下さい」

「あっ、わらわもじゃ」

「はいはい」

僕は先ほど撮った写真を二人に送信した。子供たちが来てから写真も増えてきたな。みんなにも見てもらいたいから写真を共有するアプリの方にも送っておく。

「今日は他の子たちは？」

「フレイはいつものようにヒルダさんや八重さんたちと訓練場の方に。アーシアもルーさんと厨房《ちゅうぼう》で昼食の用意をしています。ヨシノとクーンはバビロンにいるはずですけど」

クーンはわかるけど、ヨシノもバビロンに？　なんか用事でもあったか？

少々気になったので、僕も行ってみることにした。

クーンなら『工房《こうぼう》』にいるだろうと思い行ってみると、意外なことにヨシノもそこにいた。

クーンが組み立てている作業用装備型ゴレム、『アームドギア』の横で、『工房』のツールを使い、なにやら作っていた。

「あ、とうさま」

「なに作ってるんだ？」

「楽器だよ。ほら」

ヨシノが僕に差し出したそれは小さな箱に金属の細長い板が何個も取り付けられているものだった。これが楽器？

真ん中にギターのように穴が空いており、金属の板は規則正しくV字形に並んでいた。どこかで見たような気もするけど……。

金属の板を押《お》してみるとなかなかに固く、特に音は鳴らない。これどうやって演奏するんだ？

「ああ、押すんじゃないの。弾《はじ》くんだよ」

「弾く？」

言われた通り爪《つめ》の先で下に弾くと、ピィン、と澄《す》んだ音色が響《ひび》いた。なるほど、こうやって音を出すのか。

「『カリンバ』って楽器だよ。知らないの？　これ、とうさまから教えてもらったんだけど」

「え、そうなの？」

僕じゃない。未来の僕に教えてもらったということだろう。『カリンバ』だって？　聞いたことがあるようなないような。

僕はスマホを取り出し、地球のネットに繋《つな》いで検索《けんさく》をしてみた。あ、これか。

カリンバ。アフリカの楽器か。サムピアノ、あるいはハンドオルゴールとも呼ばれる……。確かに音が鳴る仕組みはオルゴールと同じだな。

ああ、そうか。じいちゃんの好きなバンドのボーカルがこの楽器を使ってた。何回かライブ動画を見たことがある。

「ヨシノは楽器も作るのか？」

「うん。簡単なものは自分でできるよ。難しいのはクーンお姉ちゃんに頼《たの》んで【モデリング】で作ってもらったりする。楽器を演奏するの好きなんだ」

そうなのか。

母親である桜と同じく歌うことも好きらしいが、どちらかというとヨシノは楽器演奏の方が好きらしい。ううむ、音楽神である奏助《そうすけ》兄さんの影響《えいきょう》かね？

「なにか弾《ひ》けるかい？」

「いいよ。じゃあこの曲で」

僕が尋《たず》ねると、ヨシノがカリンバで曲を弾き始めた。

ゆっくりと澄んだ音が響き、美しい旋律《せんりつ》を作る。この曲は……パッヘルベルの『カノン』か。

ヨハン・パッヘルベルの『カノン』。正しくは『3つのヴァイオリンと通奏低音のため

のカノンとジーグ　ニ長調』の第1曲だ。

『カノン』とは主声部の奏《かな》でた曲を次々となぞりながら進んでいく様式のことだ。黄金コードとも呼ばれるパッヘルベルの『カノン』が、ヨシノのカリンバにより、シンプルでありながらも美しい旋律を生み出し、心地《ここち》よく響く。

見事な演奏だ。小さな親指二本だけでよく演奏できるな……って、あれ？

突然《とつぜん》どこからかフルートの音色が聞こえてきた。というか、こんなことをするのは一人だけだ。

視線をヨシノから上げると、予想通り奏助兄さんがいつの間にか演奏に加わっていた。

相変わらずブレないな、この神《ひと》……。

未来から来た娘《むすめ》と音楽の神との共演に静かに耳を傾《かたむ》ける。これってものすごく贅沢《ぜいたく》なひとときなのではないだろうか。

ポロン……と、最後の一音が響き終えたと同時に、僕はヨシノたちに拍手《はくしゅ》を送った。いや、これは見事だ。いい演奏だった。

僕だけでなくクーンや横で聞いていた『工房』のロゼッタも拍手を送っている。うん、クーンはアームドギアで拍手をするのはやめよう？

「えへへ。照れるんだよ」

「いやいや、どうして。素晴《すば》らしい演奏だったよ」

今度は僕も参加しよう。娘との演奏会……これは楽しそうだ。

アームドギアに乗ったままのクーンを見上げ、僕は尋ねる。

「クーンは楽器を弾けるのか？」

「少しなら。音楽を聴《き》くのはお母様も好きなので」

子供たちの中でもやはり音楽に興味がある子とそれほどない子がいるらしい。

八雲、フレイ、リンネあたりはあまり興味はなさそうだ。

「それよりもお父様！　どうですかこれ！　重装型アームドギア『ベオウルフ』です！」

クーンは身につけたアームドギアを自慢《じまん》するように動かしてみせた。

大きな両腕《りょううで》に、太い両脚《りょうあし》。いかにもパワータイプと言わんばかりのゴツいボディ。小柄《こがら》なクーンの本体と相まって、なんとも奇妙《きみょう》なアンバランスさを醸《かも》し出している。

「お前はなにと戦うつもりなんだ……」

「まだ特にはこれといって。ですが、戦力は多いに越《こ》したことはありませんわ」

うーむ、この子なりに邪神《じゃしん》の使徒との戦いを考慮《こうりょ》しているのだろうか。子供にこんな心配をさせるなんて、僕はダメな親だなあ。

軽い自己嫌悪《じこけんお》に浸《ひた》っていると、懐のスマホが着信を告げた。

ん？　フェルゼン国王陛下からか。

「はい、もしもし」

『おう、公王陛下か。うちで完成した魔《ま》導列車、そろそろあれの搬出《はんしゅつ》をお願いしたいんだが。ベルファストとリーフリースに』

「ああ、そういえば……わかりました。すぐに行きます」

世界初の（実際には五千年前にすでに造られていたし、西方大陸には似たようなものがあるのだが）魔導列車の一号車と二号車はフェルゼンで造られて、ベルファスト、リーフリース間を走る予定になっていた。

二国間の線路はすでに土属性の魔《ま》法使《ほうつか》いたちによって完成しており、あとはフェルゼンからの納車を待つばかりだったのだ。

当然ながら、転移魔法を使える僕がそれを請《う》け負《お》うことになっていた。いかんいかん、このところの騒動《そうどう》ですっかり忘れていた。

フェルゼン国王の電話を切り、クーンたちに向き合う。

「ちょっと魔導列車を受け取りにフェルゼンまで行ってくる。すぐ終わると思うけど、昼食は先に……」

とっていいから、と言付けを頼もうとした僕の目の前にビシッ！　とまっすぐ上げられるクーンの手。もとい、アームドギアの手。

「私も！　私も行きたいですわ、お父様！」

「え、でもベルファストとリーフリースに搬入《はんにゅう》するだけで、走らせたりは後日だよ？」

「それでもいいです！　ピカピカおろしたての魔導列車を写真に撮りたいんです！」

うちの娘は撮り鉄《てつ》だったのか。いや、この子の場合、列車に限らずなんだろうけれども。まあ邪魔《じゃま》になるわけでもないし、別にいいか。

「ヨシノはどうする？」

「私はもうちょい音程を調整したいからパス。クーンおねえちゃんと行ってきたらいいよ」

そうか。どうやらヨシノは魔導列車には興味はないらしい。普通の女の子はそうだよなあ。

「じゃあ行くか。……アームドギアは置いていけよ？」

「えー……。フェルゼン国王陛下に見せびらかしたかったのに……」

やめなさい。面倒《めんどう》なことになるから。フェルゼン国王陛下はともかく、王妃《おうひ》であるエリシアさんが間《ま》違《ちが》いなく興味持つから。今いろんなことで手がいっぱいなんだから、また今度にしてくれ。

渋《しぶ》るクーンを説《と》き伏《ふ》せて、僕らはフェルゼン魔法王国へと【ゲート】で跳《と》んだ。

◇　◇　◇

それから一週間後。僕らはベルファストの王都・アレフィスに来ていた。ベルファスト・リーフリース間を結ぶ、魔導列車の開通式に出席するためだ。

すでに試験運転は完了《かんりょう》し、魔導列車が走る線路が二本、新しく建てられた駅舎の中から延《の》びている。

王都の名を取り、アレフィス駅と名付けられたこの駅から、リーフリースの皇都・ベルンにあるベルン駅までの路線だ。

途中《とちゅう》、四つの都市に止まり、五時間ちょいで終点に着く。

駅のホームでは、その魔導列車一号機、『ラインベル』号が客車を連結させて、出発の時を今か今かと待っている。

全体的に白銀のボディに青いラインが走っている。少し丸みを帯びた形状で、ＳＬのように煙突《えんとつ》はない。が、車体の両側面に付けられた噴霧《ふんむ》穴からはキラキラとしたエーテルの残滓《ざんし》がまるで蒸気のように放たれていた。

頑丈《がんじょう》そうなその車体は、まるでスチームパンクにでも出てきそうな蒸気列車を彷彿《ほうふつ》とさせる。実際は魔力《まりょく》バッテリーで走るので、どちらかというと電車に近いと思われるが。音も静かだしね。

「というか、もう写真はいいだろう、クーン。いつまで撮ってるんだ」

「もうちょっとだけ！　この角度からが最高なので！」

エーテルの残滓を放つ魔導列車の写真を撮りまくる娘クーンに僕は深いため息をついた。こないだの搬出の時も撮りまくってたろ……。そんなに同じの撮ってどうするんだか。

今回の開通式は記念行事として、僕らも乗り込むことになっている。

本来なら僕と奥さんであるユミナたちだけだったのだが、無理を言ってクーンたちも乗せてもらえることになった。ついでにアリスも。アリスの付き添《そ》いとしてエンデも乗るが、こいつは乗客の護衛に雇《やと》われた冒険者《ぼうけんしゃ》としてである。

ベルファストからはスゥの父親であるオルトリンデ公爵《こうしゃく》一家を始め、ベルファストの貴族や大商家から数十名、家族とともに乗り込むことになっている。

なのでクーンだけじゃなく、他の貴族や商家の子供たちも、初めて見る魔導列車に興奮していた。

「エド君も喜んでいるみたいですね」

ホームのベンチに座《すわ》るオルトリンデ公爵夫人、スゥのお母さんであるエレンさんの腕《うで》の中で、スゥの弟であるエドことエドワード君がきゃっきゃと魔導列車を見て笑っていた。

「おお、エドも魔導列車が好きか。今からあれに乗るのじゃぞ」

スゥがエド君の小さな手を握《にぎ》る。そのエド君をリンネとアリスが覗《のぞ》き込むようにして眺《なが》めていた。

「わ〜、エドにいちゃんかわいい〜」

「小さいエドさんって、なんか変な感じだね」

二人の発言にオルトリンデ公爵が首をひねる。

「エドにいちゃん？」

「あっと、父上！　そ、そろそろ乗り込まないといけないのではないかの？」

スゥが慌てたように公爵に話を振《ふ》る。やばっ、とリンネとアリスがその場からそそくさと離《はな》れてこちらへと来た。

「まったく……気をつけなよ」

「ごめんなさい、つい……」

「エドさんはよくボクらと遊んでくれたからさ。子供の姿ってなんか変な感じで」

ベルファストとブリュンヒルドで離れてはいたが、うちの子供たちと未来のエド君はよく遊んでくれたそうだ。

まあスゥの弟だから、スゥの子供にとっては叔父《おじ》だし、他の子供たちにとっても叔父だしな。遊んでもらっても不思議はない。

ベルファストの人たちが客車に乗り込み始めたな。そろそろ出発の時間か。

僕らも順番に列車に乗り込む。僕らの客車は一号車だ。

自動ドアではないので、最後の僕が乗り込んだ後に駅員さんが外からロックをかける。これで中からは開けられない。もちろん非常時には内部ドア上のハンドルを引くと開くようになってはいるが。

「わあ、綺麗《きれい》ね！」

エルゼが車内を見て驚きの声を上げる。一号車の中はまるでサロンかと思われるほどのゆったりとした空間になっていた。足下《あしもと》にはふかふかの絨毯《じゅうたん》、左右に豪華《ごうか》なソファーが並び、天井《てんじょう》には天窓と魔光石のライトが並ぶ。車内の隅《すみ》にはワインや果実水など、飲み物まで用意されていた。

この一号車は王侯《おうこう》貴族が主に利用するためのいわばＶＩＰ車だ。快適な旅をするための機能がいろいろと備わっている。冷暖房《れいだんぼう》も完備されているのだ。

子供たちがふかふかのソファーに膝《ひざ》をつきながら、窓ガラス越しに外のホームを眺める。

ピリリリリリリ、とホームに笛の音が鳴って、魔導列車が小さく振動《しんどう》する。魔力バッテリーにより、魔動機が動き出し、機関車の車輪が回転を始めた。

「動いた！」

エーテルの残滓をキラキラと漂《ただよ》わせながら、『ラインベル』号がリーフリースへと向けてゆっくりと走り出した。

車窓の景色が流れていく。振動も少なく、音も少ない。僕の知る電車とはまた違った乗り心地《ごこち》だ。

リーフリースまでの線路は地上から数メートル高く設置された高架橋《こうかきょう》のように作られている。地球なら何ヶ月もかけて作る作業だが、土魔法ならすぐにできるので便利だよな。

僕も一部手伝ったし。川にかかる橋の部分とか、仕上げの強化魔法とかね。

なので眺めは最高だ。アレフィスを出てしばらくすると、広大な平原が広がって見えた。

この先は森と平原ばかりのはずだ。

同じような風景が続くというのに子供たちは流れる景色が面白《おもしろ》いのか、窓際《まどぎわ》にべったりとひっついていた。僕も子供のころやったなあ。

「冬夜さん、何か飲みますか？」

「うん、じゃあもらおうかな」

ユミナがグラスと飲み物を持ってきてくれた。

まあ、僕らもこの短い旅を楽しむとしようかな。

◇　◇　◇

魔導列車は高原を抜《ぬ》けて、山岳《さんがく》地帯へと入った。

緑の山々がトンネルを通り抜けるたびに見え隠《かく》れする光景を、乗客たちは楽しんでいるようだった。

「『ちきゅう』で乗った列車と同じくらい速いですね」

「そうだね。すごいもんだ」

隣《となり》に座るユミナとそんな会話を交《か》わす。博士の話によると、古代魔法文明の魔導列車はこれよりも速かったというのだから驚くよな。新幹線みたいなものが頻繁《ひんぱん》に走っていたということだろうか。

「あ、飛竜《ワイバーン》が飛んでる」

リンネの言葉に視線を窓の外に向けると、確かに上空を飛竜《ワイバーン》が二匹《ひき》飛んでいた。

「む、こっちにくるぞ」

オルトリンデ公爵が窓から見上げながら、警戒《けいかい》した声をあげた。

おそらく魔導列車を珍《めずら》しい獲物《えもの》かと思ったのだろう、両脚《りょうきゃく》の爪を開いて二匹の飛竜はこちらへまっすぐに下降してきた。

しかし、列車から数メートルの位置まで来ると、見えない力に弾《はじ》き飛ばされたかのように、飛竜たちは突然バランスを崩《くず》す。

『ギャオアッ⁉』

相当なダメージを受けたらしい飛竜が地面へと落下する。地面へと落ちた二匹の飛竜はぐったりとして動かない。

その二匹を置き去りにして、僕らを乗せた魔導列車は何事もなく走り抜けていく。

「一定の速度で走行中のこの列車には、防護フィールドが張られていて、魔獣《まじゅう》や魔物《まもの》の攻《こう》撃《げき》を受け付けません。無理に触《ふ》れようとすると、あのように弾き飛ばされ、【パラライズ】のショックを受けることになります。魔獣も馬鹿ではないので、何度もくらっているうちにそのうち寄っても来なくなりますよ」

「なるほど。それなら安心だな」

クーンの説明に僕は軽く頷く。地上の魔獣はともかく、空の魔獣は面倒だからな。殺すこともできるけど、線路の周りが死体ばかりになっても困る。【パラライズ】で麻痺《まひ》させ、学習させることで、『アレは手を出してはいけない』とわからせた方が無難だ。

落っこちた飛竜が他の魔獣に襲《おそ》われる可能性もあるのだけれど……。そこらは弱肉強食の世界ということで。

「まあ、のちに新型の魔導列車には迎撃《げいげき》用のシステムが組《く》み込まれるのですけれど。ゴレム列車が数年後には登場して、より安全性が……」

「のちに？　数年後？」

クーンのつぶやきにオルトリンデ公爵が不思議そうな顔をする。弟であるエド君をあやしていたスゥが慌てて父親の袖《そで》を引いた。

「ち、父上、エドがぐずりそうなのじゃ。代わってたも！」

「む？　おお。どれどれ。おー、よしよし。大丈夫《だいじょうぶ》だ、飛竜はいなくなったぞー」

オルトリンデ公爵がエド君をあやしながらエレンさんの隣に座る。その後ろでスゥがクーンを捕《つか》まえ、そのこめかみを両手でグリグリとやっていた。

クーンがこちらに『助けて、お父様！』という目を向けてきたので、仕方なく間に入って仲裁《ちゅうさい》した。

「僕らだけじゃないんだから発言には気をつけるようにね」

「ついうっかり……。気をつけますわ」

クーンがこめかみを押さえながら、力なく返事をした。

子供たちとスゥは歳が近い。一番年上のフレイとだと、三つしか違わないからな。クーンでも四つだ。そのためか、先ほどのような遠慮《えんりょ》のないやり取りはよくある。

まだ自分の子供が来てないためか、スゥは他の子供たちをかまいたがるところがあるようだ。

山間部を抜け、今度は大きな森が見え始めた。森林上部に設置された高架《こうか》上を列車が駆け抜けると、驚いた鳥たちが一斉《いっせい》に空へと羽ばたく。

白、黒、赤、青、緑と、様々な色の鳥が方々へと散っていく。

「わあ！　すごいね、おかーさん！」

「うん。すごいね、リンネ」

「あっ、お母さん。あれ、ケロケロ鳥だよ」

「えっ、どれどれ？」

リンゼとリンネ、エルゼとエルナの母娘が同じ窓を覗きながら、飛び立つ鳥を見て微笑んでいる。……ケロケロ鳥ってなんだろう。

「冬夜殿《どの》、いまどのあたりでござるか？」

しばらくして尋ねてきた八重にスマホからマップを空中投影《とうえい》してみせる。まだベルファスト国内だ。ここから北のリーフリース国内まではまだ距離《きょり》がある。

「そろそろ最初の駅に着くよ」

「パラメス領の領都、パラメイアですね。パラメス伯爵《はくしゃく》が治める地です。高原と深い森、農作地帯が広がる自然豊かな領地です。避暑地《ひしょち》としても有名なんですよ」

ユミナがそう解説してくれた。避暑地か。日本でいう軽井沢《かるいざわ》みたいなところなのかな。

魔導列車はスピードを落としつつ、領都パラメイアへと突入《とつにゅう》していく。

次第《しだい》に窓の外には家々がぽつぽつと見えるようになり、やがて町中を走るようになる。へえ。中央部は王都と同じくらい発展しているな。けっこう都会っぽいけど、避暑地は郊《こう》外《がい》なのかね？

魔導列車はここで十分ほど停車する。略式にだが、領主のパラメス伯爵が駅に出向いて挨拶《あいさつ》をするのだそうだ。王弟であるオルトリンデ公爵も乗り込んでいるわけだし、当然と言えば当然か。

わざわざ降りて挨拶を受けなきゃならないなんて、公爵閣下も大変だなぁ。

「なに言ってるのよ。貴方《あなた》も王様でしょうが」

「あ、そうか。僕も降りなきゃダメか」

リーンに呆《あき》れたように言われて、自分が王様だということを思い出した。車内は奥さんと子供たちばかりだから、家族旅行の気持ちになってた。これは公務、これは公務。

スピードを落とし、ゆっくりとした速度になった魔導列車がパラメイア駅のホームに停車する。と同時に溜《た》め込んでいたエーテルを大気中に解放すると、まるで蒸気のようにキラキラとした物質がホームに撒《ま》き散らかされた。

プシューッ、と空気が抜けるような音とともに、列車が完全に停止する。

「どれ。では行くか、冬夜殿。いや、公王陛下」

「はぁ……。これもお役目ですかね」

「いってらっしゃいなんだよ」

オルトリンデ公爵と連れ立って席を立つと、フレイから励《はげ》ましの声が飛んできた。うん、お父さん頑張《がんば》るよ。

「パラメイアへようこそ、ブリュンヒルド公王陛下、オルトリンデ公爵閣下」

魔導列車を降りると、恰幅《かっぷく》の良い紳士《しんし》が僕らを出迎《でむか》えてくれた。この人がパラメス伯爵か。ベルファストの夜会で見たことがある顔だ。この人の領地だったのか。

「短い滞在《たいざい》にわざわざすまんな、伯爵」

「いえいえ。国を挙げての一大事業、この目で見ずにいられますか。この列車により我《わ》がパラメイアもリーフリースからたくさんの観光客を呼べることでしょう。ありがたいことです」

ニコニコとパラメス伯爵が頷く。確かにパラメイアまでリーフリースから魔導列車に乗って数時間で着く。馬車で数日揺《ゆ》られないといけなかった都へ日帰りで行けるのだ。やがて観光客もやってくることだろう。

僕らが乗ってきた魔導列車の線路に並走《へいそう》するように、同じようなもう一本の線路が延びている。

お祭しの通り、リーフリース発、ベルファスト行きの線路である。

この日、同時刻にリーフリースからも同じように、もう一台の魔導列車が出発しているのだ。

パラメス伯爵はこの数時間後に来るリーフリースからの列車も出迎えなければならないわけで。いやはや、大変だな……。

列車から何人かの客が降り、逆にパラメイアから乗り込む客もいる。

今回の開通式には公募《こうぼ》で集められた一般《いっぱん》のお客さんも乗っている。もちろん貴族たちが乗るＶＩＰ車両とは別になっているが。

公募で当たった切符《きっぷ》の行き先は、どの駅からどの駅までと決まっていて、一番短いのだとこのパラメイアで終わりだったりするのだ。もちろん当たった切符は往復なので、リーフリース発の列車に乗って王都に帰ることができる。

「おっと、時間もありません。これは我が領地の特産品の詰《つ》め合わせです。よろしければどうぞ」

「ああ、これはわざわざすみません」

パラメス伯爵が手渡《てわた》してきた箱を【ストレージ】で収納する。手土産《てみやげ》まで貰《もら》えるとは。

いや、宣伝サンプルかな？　確かにこれは効果的だ。

「お弁当ー。旅のお供にお弁当はいかがですかー。お飲み物もありますよー」

「え？」

その声に振り向くと、画板のように首から紐《ひも》で、弁当の立ち売り箱を持った弁当売りが、列車の窓から弁当を売っていた。

弁当売りまでいるのか。や、確かそんな提案をベルファスト国王陛下とリーフリース皇王陛下の前で話したような……。まさか本当に取り入れるとは。

物珍《ものめずら》しさからか、客車の窓から手を伸ばし、弁当を受け取る客が多い。車内販売《はんばい》はないから買えるうちに買っとこうってことかもしれないが。

「ルー殿、そっちの弁当も取って欲《ほ》しいでござる！」

「ルー母様、私、そっちのチキンカツサンドがいいんだよ！」

「お母様！　早くお金を！　あっ、そこの人！　そっちのお弁当も貰いますわ！」

「ちょっと待って下さいまし！　なんで私《わたくし》が全部やらねばならないんですの⁉」

一号車の窓からも騒《さわ》がしい声が聞こえる。主に食欲に忠実な人たちの声が。

もしかして全員分買うのか？　八重とフレイは数人分食うだろうから、二十個以上……？

というか、お腹《なか》がすいたなら【ストレージ】の中に、いくらでも料理が入っているだろうに。駅弁はまた別ということなのだろうか。

「そろそろ出発か。では伯爵、これで失礼する」

「お土産ありがとうございます。ではまた」

「良き旅を」

オルトリンデ公爵と僕《ぼく》は再び客車へと戻《もど》った。

ピリリリリリ、とホームに笛の音が鳴り、扉《とびら》が閉められる。エーテルの残滓を残して、ゆっくりと魔導列車が再び走り出す。

ホームで手を振る人たちに窓越《まどご》しに手を振り返し、僕らはパラメイア駅を出発した。

席に戻るとすでにみんなが中央のテーブルで弁当を開いて舌鼓《したつづみ》を打っていた。早いな！

「はい。冬夜さんのぶんです」

「ああ、うん。ありがとう、ユミナ」

ユミナから弁当を受け取る。厚紙で作られた箱を開くと、パンに肉や野菜が挟《はさ》まれたハンバーガーのようなものが入っていた。

他のみんなのもサンドイッチやホットドッグのようなものだった。パン文化だとこんな感じの弁当になるのかな。

もらったハンバーガーにかぶりつくと、柔《やわ》らかい肉とトマトなどのジューシーな野菜の旨味《うまみ》が口の中いっぱいに広がる。

鳥肉かな、これ。なんの鳥かはわからないが。チキンバーガーか。いや、チキンかどうかはわからないんだけど。

まあ、美味《うま》けりゃ正義だ。うん、イケる。

「お父さん、その果物ちょうだい」

「これかい？　いいよ、ほら」

隅の席でアリスがエンデから苺《いちご》のようなものをもらっていた。あいつ、一応今日はこの車両の警備員のようなものなんだが。

とはいえ、アリスとの食事中に仕事しろとか野暮《やぼ》なことは言わないけどさ。食事休憩《きゅうけい》くらいはあって当然だと思うし。うちはブラック企業《きぎょう》じゃないんで。

「かあさま、橋だよ！」

「ん。すごい」

サンドイッチを片手にヨシノが叫《さけ》ぶ。車窓から覗くと、小さな湖を跨《また》ぐようにして高架線路が続いていた。迂回《うかい》せずに突《つ》っ切ったのか。

土魔法なら作るのも難しくはなかっただろうけど、これ地球で普通《ふつう》に作ったらどれだけ時間とお金がかかるのかねえ。土木関連の技術は異世界の方が一部優《すぐ》れているところがあるよな。魔法様々だ。

ユミナが橋を見ながら僕に尋ねる。

「ベルファストからミスミドの線路も作られているんですよね？」

「うん。この間、ガウの大河に橋を作ってきた。数ヶ月後には開通するんじゃないかな。ベルファストとレグルスも開通するし、フェルゼンとレスティアも繋がる。この大陸の世界同盟の国々はいずれほぼ繋がると思うよ」

一部難しいところもあるんだけどな。魔王《まおう》国ゼノアスとかノキア王国とか。あそこはユーロン地方があるからさ。

ゼノアスとノキア間なら問題はないが、その他の国に線路を延ばそうとすると、どうしても旧ユーロンの領地を通らなければならなくなる。

まあ、もうすでに天帝国《てんていこく》ユーロンという国は崩壊《ほうかい》していて、線路を敷いても構わないといえば構わないのだけれど、まだユーロンの人々は住んでいるし、彼《かれ》らはその土地は自分たちの土地だと思っているだろう。

そこに他国が線路など建設したら反感を買うだろうし、面倒なことになるのは目に見えている。どの国もそんなところに線路など敷きたくはないだろう。

最悪、レスティア、ロードメア、ライル、フェルゼンの四国を橋で繋いだように、海の上を走らせるのもありかと思っている。

「西方大陸の方から飛行船の技術も流れてきてるし、それを使うって手もあるんだけどね」

「ですがやっぱり列車の方が運搬量《うんぱんりょう》が遥《はる》かに上です。飛行船は天候にも左右されますし」

確かにな。今回は客車だけを引いているが、やがて物資を運ぶ貨物車両も引くことになるだろう。飛行船の運搬量とは比べ物にならない。

流通がもっと発展すれば、人々の暮らしも楽になる。そのための魔導列車だ。

「ブリュンヒルド《う　ち》にも駅ができるんですか？」

「できるとしたらベルファストからレグルスの路線かな。王都から帝都《ていと》のちょうど真ん中あたりになると思う」

「観光客がたくさん来ますね」

あんまり来られても困るんだけどね。正直、ブリュンヒルドの王都（？）の規模はちょっと大きめの町程度だ。そこにたくさんの観光客が来られても、宿泊施設《しゅくはくしせつ》も足りないし。変な輩《やから》が入り込《こ》まないように入国チェックも人手がいるだろうしな。

「だけどウチに観光するとこなんかあるかね？」

うーむ、と腕組《うでぐ》みをして首をひねる。

リーフリースの皇都なら美しい海と白壁《しらかべ》の街並み、ベルファストの王都ならパレット湖の滝《たき》を背にそびえ立つ白亜《はくあ》の城などがあるが、ウチはこれといって名所が……。

「時計塔《とけいとう》がありますよ？」

「時計塔かぁ。まあ、名所って言えば名所なのかな……？」

「あとは……フレームギアとか？」

「それは名所……か……？」

微妙《びみょう》なところだ。確かにフレームギアは他の国にはないけれども。

ロボットを名所にするなんてどうなのか、と思ったが、日本でもロボットアニメの実物大を作ってしまった所もあるし、ありなのかな？

一般的《いっぱんてき》に名所と言ったら、東京タワーとかスカイツリーとかのランドマーク、寺社仏閣、史跡《しせき》、大型遊園地などだけど……。

現在ブリュンヒルドでは遊園地が建設中だ。これができれば観光客も押し寄せると思うんだけどな。

ああ、ダンジョン島があったな。名所という感覚はなかったので忘れてた。

今までは近隣《きんりん》の冒険者しか来ていなかったが、これからは遠くの冒険者も列車に乗って来るようになるかもしれないな。乗車料金がそれなりにするからホイホイとは来れないかもだが。

やはり宿泊施設の増築は急務だな。『銀月《ぎんげつ》』ブリュンヒルド三号店を作るか。

なんにしても人手が足りない。そろそろ騎士団《きしだん》の方もまた募集《ぼしゅう》をかけないといけなくなるよなあ。

「そういえば……。未来では騎士《ナイト》ゴレムってのが配備されているとかクーンが言ってたな……。騎士団の下部組織らしいけど、そう考えるとそこまで募集しなくてもなんとかなるのかな……」

「ふふっ、旅に出ても仕事のことばかりですね。少し忘れた方がいいのでは？」

「そうしたいのはやまやまなんだけどね……」

ユミナに言われてため息をひとつつく。この小旅行も仕事の一環《いっかん》だしなあ。まあ、それなりに楽しんではいるけどさ。

◇　◇　◇

――一方、そのころ。エルフラウ王国とレグルス帝国《ていこく》の国境付近では。


「ほれ、ここからレグルス帝国だ」

国境沿いの道に刺してある立て看板を指差して、同乗者の男がそう告げる。

エルフラウ王国からの乗合馬車に揺られること数日、ついに少年はレグルス帝国へと足を踏《ふ》み入れた。

「やっと寒さから解放されますね」

望月久遠《もちづきくおん》、六歳《さい》。故郷である（時代は違《ちが》うが）ブリュンヒルドへの帰郷中である。

レグルスに入り、すでに凍えるような寒さもなくなっている。それでもレグルスの北方、寒いことは寒いので、久遠はエルフラウで買った黒いコートをまだ身につけていた。

「あ、見つけた」

「またかい？　御者《ぎょしゃ》の旦那《だんな》、停めてくれ。ボウズがまた見つけたとよ」

幌《ほろ》馬車の客車に乗り込んでいた男が御者へと声をかける。御者の男が馬を停めるよりも早く、久遠は馬車から飛び降りて、手にしていた弓を林へと向けて構え、素早《すばや》く矢を放った。

「ギュエッ⁉︎」

短い鳴き声が聞こえ、ドサッ、と重いものが倒《たお》れる音が林の中から聞こえた。やがて林の中へと分け入った久遠が、脳天を矢に貫《つらぬ》かれた大きな鹿を引き摺《ず》りながら現れる。

「おっ、レグルスオオジカじゃねぇか。美味いんだぜ、こいつは」

男の一人がナイフを持ちながら馬車から降りる。他の乗客も久遠が倒した鹿を見るのに馬車から降りてきた。

「解体お願いできますか？」

「おう、任せろ。そのかわり、こいつも買い取らせてくれよ」

慣れた手付きで男は鹿を解体していく。この男、肉屋の主《あるじ》で、娘《むすめ》の嫁入《よめい》り先からの帰りだという。

基本的に馬車の旅というものは食事は質素なものだ。干し肉などの携帯食《けいたいしょく》か、その場で捕《と》らえた獲物を捌《さば》くかしかない。本来なら旅の途中に、そう簡単に獲物など見つかるわけもないのだが、この馬車の乗客はここ数日、毎日のように獲物にありついている。

その理由がこの不思議な少年だった。近くに獲物を見つけると、確実に仕留める。林の陰《かげ》にいようが、木の上にいようが、どう見ても安物の弓であっさりと倒してしまうのだ。

おかげで乗客は旅の空でありながら豪勢《ごうせい》な食事を摂ることができている。

「ボウズのおかげでしばらくは仕入れに困らねえぜ。ありがとな」

「いえいえ。僕も路銀が増えてありがたいですから」

実際にオリハルコンのカフリンクスを売ったお金だけでは、どう頑張ったところでブリュンヒルドには辿《たど》り着けないと久遠は思っていた。しかしなんとかレグルス帝国の帝都ガラリアまでなら行ける。路銀が多いに越したことはないのだ。

解体した獲物を乗せた乗合馬車はレグルス帝国を南へと進み、ジョンストの町へと到着《とうちゃく》した。少年が乗ってきたエルフラウ王国からの乗合馬車の終点である。

ジョンストの町は大きくもなく小さくもない、いたって普通の町である。エルフラウ王国との国境付近に位置している、レグルスの辺境伯《はく》が治める町のひとつだ。

そんな辺境の町に降り立った少年は、すぐに次の目的地へと向かう馬車を探すことにした。できれば帝都まで真《ま》っ直ぐに向かう馬車がいいのだが。

彼は乗合駅の前に貼《は》り出してある予定表を確認《かくにん》すると、ため息をひとつついた。

「あー……。ついさっき出たばっかりですか……」

タイミング悪く、帝都行きの駅馬車はつい先ほど出たばかりだった。次の便は二日後となっている。

「どうしようかな。次の町まででもいいから別の馬車に乗せてもらおうかなあ……」

時刻は午後をだいぶ回っている。もはや夕暮れが近い。今からだと確実に途中で野宿だ。馬車に揺られたここ数日も野宿だったので、今日明日くらいはちゃんとした宿に泊《と》まりたいと久遠は思った。

「よし、決めた。宿に泊まりましょう」

そう決定すると、久遠はリュックを背負い直し、町を歩き始めた。

少し高くても、なるべくならいい宿に泊まりたい。食《く》い詰めた冒険者たちが泊まるような、場末の宿はなにかとトラブルが多い。面倒事は避《さ》けるに限る。

となると普通の商人が定宿にしているような宿がいい。そう考えた久遠は乗合駅で降りたと見られる、いかにも商人という人物の後をつけていった。

やがて駅からそう遠くない通りの角に差し掛《か》かると、商人はそこにあった宿へと入っていった。

【銀の小羽亭《こばねてい》】ですか」

銀色の羽が描《えが》かれた看板を見上げて久遠は独りごちる。なかなかお洒落《しゃれ》な店構えだが、そこまで高級店という感じはしない。『当たり』っぽいぞ、と久遠は胸を撫《な》で下ろす。

さて、ここからが正念場だ。久遠は呼吸を整えて、スイングドアを開けて一人中へと入った。

「いらっしゃいませ、【銀の小羽亭】へようこそ。あら？　坊《ぼう》や一人？」

受付のカウンターには二十代前半の女性が一人。その横の階段を、宿の店員であろう男性と先程《さきほど》の商人が上っていくのが見えた。

「部屋を二泊お願いしたいのですが、空いてますか？」

「え？　あのね、ボク。ここは子供一人じゃ……」

困ったような表情を浮《う》かべる女性店員に、久遠が視線を向ける。久遠の右目が紫《むらさき》を帯びた金色に変化し、パープルゴールドの瞳《ひとみ》が女性店員の目を射貫《いぬ》く。

「……あ、あら？　あ、すみません。ええと、空いてますよ。二人部屋でよろしいでしょうか?」

女性店員はいつの間にか少年の後ろに立っていた三十代ほどの男性を見て、驚《おどろ》きつつも自分の業務をこなす。

「はい。それでお願いします」

「では二泊で銀貨二枚になります。こちらにサインを」

久遠が答え、宿帳にサラサラとサインをする。てっきりサインは子供ではなく、父親と思われる後ろの男性がすると思っていた女性店員は少し驚いたが、顔には出さなかった。

「ではお部屋へ案内しますね」

女性店員の案内で久遠は二階の部屋へと通される。二つのベッドに机と椅子《いす》、クローゼットに魔《ま》光石のランプがある、シンプルだが趣《おもむき》のある部屋だった。

「食事は朝昼晩、下の食堂で。出かける時は鍵《かぎ》をカウンターに預けて下さいね」

「わかりました。ありがとうございます」

女性店員は少年のお礼の言葉を聞いてドアを静かに閉めた。

「……あのお父さん、一言も喋《しゃべ》らなかったわね。無口なのかな?」

そんな言葉をつぶやきながら、女性店員は首を捻《ひね》りながら部屋を離れ、階段を下りていった。

その部屋の中では一人安堵《あんど》の息を吐《は》き、脱力《だつりょく》した久遠がベッドへとダイブするところだった。

「ああ、しんどい……。子供一人じゃ宿にも泊まれないなんて。でも場末の宿は嫌《いや》ですしねえ……」

素泊《すど》まりだけの宿ならそこまで厳しくはないので、子供でも泊まれるかもしれないが。久遠はエルフラウ王国からここまで、宿で泊まるときはこうやって泊まってきた。

使ったのは『幻惑《げんわく》』の魔眼。相手に幻《まぼろし》を見せることができる、久遠の持つ七つの魔眼の一つである。

あくまで幻を見せるだけであるので、幻は話せない。なので無口な父親という存在を演じてもらった。

そんな面倒《めんどう》なことをしなくても、自分を大人に見せればいいと思うかもしれないが、それだと声は幼い久遠のままだし、身長も違うのでペンひとつ握れないし、多くの齟齬《そご》が出る。

結局はこの方法が一番楽なのだ。二人分の宿泊料《しゆくはくりよう》を払《はら》わなきゃならないので、お金はかかってしまうが。

「あー、久しぶりのお布団《ふとん》です……」

干して取り込んだばかりなのだろう。お日様の匂《にお》いがする布団にダイブしたまま、久遠は微睡《まどろみ》の中へと落ちていった。

◇　◇　◇

パラメス領を抜け、魔導列車は北へ北へと突き進《すす》む。

山岳地帯、森林地帯、牧草地帯と駆《か》け抜けていくと、やがて第二の駅、サラニス領、サラニア駅へと到着した。

またここでもパラメイア駅の時と同じく、オルトリンデ公爵《こうしゃく》とホームに降り、サラニス子爵《ししゃく》と挨拶を交わす。またお土産をもらってしまった。

発車の時刻になったので、サラニス子爵にお礼を言いながら再び列車へと乗り込む。

「む？　なんかいい匂いがするでござるな」

客車に入るや否《いな》や、八重が僕の持つお土産の方をくんくんと嗅《か》ぎながら言葉を漏《も》らす。

うちのお嫁《よめ》さんは犬か。

「採れたての果物をもらったんだよ。この領地の名産なんだってさ」

「クリスタルチェリーですね。サラニス領の特産品です。甘酸《あまず》っぱくて美味《おい》しいんですよ」

ユミナがそう説明すると、子供たちの視線が僕の持つ袋《ふくろ》の方へとロックオンされた。え、いま？　いま食うの？

けっこう入ってるから全員分はあると思うけどさ……。

土産袋《みやげぶくろ》に入っていた三つの箱を取り出してそれぞれ蓋《ふた》を開けると、赤、黄、緑、の三色のさくらんぼがぎっしりと入っていた。

ひとつ取り出してみると、透明《とうめい》でキラキラとした光沢《こうたく》がある。まるでガラス細工のようだ。それで『クリスタルチェリー』か。

透《す》き通っていて、中に種はないようだ。飴《あめ》細工のようにも見えるな。これは綺麗《きれい》だ。見ているだけで楽しめる。

パクリと赤いのをひとつ口に入れる。む！　美味い！　味自体は僕の知るさくらんぼとそう違わないが、こちらの方が美味い気がする。

隣の黄色のも食べてみる。……ほほう、こちらはこちらで甘《あま》みが強いのかな。これも美味い。どれ緑の方は……。

「おとーさんばっかりずるいー！　あたしもー！」

「とうさま。私も食べたい」

「陛下陛下！　ボクにも！」

美味なる小さな宝石を味わっていると、リンネ、ヨシノ、アリスから不満の声が飛んできたので三つの箱をテーブルに置く。

わっ、と四方八方から手が伸《の》びてきて、どんどんとクリスタルチェリーがなくなっていく。

「これは美味いでござるな。なんとも高貴な甘さでござる」

「お菓子《かし》に使えそうですわね」

「あらお母様、クリスタルチェリーを使ったお菓子ならもうありますわよ。少しお値段が張りますけれど」

子供たちだけでなく、大人も手を出すものだから、あっという間になくなってしまった。

見かねたオルトリンデ公爵が自分の分のクリスタルチェリーもテーブルに差し出してくれた。

「せっかくもらったのにすみません……」

「ははは。ウチは毎年暮れにサラニス子爵から送ってもらっているからね。気にしないでくれ」

この世界にもお歳暮《せいぼ》という概念《がいねん》があるようだ。まあ、貴族同士、いろいろと付き合いがあるのだろう。

差し出されたクリスタルチェリーもすぐになくなってしまった。これだけの人数じゃ仕方ないか。しかし、もうちょっと味わって食べなさいよ。

ヒルダがクリスタルチェリーを眺《なが》めながらポツリと呟《つぶや》く。

「魔導列車がもっと頻繁に通るようになれば、このクリスタルチェリーもブリュンヒルドで食べられるようになるのでしょうか……」

「流通に関してはかなり変わると思うね。この段階でもリーフリースの海で獲《と》れた魚を数時間でベルファストの王都に届けることができる。新鮮《しんせん》なまま王都の食卓《しょくたく》に載《の》るんだ。もっともまだ少量しか送れないから、高価なものになってしまうかもしれないけれど」

今までは海がない町などで魚というと川魚だった。海の魚を食べようとすれば、干物《ひもの》など保存食にしたものか、氷魔法《まほう》により凍《こお》らされ、それを維持《いじ》するために人件費がかかった高価なものに限られていた。

一般の家庭にすぐに出回るのは難しいかと思うが、魔導列車の本数が増えればやがてそれも可能になると思う。

そのためにはダイヤグラムが必要であり、翻《ひるがえ》っては個人で持つような機械式の時計が必要だよな……。西方大陸では懐中時計《かいちゅう》のようなものは普通にあったから、そっちから輸入すれば……。

「あら？　あれは……」

時計のことを考えていると、窓を眺めていた隣のユミナが何かを見つけ、身を乗り出した。

僕も視線を同じ方へと向け、何かあるのかと目を凝《こ》らしたが、平原が続く風景ばかりで特になにも……。いや、なんか動いているな？　遠すぎてゴマ粒《つぶ》みたいにしか見えないけれど。

「あれって魔獣だと思うんですけど……。なにかを追いかけているような。まさか人が追われているのでは……」

「よく見えるね……。どれ、【ロングセンス】っと」

長距離狙撃《ちょうきょりそげき》をするユミナの目でも見えにくい遠い距離を、一瞬《いっしゅん》にして縮める。ゴマ粒ほどだったものが視界いっぱいに拡大された。ああ、確かに魔獣だな。巨大《きょだい》なサイのような姿をしている。あれはライノバッシュだったか？　ギルドの魔獣図鑑《まじゅうずかん》で見たことがある。

確か赤ランクの魔獣だ。

かなり大きい個体だな。しかしなんであんなに爆走《ばくそう》してんだろう？　えっと……。

「あー……馬車を追いかけてる。じきに追いつかれそうだ」

「え⁉　た、助けなければ！」

ユミナが慌《あわ》てたように立ち上がる。うん、そうだな。ちょっと行ってくるか。一旦途中《いったんとちゅう》下車だ。まあ、後で戻ってくるけどね。

一応エンデに声をかけておく。

「悪い、エンデ。なにかあったらここを頼《たの》む」

「はいはい。わかったよ」

「よし、じゃあ【テレポー……」

魔獣《まじゅう》のところへ瞬間《しゅんかん》移動しようとした僕の腰《こし》に、小さな影《かげ》が二つ、タックルをかましてきた。

「ト】⁉」

一瞬にして僕は追われる馬車の走る道へと転移した。正面から馬車とそれを追うライノバッシュがこちらへ向けて爆走してくる。

その前に立つ僕の腰には、リンネとアリスがしがみついていた。一緒《いっしょ》に転移してきたのか⁉

「ちょっ、君らな……！」

「大丈夫！　任せて、おとーさん！」

「あいつはボクらで倒してみせるから！」

「いや、そういうことを言ってるんじゃ、って、おーい⁉」

笑顔《えがお》で答えた二人が、爆走するライノバッシュへ向けて駆けていく。ったく、あの子らは無駄《むだ》に行動力がありすぎる！

それと交差するように、必死な顔をした御者が操《あやつ》る馬車が僕らの横を駆け抜《ぬ》けていった。どうやら行商人の馬車らしい。積んであった食料にでもライノバッシュが引き寄せられたのだろう。

「いっくよーっ！」

リンネがライノバッシュの突進《とっしん》を正面から受け止める。真っ向勝負かよ⁉

しかし体重の軽いリンネは、ライノバッシュの突進を受け止めきれず、ザザザザ、と後方へとどんどん押《お》されていった。

「【グラビティ】！」

『グムオッ⁉』

ドズン！　と、ライノバッシュが四つ脚《よつあし》の膝《ひざ》を折る。加重魔法による重さに動けなくなっているのだろう。それでもなんとか立ち上がろうとライノバッシュはもがいている。

そこへリンネの頭を飛び越《こ》えて、アリスがライノバッシュの頭上へと躍《おど》り出た。

「【薔薇晶棘《プリズマローズ》】！」

アリスの右手袖口《そでぐち》から水晶《すいしょう》の茨《いばら》が飛び出し、大きな鉈《なた》の姿を形作る。

空中で大きく振《ふ》りかぶったアリスが、眼下で動けなくなっているライノバッシュへ向けて、勢いよくそれを振り下ろした。

「【晶輝断罪《プリズマギロチン》】！」

『プギュ⁉』

ライノバッシュの首がまさにギロチンにかけられたように鮮《あざ》やかに落ちた。同時にもがいていたライノバッシュの体が沈黙《ちんもく》する。

「やったね、アリス！」

「やったね、リンネ！」

わーい、と二人はハイタッチをかまし、くるくるとその場を回り出した。

笑顔でリンネが振り返り、僕の下へと駆けてくる。

「素材も傷つけてないよ！　これならちゃんとギルドで買い取ってくれるよね、おとーさん！」

「あー……。うん、そうだね。よくやった」

確かにライノバッシュの革《かわ》はいい鎧《よろい》の素材になりそうだ。倒し方としては最上級に近い。一番いいのは一切斬《いっさいき》らずに倒すことだが、これでも充分《じゅうぶん》すぎるほど素材が取れるだろう。ギルドへ持っていけば高値で買い取ってくれるはずだ。そこは褒《ほ》めてあげないとな。うん、そこはな。

【ストレージ】で倒したライノバッシュを回収する。追われていた馬車はそのまま逃《に》げ去ったらしい。ま、いいか。こっちも早く列車に戻らなければ。

走っている列車には【テレポート】で戻るのは難しいので（座標が移動するため）、【ゲート】を開くことにする。

「【ゲート】」

開いた転移門をくぐり、元の列車内に僕らは無事帰還《きかん》した。

「お疲《つか》れ様《さま》でした」

「僕はなにもしてないけどね」

労《ねぎら》いの言葉をかけてくるユミナに苦笑《くしょう》しながらそう返す。たぶんこの列車からなんとか状況《じょうきょう》を把握《はあく》できたのは彼女《かのじょ》だけだったんじゃないかな。

「おもしろかったー！」

「楽しかったね！」

などと、呑気《のんき》に話すリンネとアリスの背後にゆらりと二つの影が立つ。

「おもしろかった……？　リンネ、ちょっとこっちに来てくれる、かな？」

「アリス……？　お父さんとすこぉしお話ししよっか？」

「「……あ、あう……」」

リンゼとエンデに首根っこを掴《つか》まれて、リンネとアリスが連行されていく。うん、少し怒《おこ》られてくるといいよ。

僕はユミナからお茶をもらい、我関せずとそれを飲んだ。

次の駅に着くまで、リンゼとエンデの説教は長々と続き、正座させられたリンネとアリスの二人は足が痺《しび》れてしまったようだ。まあ、自業自得《じごうじとく》だからこれは仕方ないよね。

サラニア駅の次はランスロー領、ランスレット駅。ランスロー辺境伯が治めるベルファスト王国最後の駅だ。この先はリーフリース皇国領になる。

今までの二駅と同じく、ランスロー辺境伯の歓待《かんたい》を受けて、お土産をもらう。列車に戻るや否や、なにもらったの、とばかりに子供たちが寄ってきたが、もらったものが色とりどりの様々な織物だとわかるとあからさまにがっかりしていた。

興味を示したのはリンゼとエルナだけで、帰ったらこの生地《きじ》で服を作ろうと楽しそうに会話していた。

「おお、トンネルじゃ！」

スゥの言葉が聞こえたとほぼ同時に、列車の中が薄暗《うすぐら》くなり、天井《てんじょう》の魔光石の明かりだけとなる。

トンネルに入ったのだ。窓の外は真っ暗な闇《やみ》で、窓ガラスは鏡のように僕らを映し出している。時折、トンネル内部に設置されている魔光石の煌《きら》めきが、流星のように僕らの目の前を流れていく。

「耳が圧迫《あっぱく》されている感じがするでござるな」

八重が耳を軽く押さえてそう呟く。気圧の変化で鼓膜《こまく》が押されたんだな。

このトンネルは結構長い。なんで知っているかって？　僕が掘《ほ》ったからだよ。

ベルファスト王国とリーフリース皇国に跨《また》がるスロニシア山脈はぐるっと迂回するよりも突っ切った方が遥かに近い。

そこで僕が土魔法で掘削《くっさく》し、【ストーンウォール】を作る要領でトンネルの固定をした。距離《きょり》としては青函《せいかん》トンネルくらいだと思う。かなり強化して作ったから数千年は持つんじゃないかな。

まあ、僕が手を出したのはそこまでで、整地やレール、トンネル内の魔光石設置などは両国に任せたのだけれど。きちんとお金はいただきましたけどね。

「真っ暗でつまんないんだよ」

フレイが暗闇《くらやみ》に流れる魔光石の光しか見えない車窓を眺めながらそんな風にボヤく。

こればっかりは仕方がない。トンネルの中だしスピードも落とすから、だいたい二十分くらいはこのままだ。

ユミナが流れる地下の風景を見ながら僕に尋《たず》ねてくる。

「こちらの世界で『ちかてつ』はできるでしょうか？」

「できなくもないと思うけどねえ、かなりの人件費と建設費用がかかると思うよ。地盤沈《じばんちん》下《か》とかも怖《こわ》いしさ」

すでに出来上がっている都市に列車を走らせる場合、地上の建築物に影響《えいきょう》を与《あた》えずに路線を敷けるのが地下鉄のメリットではある。が、当たり前だが地上と違い、とんでもなく手間がかかる。

土魔法を使うといっても一般《いっぱん》の魔《ま》法使《ほうつか》いの魔力《まりょく》で行うと、どれだけの人数が必要なのか見当もつかない。全員の安全対策にかかる費用もあるしな。

地球でも確か地下鉄を一キロ建設するのに一五〇億から三〇〇億円かかるとか聞いたことがある。どうやら地球でも異世界でも地下鉄事業は金食い虫らしい。

正直言うと、僕が一人でやればブリュンヒルドに地下鉄を作ることができると思う。だけどそういった仕事は宰相《さいしょう》の高坂さんに止められているんだよね。

僕一人がやってしまっては国の仕事にならないと。言ってみれば僕がみんなの仕事を奪《うば》っているわけだし。なので、予算や人手が揃《そろ》うまでブリュンヒルドに地下鉄はまだまだお預けだな。

お？　トンネルの先に光が……出口か？

「海だー！」

長いトンネルを抜けて、子供たちの声とともに初めて目に飛び込んできたのは遠くに見える水平線。ベルファストとリーフリースに挟まれた内海であった。

キラキラと太陽の光が反射して青く輝《かがや》いている。時折ちらほらと海辺の村が見えた。

トンネルを抜けるとそこは絶景だった。

「そのうちみんなと海水浴に行くのもいいかもしれませんね」

「行くー！　みんな集まったら行こうよ！」

「あら、いいわね。海なんて久しぶり」

ぽつりとヒルダが呟いた一言にリンネとクーンが反応する。みんなで海か。それもいいかもしれないな。ダンジョン島に渡《わた》ればすぐだしな。

しかし全員揃うのはいつになることやら。一年ってことはないと思うけど。少なくとも八重の娘である八雲はすでに来ているわけだし。まったく、そろそろこっちへ帰ってきて欲《ほ》しいもんだ」

「八雲はどこにいるんだろうなあ……。【ゲート】を使えるんだからいつでも帰れるだろうに。いや、だからこそ帰らないのかもしれないけどさ。

「まったく……親に心配をかけて、悪い子でござる。ちとお仕置きせねばなるまいか……」

ぶつぶつと呟く八重の言葉に、子供たちがみんなお尻《しり》を押さえてそっぽを向いた。ははあ。みんな八重に叩《たた》かれたことがあるんだな。八重は調子に乗った博士にも尻叩《しりたた》きしてたからな。

「八雲もそうでござるが、久遠って息子《むすこ》の方も、道中悪い人間に騙《だま》されていまいか心配でござるな……」

八雲の他にもあと二人、ユミナとスゥの娘と息子がまだ来てない。確かに心配だよなぁ。

考《かんが》え込んだ八重の言葉を聞いて、近くにいたアリスがカラカラと笑っている。

「久遠が騙される？　あはは、ないない。久遠の魔眼ならいい人と悪い人を見分けられるし、そんな『わーっ⁉』むごっ⁉」

アリスの口を慌てた子供たちが一斉《いっせい》に塞《ふさ》ぐ。……お嬢《じょう》さん、今なんて言いました？

魔眼？　いい人と悪い人を見分けられる？　それって……。

僕《ぼく》の隣《となり》にいたユミナがゆらりと立ち上がり、瞬《まばた》きを一切《いっさい》せずにアリスの下へとつかつかと歩み寄る。

モーゼの海割りのごとく、アリスの口を塞いでいた子供たちが左右へと離《はな》れていった。

「アリス？」

「はひ」

がっしと肩《かた》を掴まれたアリスが引きつった笑いを浮かべる。エンデが止めようと足を踏み出したが、ギンッ！　と擬《ぎ》音《おん》が聞こえてきそうなユミナの睨《にら》みにより、動きが止まる。

本能的に危険を感じたようだ。うん、エンデパパ、ちょっと引っ込んでな。

「つまり、そういうこと、なのですね？」

「はひ……」

一句一句確かめるように発するユミナの声に、アリスはこくこくと頷《うなず》くばかり。

そういうことって、そういうこと……だよな？

「むう。冬夜の息子はユミナ姉様の子か。残念じゃのう」

「やっ、やりました！」

少し膨《ふく》れたような口調で呟くスゥの言葉に、ユミナが両拳《こぶし》を天に突《つ》き上げて喜びを表していた。

そうか、息子君はユミナとの子で魔眼持ちか。

「あーあ、バレちゃったんだよ」

「アリスはうっかりさんだからねぇ」

「ううう……。久遠のことだったから、つい……」

フレイとヨシノがため息をつきながらアリスを見遣《や》る。や、僕らとしてはありがたいが。何度この子のうっかりで助かったか。

「冬夜さん！　息子です！　私たちの！　ブリュンヒルドの跡継《あとつ》ぎです！」

「わかった。わかったから落ち着いて」

「これが落ち着いていられますか！　ユミナは、ユミナはやりました！　ああっ、嬉《うれ》しい！」

実際にはまだ生まれてもいないんだが、ユミナのテンションが爆上がりだ。

対外的にはユミナは第一王妃《おうひ》となる。僕としては序列は関係ないと思っているが、どこかで跡継ぎを、というプレッシャーがユミナにはあったのかもしれない。

「しかし、久遠は魔眼持ちなのか。ユミナと同じ魔眼なら人に騙されるようなことはないのかな？」

「正確には同じ魔眼ではないのですけれど……まあ、そういった心配は無いと思います」

僕の疑問にクーンが答えてくれた。同じ魔眼ではない？　どういうことだろう？　似た別の魔眼ということだろうか。

「まあそれは追い追い……。久遠が来ればわかることですので」

「ふーん……」

むう。アリスのようにうっかり発言は期待できないみたいだ。ま、そこまで追求する必要はないか。

「するとわらわの子供は娘か。うむ、それもいいかの。きっと可愛《かわい》いに違いないからな」

自動的に娘ということがわかったスゥは特に落ち込《こ》んだ様子もなく、はしゃぐユミナを眺めていた。スゥと僕の娘ねぇ……。まだ手も出していないんだが。

しかし久遠とスゥの娘ってどっちが上なんだろ？

「スゥの娘が一番下の妹？」

「えっと、その、あの」

「……みたいね」

僕の疑問をエルゼが横にいるエルナに尋ねると、わかりやすい反応が返ってきた。エルナは素直《すなお》だからなあ。

ということは久遠は上に七人の姉、下に一人の妹がいるわけか。……肩身《かたみ》が狭《せま》そうだなあ。

僕がまだ見ぬ息子に同情していると、横から不意に声がかかる。

「あの……さっきからなんの話を？　スゥの娘ってどういうことだい？」

オルトリンデ公爵がぽかんとした顔でこちらを見ていた。

……しまった。

◇◇◇

「み、未来から来た冬夜殿《どの》の子供？　この子たちみんなが？」

「あ、アリスだけは違います。あの子はエンデの娘で」

いろいろ悩《なや》んだ挙句、オルトリンデ公爵と奥《おく》さんであるエレンさんには正直に話すことにした。どのみちスゥの子供が来たら話そうと思っていたのだ。来る前にバレてしまったのは想定外だったが。

「確かに似ている……。公妃《こうひ》である奥方《おくがた》たちそっくりだな。本当に未来から来たのか……」

子供たちは【ミラージュ】の付与《ふよ》されたブローチを外し、本来の姿を見せている。それぞれの母親と並ぶとそっくりなので、一目瞭然《いちもくりょうぜん》、こんなにわかりやすい証拠《しょうこ》はない。

「変だとは思ったんだ。いくら親戚《しんせき》の子にしても、お父さん呼びってのはおかしいし」

どうやら公爵も、薄々《うすうす》だがなんとなく秘密があるとは気付いていたみたいだ。まあ普通《ふつう》、変だとは思うよね。さすがにお父さん呼びは無理があったか……。

「そ、それでその、スゥの娘というのは？」

「むう。それなんじゃがのう、父上。八重の娘とユミナ姉様の息子、そしてわらわの娘の三人はまだブリュンヒルドに来ていないのじゃ。この世界には来ておるようなのじゃが」

「なんだって⁉　だ、大丈夫《だいじょうぶ》なのかい⁉」

スゥの説明を聞くと、オルトリンデ公爵とエレンさんが慌て始めた。エレンさんの腕《うで》の中で眠《ねむ》っていたエド君もその様子に驚いたのかむずかり始める。

「ああ、そこは大丈夫です。僕らの子供は全員、金か銀ランクの冒険者《ぼうけんしゃ》らしいので」

「え⁉　……スゥの娘って何歳《なんさい》なんだい？」

公爵の質問に、スゥはアリスへと向き直る。

「アリス、わらわの娘はいくつじゃ？」

「え？　ステフはボクのひとつ下だから五つだよ」

「ほう。わらわの娘はステフというのか」

「あっ⁉」

慌てて口を押さえるアリス。なんとも残念そうな視線を子供たちはアリスに送り、エンデも娘の頭を切なそうな顔で撫でている。なんともうっかりさんだな。助かるよ。

「ステフって愛称《あいしょう》か？　名前はステファニー？」

「やー！　もう喋らない！」

ぷいっ、とアリスがそっぽを向いてしまった。おやおや。

「ステファニアですわ、お父様」

ふてくされたアリスに苦笑しながらアーシアが教えてくれた。ステファニア、か。略してステフね。

「いくら金銀ランクの実力を持っていると言っても、わずか五歳の女の子だろう？　だ、大丈夫かね？」

「大丈夫なんだよ。ステフは姉妹弟《きょうだい》の中じゃ一番防御《ぼうぎょ》に特化しているから。誰一人《だれひとり》として

触《さわ》ることもできないんだよ」

不安な声を出すオルトリンデ公爵に、けらけらとフレイがそうのたまった。

防御に特化？　【シールド】はリンネが使ってたよな。ひょっとして……。

「【プリズン】か」

「そうだよ」

【プリズン】は指定すれば自分の意思とは関係なしに防御壁《ぼうぎょへき》を展開する。寝《ね》ている間でさえも身を守ることが可能なのだ。確かにそれは防御に特化しているな。防ぐ条件も細かく設定できるし。

「それにあの子【アクセル】も持ってるから逃げ足《あし》も速いしね」

「【アクセル】まで使えるのかよ……」

完全防御に神速の移動力か。とんでもない五歳児だな。

「ただあの子の場合、【アクセル】を逃げ足には使わないわよね」

「絶対『ステフロケット』だよ」

クーンとリンネが物騒《ぶっそう》な話をしている。『ステフロケット』って何よ!?

「ステフの必殺《ひっさつ》技。【プリズン】を身に纏《まと》って、【アクセル】で頭から突っ込むの」

「要は体当たり」

僕の疑問をエルナとヨシノが説明してくれた。なんちゅう技を……。そういえばスゥもよく僕にタックルをかましてきたな。『この親にしてこの子あり』ってやつなのか？

オルトリンデ夫妻が子供たちの説明を聞いて難しい顔をしている。まだ会ったことのない孫のそんな話を聞かされて、喜んでいいものか、悲しんでいいものかわからないって顔だ。

「この話、兄上には？」

「話してません。本来なら子供たちが来てからお会いさせようと思っていたので。レグルスやレスティア、ああ、ゼノアスもか。そちらの方には話しましたが」

「確かに実際に会わなければ信じられないだろうなぁ……。私もどこか半信半疑だし。なのに、孫のことを考えるといても立ってもいられなくなる」

「ええ、私《わたくし》も。ステフはどういう子なのでしょう。スゥに似て活発な子なのでしょうか」

公爵に続き、エレンさんもわくわくとした目でそんなことを口にする。活発なんじゃないかねえ。なにせ『ステフロケット』だからな……。どうやらうちの末娘《すえむすめ》はかなりのおてんばのようだ。

「とりあえずベルファストの国王陛下には内緒《ないしょ》にして下さい。ユミナとの息子……久遠《くおん》が来たらこちらから説明しますので」

「なるほど、ユミナとの子供が跡継ぎだったわけか。それならあの喜びようも頷ける。おめでとう、ユミナ」

「ありがとうございます、叔父様《おじさま》！」

オルトリンデ公爵にお祝いの言葉をもらったユミナは本当に嬉しそうだ。まだ会ってもいないのにな。これで久遠がやってきたらさらに暴走するんじゃなかろうか。

「それで私の息子はどんな子ですか⁉　カッコいいですか？　それともかしこい？　女の子には優《やさ》しいのでしょうか？　さぞかし親孝行な、いい子なのでしょうね⁉」

「えと、あの、あの、あの、」

「ストーップ！　エルナが困ってるでしょうが。嬉しいのはわかるけど、少し落ち着きなさいよ」

ユミナに質問を浴びせられ、目を白黒させていた娘《エルナ》のところに母親であるエルゼが止めに入った。

「まあまあ……。それは会った時のお楽しみにしとこうよ。先に知ってしまうと身構えてしまうしさ」

「うー……。早く会いたいです」

拗《す》ねるユミナを宥《なだ》めながら、相変わらず待つことしかできないこの身を嘆《なげ》く。ヨシノが来てからだいぶたったからそろそろ来てもおかしくはないんだが。

いや、八雲はまだ来る気がないのかもしれないけど。そろそろ顔を見せないとお母さんも限界かもしれないぞ。直球で言うと尻叩きが待ってる。

さすがに娘が折檻《せっかん》されるところは見たくないので、久遠やステフよりも八雲の帰還を願う僕であった。

◇　◇　◇

刀を一振《ひとふ》りして刃《やいば》に付着した血を飛ばす。自動的に【クリーン】がかかるようになっている愛刀を八雲は鞘《さや》へと納めた。

「いや、嬢ちゃん強いのう。盗賊《とうぞく》団を一人で殲滅とは……。いやはや信じられんな」

教授《プロフェッサー》はそこらに倒《たお》れている男たちを見て感嘆《かんたん》のため息を漏らす。

ガルディオ帝国《ていこく》から船でアイゼンガルドに入った二人だったが、廃墟《はいきょ》となっているアイゼンガルドの旧首都、アイゼンブルクへは交通手段がなかった。

結局徒歩で向かうことになったのだが、その道中で突如盗賊《とつじょとうぞく》に襲《おそ》われたのだ。

国が崩壊《ほうかい》し、荒《あ》れ果てたアイゼンガルドではこういったならず者が多く跋扈《ばっこ》する地域になってしまった。

取り締《し》まる者がいないため、自然と脛に傷を持つ奴《やつ》らが集まり、廃墟を塒《ねぐら》としているらしい。

八雲たちを襲ってきた賊《ぞく》たちは五十人ほど。その全員をほとんど八雲一人が斬《き》り伏《ふ》せてしまった。

「妙《みょう》でござ……、ですね。この者たちはどこか正気ではなかったような気がします。わけのわからないことを口走っていましたし。もしかして……」

八雲は倒れた男の懐《ふところ》をまさぐり、ボロい財布《さいふ》を見つけ奪い取る。それを見て教授《プロフェッサー》はなんとも言えない顔をした。

「嬢ちゃん、さすがに賊の財布を奪うのは……。そんなに困ってたのかい……。ワシに言ってくれれば少しは……」

「ち、違《ちが》うでござるよ!? お金が欲しくて財布を取ったんじゃないですからね!?」

慌てて弁解する八雲。やがて財布から目的の物を見つけ、「やはり」と小さくつぶやいた。

「ん? なんじゃそれは? 薬かの?」

八雲が財布から取り出した小さな薬包。開くと中には黄金の粉が少量入っていた。

「砂金か？　いや、それにしては色が少し濁《にご》っているような……」

「これは聖樹の枝をすり潰《つぶ》した薬と偽《いつわ》って、世間に流れている魔《ま》薬にござ……魔薬です。これを取り込むと、だんだんと感情の抑制《よくせい》ができなくなり、本能のままに暴れ、攻撃的《こうげきてき》な人格となります。そしてやがては死に至る」

「なんと……！　そんな物が出回っておるのか……！」

先ほど襲ってきたこの盗賊たちはどこか目の焦点《しょうてん》が合っておらず、また、意味不明なことを口走りながら八雲に襲いかかってきた。

どう見てもまともな精神状態ではない。すでに薬に頭と身体を蝕《むしば》まれ、末期状態になっていたのだろう。

「アイゼンガルドには金花病《きんかびょう》がありましたからね。こういった詐欺《さぎ》紛《まが》いの薬に手を出す者は多いと思われます」

「むむ……。国はなにをしとるんじゃと言いたいが、その国が無いのではな……」

教授《プロフェッサー》が顔を歪《ゆが》める。

八雲が出会ったあの潜水服《せんすいふく》の男は『邪神《じゃしん》の使徒』と名乗った。この薬は間違《まちが》いなくあの者たちが絡《から》んでいると思われる。

魔薬はアイゼンガルドを中心にばら撒《ま》かれている。その周辺国、ラーゼ武王国、ガルディオ帝国、ストレイン王国、オルファン龍鳳《りゅうほう》国にも手が伸びているようだ。

かなり大規模な組織になってるのかもしれない。ここまで大きくなってしまっては、もう八雲一人でどうこうできるレベルではないと本当はわかっていた。

わかってはいたが、なにか手土産《てみやげ》に情報の一つも持ち帰らないと、帰るに帰れないところまできてしまったのである。

「アイゼンブルクまではあとちょっとです。行くだけ行ってみましょう。帰るのはいつでもできますので」

自分に言い聞かせるように、八雲は再び歩み始めた。教授《プロフェッサー》には【ゲート】のことを伝えてある。目的地である廃都《はいと》アイゼンブルクまで行って、何もなければ【ゲート】で帰ればいい。それがブリュンヒルドかどうかはまだ決められないでいたが。

半日も歩くと大きなクレーター跡《あと》が見えてきた。父母たちと邪神との戦いでできたものだろう。教授《プロフェッサー》がそのクレーターを眺めながら、感心したようなため息をつく。

「こりゃまたなんという……。いったいどんな戦いをすればこんなことになるんじゃ？」

八雲はその戦いを見てはいない。当たり前だ。生まれる前のことなのだから。

ただ、苛烈《かれつ》な戦いだったとだけ。もっともこの大穴は邪神が空けたものらしいが。

クレーターを過ぎると廃墟になった町の残骸《ざんがい》が多くなってきた。

更地《さらち》になってしまった中央部と、崩《くず》れ落ちた建物だらけの都市外縁部《がいえんぶ》。その差が激しい。

「砕《くだ》けた壁《かべ》だらけで歩きにくいのう」

「崩れるかもしれないのであまり高い建物には近付かない方がいいですよ」

かつて『工都アイゼンブルク』と呼ばれた鉄の都の面影《おもかげ》はまったくない。ただ錆《さ》びた鉄の塊《かたまり》と砕けた石が転がるのみだ。

時折、建物の下敷《したじ》きになったゴレムなどが見られた。人間などの亡骸《なきがら》があまり見当たらないのは、邪神戦よりも前に、ヘカトンケイルによる魔工王の暴走があったため、すでに大半の住人は逃げ出していたからだと思われる。

「むっ」

「どうした、嬢ちゃん?」

「しっ……。静かに……」

先頭を歩いていた八雲が建物の陰《かげ》に隠《かく》れる。それに従い、教授《プロフェッサー》とお付きの騎士《きし》の姿をした軍機兵《ソルダート》たちも続くようにして隠れた。

「いったいどうしたと……むっ、あれは……!」

八雲の視線の先、廃墟になった残骸の山の上に、辺りを窺《うかが》うようにした一匹《ひき》の魔物《まもの》がいた。

魔物、という括《くく》りがあっているのかわからない。蝙蝠《こうもり》のような羽と長い尻尾《しっぽ》を持ち、全身が黒い鎧のようなもので覆《おお》われている。頭部からは禍々《まがまが》しい二本の捻《ねじ》れた角が伸《の》びており、顔はつるんとしていて、まるで剥《む》いた茹《ゆ》で卵《たまご》のようになにもなかった。

「悪魔《あくま》……でしょうか？」

悪魔とは召喚魔法《しょうかんまほう》により呼び出すことのできる、魔界《まかい》の住人である。階級によりその強さは様々で、当然上位になるほど呼び出すのにいろんな制約や条件が必要となってくる。

近くに召喚者がいるのかもしれないと、八雲は辺りを注意深く探《さぐ》るが今のところその気配はない。

これは八雲の直感であるが、あの悪魔からはそれほど強い気配は感じられない。おそらくは下級の悪魔なのだろうと推測する。

「悪魔とな？　ワシは悪魔とやらに会ったことはないが、ずいぶんと変な翼《つばさ》をしておるの？」

魔工学の発展した西方大陸の住人であった教授《プロフェッサー》は、当然召喚魔法などというものを知らない。その教授《プロフェッサー》でさえ変と断じるその悪魔の翼。それは機械の翼であった。

よく見ると肘《ひじ》から先の手も機械のようであり、膝から下の脚も同じようにメカニカルなフォルムをしていた。

悪魔とゴレムの融合体《ハイブリッド》、とでも言えばいいのだろうか。

八雲の父がこの場にいたならば、『いや、サイボーグかよ』とツッコミを入れていたに違いない。

サイボーグの悪魔は何かに満足したのか、くるりと踵《きびす》を返し、その場から去っていった。

「教授《プロフェッサー》はここに。ちょっと尾《つ》けてみます」

「むう。気を付けてな」

身を低くして八雲が建物の陰から飛び出す。八雲は気配を消す訓練を幼少のころより受けている。自国諜報《ちょうほう》機関のトップである椿《つばき》からの直接指導だ。

廃墟の物陰《ものかげ》に隠れながら、先を行く機械混じりの悪魔のあとを追う。

やがて悪魔はある崩れかけた工場のような施設《しせつ》へと入っていった。ガラスは砕け、鉄骨は錆びてひしゃげているが、比較的《ひかくてき》無事な建物である。

八雲は廃工場《はいこうじょう》の裏手へと回った。さすがにあのまま悪魔のあとを尾けて中へと入ればすぐに見つかってしまうだろう。

割れたガラス窓から中をそっと覗《のぞ》いてみる。薄暗い工場の中は、穴の空いた天井から光が漏《も》れ届いていた。

「あれは……！」

八雲は工場内中央部に置かれているものに目を見張った。工場内に無数に貼《は》られている護符《ごふ》のような物にも目をやられるが、それよりも中央部に鎮座《ちんざ》する『それ』の方が遥《はる》かに目を引く。

それはまるで昆虫《こんちゅう》の蟻《あり》のように見えた。表面は石のような色で、一見何かの石像に見える。ところどころひび割れのような亀裂《きれつ》が入っていて、見るからにボロボロだ。

石の蟻は大きな金属の土台の上に浮《う》いていた。ここからはよく見えないが、大きな金属でできた台座には何やら魔法陣《まほうじん》のようなものが刻まれているようだ。その効果だろうか。

「あれは……もしや変異種という邪神の僕《しもべ》では……？」

八雲は邪神を見たこともなければ、その僕たる変異種というものも話でしか聞いたことがなかった。こんなことならば、父に無理にでも映像を見せてもらうべきだったと八雲は後悔《こうかい》したが、後の祭りである。

母から話で聞いた変異種と特徴《とくちょう》は一致《いっち》する。邪神を失った時に色が変わり、あのような石の姿に変わったと聞いた。

しかし仮にあれが変異種だとして、あの悪魔たちはなにをしているのだろうか。すでにあの変異種は死んでいるのかピクリとも動かない。ただの石像のように見える。

「む」

廃工場の中には八雲が尾《つ》けてきた悪魔とは別に、同じような悪魔が何体もいた。その中に一人だけ、姿の違う者を発見する。

そのフォルムは女性だった。全体の服装は八雲の母の一人であるリーンに酷似《こくじ》していたが、どこか妖艶《ようえん》さと退廃《たいはい》さが漂《ただよ》う。コルセットで締《し》められた腰《こし》は細く、そのぶん溢《あふ》れんばかりの胸が強調されている。顔の上半分に鉄でできたドミノマスクのようなものをしているので、表情はよく読み取れない。

ウェーブがかかった長めの赤毛は無造作にまとめられている。短めのスカートから覗く脚は、黒いレースのストッキングで覆われ、ガーターベルトで留められていた。

同じ女性ながら、八雲が目のやり場に困るような姿である。まるで娼婦《しょうふ》のような雰囲気《ふんいき》の女だった。

それでいて腰には不釣《ふつ》り合いな戦棍《メイス》をぶら下げている。僅《わず》かにオレンジ色の光を帯びているように見えるのは気のせいだろうか。

どこか、以前出会った潜水服の男に雰囲気が似ている。あの女も『邪神の使徒』に違いあるまいと八雲は感じた。

「ふー……。さて、面倒《めんどう》だけどオシゴト、オシゴトっと」

鉄仮面の女は腰の戦棍《メイス》を手に取り、おもむろに変異種へ向けて振《ふ》り下ろした。容赦《ようしゃ》ない一撃《いちげき》である。

石の変異種が砕ける、と八雲は予想したが、それに反して変異種は砕けなかった。ひしゃげたのである。

「そらそらそら」

女はリズミカルに変異種を殴打《おうだ》していく。まるで作り上げた粘土《ねんど》細工が崩れていくように、変異種は形を失っていった。

左右上下から乱打されるうちに、変異種だったモノは単なる塊に変化していく。しかも殴打されるたびに小さくなっていき、今や野球ボールほどの大きさしかない。まるで何かの力で外側から押《お》さえ込まれ、圧縮されているようだ。

宙に静止した石のボールに叩きつける戦棍《メイス》の速さが上がる。オレンジ色の光の軌跡《きせき》が廃工場の中を照らし出していた。

そしてそれに呼応するように、灰色だった石のボールが、だんだんと光を帯び、黄金に輝き始めた。

「よっ、と！」

大きく振りかぶった鉄仮面の女が、勢いよく戦棍《メイス》を叩きつけると、ガオンッ！　と大きな音を残し、ボールは消滅《しょうめつ》した。

否、消滅してはいない。なにやらキラキラとした粉となり、魔法陣の描《えが》かれている土台に落ちていった。砂金のようなものが魔法陣の上に散らばっている。

「あらら、これっぽっち？　またインディゴのやつに文句言われるわね」

ボヤく鉄仮面の女を無視して、悪魔たちが器用に小さな羽ぼうきを使い、その粉を集めていく。

「あの粉……もしや、あれが黄金薬の素《もと》では？　まさか変異種の亡骸から作られていたとは……」

どちらかというと作られたというより、搾《しぼ》り取られたという表現がピッタリな感じだが。

すでに水が搾り取られた雑巾《ぞうきん》を、さらに強く絞《しぼ》ってなんとかわずかに水を出した……という感じだ。

もう少しよく中を見ようと八雲が窓枠《まどわく》に手をかけた瞬間《しゅんかん》、錆び付いてボロボロだったその窓枠が突然《とつぜん》それごと壁から外れ、内側へ向けて倒れ始めた。

「────ッッ⁉」

八雲は声にならない悲鳴を上げ、反射的に手を伸ばしたが、どうしようもない。派手な音を立てて、窓枠が廃工場の中に倒れ、中にいた全員の注目を一斉に浴びる。窓枠も窓も無くなった今、向こうからは八雲が丸見えであった。

八雲は絶対にいま、自分はかなり間抜《まぬ》けな顔をしていると確信した。

「……あらん？　誰《だれ》かしらぁ？」

「な、名乗るほどの者ではない！」

羞恥《しゅうち》のため赤面しながらそう叫《さけ》ぶだけで精一杯《せいいっぱい》の八雲であった。

「名乗るほどの者ではない、ねぇ……。まあ、お嬢ちゃんの名前なんかに興味ないけど。どうせすぐいなくなるしね」

鉄仮面の女がクスクスと笑うと、廃工場にいた半機械の悪魔たちが、八雲に向けて襲いかかった。

壊《こわ》れた窓の外にいた八雲は踵を返し、廃工場から離れる。それを窓を乗り越《こ》えて追ってくる悪魔たち。

「むっ⁉」

廃工場から少し離れたところで八雲は足を止める。前からも同じような悪魔が現れたのだ。

『ギギッ』

機械が軋《きし》むような声を上げて、前方の悪魔たちが自らの爪《つめ》を伸ばす。そのまま鋭利《えいり》な手刀となった両腕《りょううで》を振りかぶり、八雲へと襲いかかった。

「ふっ！」

八雲が愛刀を抜《ぬ》き放つ。水晶《すいしょう》の煌《きら》めきをたたえたその刃は、すれ違いざまに悪魔の胴体《どうたい》を真っ二つに斬り裂《さ》いた。

下半身を残し、悪魔の上半身が地面へと落ちる。どうやら胴体は生身のようで、青い血が廃虚《はいきょ》の地面を染めていた。

倒れた仲間を一瞥《いちべつ》もせず、続けて襲いかかってくる悪魔を八雲は袈裟《けさ》斬りに斬り捨てる。

父である冬夜の魔力が込められたこの晶刀《しょうとう》は、絶大な切れ味を持つ。受け止められるのは同じ晶材を用いた武器だけだ。たとえ機械で強化された悪魔だろうと防ぐことはできない。

……はずなのだが。

「っ⁉」

背後から振り下ろされたメタリックオレンジの戦棍《メイス》を八雲は晶刀で受け止める。

「あらぁ？　おかしいわねぇ。私の『ハロウィン』で砕けないなんて。ずいぶんと頑丈《がんじょう》な剣《けん》だこと」

「……あなたのお仲間も同じようなことを言ってましたよ」

いつの間にか追いかけてきていたらしい鉄仮面の女に八雲が言い放ちつつ、戦棍《メイス》を払《はら》い退ける。

「お仲間？　誰かしらぁ？」

「青い手斧《ておの》を持った丸兜《かぶと》の奴です」

「ああ、インディゴね。ふぅん、あいつと戦《や》ったんだ？　じゃあ私とも遊んでもらおうかしらねぇ！」

鉄仮面の女が再び戦棍《メイス》を振り下ろす。見切れないスピードではない。八雲は晶刀をかざし、正面からそれを受け止める。

「ぐっ⁉」

八雲の腕が悲鳴を上げる。先程《さきほど》とは違った重い一撃。さっきのは全力ではなかったのかと、再び払い退ける。

「ほらほらほら、どうしたのかしらぁ？」

「ぬ、ぐ……！」

連続で振り下ろされる戦棍《メイス》が、一撃ごとに重くなる。おかしい。これではまるで……！

八雲の脳裏《のう》についさっき廃工場で見た、潰された変異種の姿が浮かぶ。

まっすぐに振り下ろされる戦棍《メイス》を今度は横に転がりながら避《さ》けた。地面へと振り下ろされた戦棍《メイス》は、敷《し》き詰《つ》められた石畳《いしだたみ》を破壊《はかい》し、大きな窪《くぼ》みを作る。

「その戦棍《メイス》……。振り下ろすたびに重さが加算されるんでござ……ですね？　あるいは重さを瞬時《しゅんじ》に変えることができるとか」

「あらぁ、バレたわ。本当に何者よ、お嬢ちゃん？」

鉄仮面の女が探るような目を向ける。メタリックオレンジに輝《かがや》く戦棍《メイス》を再び八雲へと向けた。

八雲があの戦棍《メイス》の能力に気がついたのは、妹の攻撃法《こうげきほう》に似ていたからだ。もっとも妹《リンネ》の攻撃《こうげき》はもっと重いが。

気がつくと周囲には半機械の悪魔が群がりつつあった。この数と目の前の鉄仮面の女を同時に相手にするのはさすがの八雲でも厳し過ぎる。

となれば、八雲が取る行動は一つ。

「【ゲート】」

足下《あしもと》に自分一人が通れるほどの転移門を開き、ストンと地面に落ちるようにその場から転移する。悔《くや》しいが、逃《に》げるのも戦略の一つ。転移する瞬間、驚《おどろ》きに目を見張る鉄仮面の女を見て、八雲は少しだけ溜飲《りゅういん》を下げた。

転移した先では所在なげに教授《プロフェッサー》が辺りを窺っていた。空中に現れた転移門から地面へと八雲が着地する。

「のおぉぉ!? な、なんじゃ、嬢ちゃんか!? おどかさんでくれい!」

突然、目の前に落ちるように現れた八雲に、教授《プロフェッサー》は腰が抜けるほど驚いた。瓦礫《がれき》に足を取られ、倒れそうになるのを騎士の姿をしたお付きの軍機兵《ソルダート》が支えてくれる。

「見つかりました。逃げます!」

「お、おお、わかった!」

状況《じょうきょう》をすぐに飲《の》み込んだ教授《プロフェッサー》が頷く。先ほど八雲が囲まれた場所からここまではそう遠くない。すぐにここにも悪魔たちがやってくるだろう。

『ギギッ』

そう思っているうちに本当に悪魔たちがやってきた。蝙蝠の羽をはばたかせて、こちらへと飛んで来る。その後ろには鉄仮面の女も見えた。

逃げるのは癪《しゃく》だが、敵地で無理をする必要はない。自分一人ならまだしも教授《プロフェッサー》という連れもいる。『三十六計逃げるに如《し》かず』とは父の言葉(違う)だ。他の三十五計は知らないが。

「【ゲート】!」

開いた転移門に教授《プロフェッサー》を飛び込ませ、お付きの軍機兵《ソルダート》の騎士たちがそれに続く。

逃《のが》すかとばかりに、悪魔の腕が弾丸《だんがん》のように打ち出され、鎖《くさり》をともなって八雲へと襲いかかった。

晶刀を横へと振り抜いて、八雲はなんなく鎖のついたその腕を斬り落とす。

しかし次の瞬間、悪魔の背後にいた鉄仮面の女がオレンジに輝く戦棍《メイス》を振りかぶる姿を見て、八雲はバックステップで転移門の中へと飛び込んだ。

転移門が消えたその場所に、ドゴンッ！　と大きな地響《じひび》きを立てて、何か見えないものが落下した。石畳が派手にへこみ、無数の亀裂が入る。

「……逃したわぁ。残念ねぇ。これってインディゴに怒《おこ》られるかしら？」

鉄仮面の女、タンジェリンはため息とともに憂鬱《ゆううつ》そうな声を漏らした。


【ゲート】で転移してきた裏路地から表通りへと出る。高い時計塔《とけいとう》がある中央広場から延びるこの通りからは、丘《おか》の上に建つ城がはっきりとよく見えた。

八雲が生まれた時から見慣れた城……というか、実家だ。

その城を見上げながら八雲は陰鬱《いんうつ》そうなため息を吐《は》く。

「帰ってきてしまった……」

とっさに一番安全なところ、と思《おも》い浮かべたのが良かったのか悪かったのか、無意識に八雲はブリュンヒルドの町に転移していた。転移先はよく妹たちと城を抜け出すときに使っていた路地裏である。

「おお、ここはブリュンヒルドじゃな。嬢《じょう》ちゃん、ここの王様とワシは顔見知りじゃから安全じゃぞ」

「ええ、私もよく知ってます……」

嬉《うれ》しそうに語る教授《プロフェッサー》に八雲はなんとも言えない気分になった。

とりあえず、邪神の使徒の情報を持ち帰るという自分の目的は果たした。あとは大手を振ってこの時代の父と母たちに会いに行けばいいのだが、ずっと連絡《れんらく》を取ってなかった手前、どうしても二の足を踏《ふ》んでしまう。

ぐぅぅ……、と気が滅入《めい》ったせいか、お腹《なか》まで空いてきた。

「そういえば腹が減ったの。お、あの宿で食事ができるようじゃ。なにか食べていくか」

「そうですね……。っ！　いや、あそこはやめておきましょう。あっちの方に美味《おい》しそうな店がある予感がします。あっち、あっちに」

慌《あわ》てたように八雲は教授《プロフェッサー》をぐいぐいと別の方向へと押していく。

教授が指し示した宿の名は『銀月』。ブリュンヒルド王家お抱《かか》えの国営店だ。故《ゆえ》に、国に仕える騎士などもちょくちょく食べに来る。安全面をいうならば、ここより安全な店はない。

しかし今の八雲にとっては、父の配下がいてもおかしくない危険な店である。

もしもすでに手配されていたとしたら、通報されれば一発で父が飛んで来るだろう。そして母も……。

ここに至っては逃げ出す気はないが、もう少しだけ心の整理をする時間が欲《ほ》しい八雲であった。

しかしテンパっていたためか彼女《かのじょ》は気がついていなかった。

『銀月』の店先にいた数匹《すうひき》の猫《ねこ》たちがじっと自分たちを見ていたことに。

そのうちの数匹が八雲たちを追いかけて動き出し、一匹は自分たちのボスに知らせるため、城への道を駆《か》け始めた。

◇　◇　◇

一方、魔導列車の方はというと。

僕《ぼく》らを乗せた魔導列車はリーフリース皇国最初の駅であるパリストン駅に停車し、ここでも盛大《せいだい》な歓迎《かんげい》を受けた。地理的な問題で、リーフリース側はこのパリストン駅の次が皇都ベルンとなる。つまりは終点だ。

僕らの短い旅も次の駅で終わる。全体的に見て列車自体に問題はなさそうだ。これなら大丈夫なんじゃないかな。

ここからはリーフリース、ベルファスト、それぞれの国内の地方へと線路が延びていくと思う。異世界のローカル線ってところか。

それとは別にレグルスやミスミド、パナシェスなど隣国《りんごく》にもやがて延びて、人々の往来や物資の流通が多くなることだろう。

観光を目的として旅をする人たちも増えると思う。そのうちツアー会社なんて出てくるかもしれないな。

終点に到着《とうちゃく》するのを惜《お》しむかのように、ユミナが窓から見える景色を眺《なが》めている。

「アレフィスからベルンまで五時間ですか。馬車での旅だと何日もかかっていたのが嘘《うそ》のようですね」

「お金はかかるけどね。だけど安全は保証されるから、裕福《ゆうふく》な人たちは乗ってくれると思う」

魔導列車に乗れば盗賊などに襲われる心配はなくなる。安全に目的地に着けるのだ。貨物列車が走るようになれば、大量の荷物を運ぶことも可能になる。

これからは魔導列車が流通の要になるんじゃないかな。

《主《あるじ》》

「ん？　琥珀《こはく》か？」

そんなこれからの展望を思い浮かべていた時、城でお留守番をしているはずの琥珀から念話が飛んできた。何かあったのだろうか。

「どうした？　何かあったのか？」

《はい。配下の猫から知らせが届いたのですが、八重様に似た少女が城下に現れたと……》

「えっ⁉」

思わず大きな声を出してしまい、周りのみんなの視線を集めてしまった。隣《となり》のユミナが目をパチクリさせて尋《たず》ねてくる。

「ど、どうしたんですか、冬夜さん？」

「いや、その……いま琥珀から連絡があって、城下に八雲らしき子が現れたって……」

「なっ、ほ、本当でござるか⁉」

ガタッ、と立ち上がる八重。周りのみんなもピタリとお喋《しゃべ》りをやめて僕らの方を窺っている。

「琥珀、その子は今どこに？」

《場所はわかりませんが、城へ向かっているわけではないようです。猫たちが尾けているので、自分は今そちらへ向かってますが――》

城へ向かっているわけじゃない？　帰ってきたわけじゃないのか？

八重が焦《じ》れたように僕に迫《せま》ってくる。

「だ、旦那様《だんなさま》！　早く捕《つか》まえにいかねば！　確実に取り押さえぬと逃げてしまうやもしれぬでござる！」

いやいや、そんな犯罪者みたいに言わんでも。貴女《あなた》の娘ですよ？

とは言え、八雲は【ゲート】を使える。逃げられてしまうってのはあり得なくもない話だ。

「よし、【ゲート】で琥珀のところへ行こう。それから尾けている猫たちに連絡をとって

「────」

「ちょ、ちょ、ちょっと待ってくれ！　冬夜殿《どの》、いや、公王陛下がいなくなるのはまずい！　ベルンではリーフリース皇王陛下も待っているんだから！」

焦《あせ》る僕たちに待ったをかけたのはオルトリンデ公爵《こうしやく》閣下である。

そうだった。なんとなくゆるく考えてたけど、これって一応式典なんだった。

くそっ、よりによってこんな時に！

皇王陛下だけならなんとかなったかもしれないが、今回はリーフリースの重臣の方々も来ている。招待した一国の王がいなくなるのはさすがにマズいのは僕にもわかる。

「と、とりあえず、八重さんだけでもブリュンヒルドに戻《もど》ってもらったらどうですか？　王妃《おうひ》なら全員揃《そろ》っていなくてもさほど問題はないと思いますけど……」

リンゼがオルトリンデ公爵におずおずと尋ねる。公爵はむむ、と考え込《かんがこ》んでいたが、

「まあ、公王陛下がいるのなら……。一人体調が悪くなったので帰した、とリーフリース側に説明すれば問題はない……と思う」

「ではそれで！　旦那様、体調が優《すぐ》れないので、一足先に帰るでござる！」

体調が優れないとはとても思えない、はっきりとした口調で八重が叫ぶ。

ぬぬ、僕もついて行きたいが、この状況ではやはり無理か……。

「お父様、私がついて行くんだよ。いいかげん八雲姉様を捕まえないと」

長女不在の次女の責任感からか、フレイがそう申し出てくれた。フレイが八重と一緒《いっしょ》に行ってくれるなら安心かな。

「わかった。……八重も落ち着いて冷静にな」

「拙者《せっしゃ》は冷静でござる。冷静でござるとも」

そわそわ、うずうずという擬音《ぎおん》が聞こえてきそうな八重がそう語る。大丈夫《だいじょうぶ》、だよね？

琥珀の待つブリュンヒルドの城門前へ【ゲート】を開くと、待ち兼《か》ねたように八重が勢いよく飛び込んでいった。フレイもそれにひょいと続く。

「大丈夫かなあ……」

不安な気持ちを抱えたまま僕らを乗せた列車はリーフリース皇都、ベルンへと向かっていった。

◇　◇　◇

八雲は教授《プロフェッサー》と別れ、ブリュンヒルドの城下町をぶらついていた。

教授《プロフェッサー》は知り合いのゴレム技師……おそらくはエルカ技師であろう、に挨拶《あいさつ》してくると城へと向かったため、八雲は別行動をすることにしたのだ。

本来なら一緒に行くべきなのだろうが、ここに来てまだ八雲は城に行くのを躊躇《ためら》っていた。

「さすがにこれ以上は……。こんなことなら先に母上に許可をもらってから修行《しゅぎょう》の旅にでるべきであったか……」

大きなため息をつきながら八雲は町を当てもなく歩く。過去の町並みとはいえ、生まれた時から知っている町だ。迷子になる事はない。

さて、これからどうしたものかと、再びため息をつく八雲の前に立ち塞《ふさ》がる一つの影《かげ》。

俯《うつむ》いた顔を上げると、そこには見慣れた顔があった。

覚えている顔よりも若いが、間違いなく己《おのれ》の母親である八重の姿であった。

「見つけたでござるよ、この家出娘《むすめ》……！」

「い、いや、は、母上……。私は別に家出したわけでは……」

無表情にこちらを睨《にら》んでくる八重に、八雲がたじろぎながら一歩下がる。

母親の放つ無言の威圧《いあつ》に八雲はたじたじとなる。八雲は金ランクの冒険者《ぼうけんしゃ》となり、それなりに強くなったと自負しているが、母親である八重には毛筋ほども勝てる気がしない。

「いったい今までどこをほっつき歩いていたのでござるか……？」

「あの、その、は、母上、これにはわけが……」

八雲は蛇《へび》に睨まれた蛙《かえる》のように動けない。母親の怒《いか》りはそれほどかと足が竦《すく》みそうになる。

一瞬《いっしゅん》【ゲート】で逃げようかという考えが脳裏をよぎったが、そんなことをすれば火に油を注ぐようなものだ。

こうなれば覚悟《かくご》を決めて母の怒りを受けるしかない、と目をつぶった八雲だったが、次の瞬間、ぎゅっと八重に抱《だ》きしめられていた。

「え、あの、母上……？」

「この馬鹿娘……！　どれだけ心配したと……！」

金ランクの冒険者とはいえ、わずか十一の娘が一人で諸国を旅するなど、心配するなという方が無理だ。

八重には母親として八雲と過ごした記《き》憶《おく》はないが、抱きしめたこの娘が自分の娘だと、大切な存在だと確信できた。

「やっと、会えたでござるな……」

「母上……。そ、その、も、申し訳……」

「くふふ、八雲姉様ったら照れてるんだよ」

「なあっ⁉　ふっ、フレイ⁉」

ひょっこりと八重の背後から現れたのは、すぐ下の妹であるフレイであった。足下には父親の召喚獣《しょうかんじゅう》である琥珀の姿もある。

さすがの八雲も母親に抱きしめられている姿を妹に見られるのは恥《は》ずかしい。じたばたともがいて八雲は離《はな》れようとするが、八重はしっかと抱きしめて放さない。

「は、母上！　もうそろそろ放して下さ……！」

「……皆《みな》に心配をかけて、八雲は悪い子でござるな」

「えっ？」

不意に口調が変わった八重に、八雲の顔がわずかに曇《くも》る。抱きしめられている八重の腕《うで》に力が入り、拘束《こうそく》が強くなった。

「ちょっ、は、母上？　いささか力が強いのでは……！　いたたたた！」

「……悪い子にはお仕置きをせねばなるまいな？」

母親の低い声を聞き、八雲はさあっ、と血の気が引いた。この声は小さい頃《ころ》よく聞いたことがある。

約束の刻限まで城に帰らなかったとき。

嘘をついて失敗をごまかしたとき。

我儘《わがまま》を言って城のみんなを困らせたとき。

決まって受けるお仕置きは同じだった。

「いやぁぁ!? はっ、母上!? 後生ですからアレだけは! アレだけわぁぁぁぁ!」

八雲がじたばたと八重の腕の中でさらにもがく。しかししっかりと娘を拘束した八重の腕はびくともしない。

「ふっ、フレイ! 助けて!」

姉の威厳《いげん》も投げ捨てて、八雲はすぐ下の妹に助けを求める。

涙目《なみだめ》になっている姉ににっこりと微笑《ほほえ》むフレイ。

「八雲姉様。往生際《おうじょうぎわ》が悪いんだよ」

「いやあぁぁぁぁぁぁ!?」

「さて、城に戻るでござるかな。お仕置きはその後でたっぷりと……」

「ひぃぃ!? 父上ぇ! 助けて下さい!」

とうとうここにはいない父親に助けを求める八雲。一瞬、琥珀は念話で自らの主《あるじ》にこのことを伝えようかと思ったが、威圧感とともに向けられた八重の微笑みに思い留《とど》まった。

琥珀とて厄災《やくさい》は避けたい。

ひょいと肩《かた》に娘を担《かつ》ぎ上げた八重は城への道を楽しげに戻り始めた。

肩に乗せられたその娘は絶望感に苛《さいな》まれていたが。

◇　◇　◇

「うう、う〜……」

「みんな、おかえりでござる」

「あ、うん……」

逸《はや》る気持ちを抑《おさ》えてリーフリースでの式典をなんとか終えた僕たちは、その足で【ゲート】に飛び込み、ブリュンヒルドへと戻ってきた。

リビングへ足を踏み入れた僕たちが見たものは、にこやかに出迎《でむか》える八重と、ソファーに俯《うつぶ》せに横たわり、唸《うな》り声《ごえ》を上げるおそらく八雲と思われる少女、そしてそのお尻《しり》に氷嚢《ひょうのう》を当てるフレイの姿だった。

どうやら八雲は尻叩《しりたた》きの刑《けい》に処されたらしい。八重は厳しいからなあ……。

「いったいこれは……」

「少しばかり家出娘にお仕置きを」

八重の返しに『絶対少しじゃないぃ～……』と小さな反論が飛んできたが、八重は振り返りもせずにスルーした。なんだろう、笑顔《えがお》が怖《こわ》い……。

「八雲」

「はっ、はい！」

八重の呼びかけに、びくん、となった八雲は、よたよたとソファーの上に正座した。叩かれたお尻が痛いのか、少し腰を浮かし気味だ。

「皆様《みなさま》、この度《たび》はご心配をおかけしまして、申し訳ありませんでした……」

正座したまま、ぺこりと頭を下げる八雲。いやいや、そこまですることないから！

僕がお尻を押さえる八雲に回復魔法《まほう》をかけると痛みが消えたようで、顔色が幾分《いくぶん》かマシになった。

「大丈夫かい？」

「ふう……。ありがとうでござ……ありがとうございます、父上」

八雲は恥ずかしいのか、顔を背《そむ》けながらお礼を述べた。

他の子と同じく、八雲も母親である八重とよく似ていた。真面目そうな子である。真面目すぎていささか融通《ゆうずう》がきかなそうなタイプかな。

なんにしろ無事でよかった。これで七人目。あと二人か。一人息子《むすこ》と末娘《すえむすめ》はどこの空の下にいるのやら。

「うーん、やっぱり無理か……」

城の上空に【フライ】で浮かび、神力を込めた【サーチ】を広げてみたが、とても世界全域を調べることはできなかった。

魔力《まりょく》を使った普通《ふつう》の【サーチ】は大気、あるいは大地や海、全てに含《ふく》まれる魔《ま》素を利用しているため、結界で遮断《しゃだん》されていないほとんどの場所を調べることができる。

一方、神力を込めた【サーチ】は結界で覆《おお》われた場所さえも突破《とっぱ》し検索《けんさく》できるが、自分の神気を広げて使うため、広範囲《こうはんい》の検索はできない。

まあ、今はできないってだけで、神格が上がっていけばできるようになるんだろうけども。

八雲に聞いた『邪神《じゃしん》の使徒』とやらは、人々を廃人《はいじん》にする薬をばら撒《ま》き、なにやら企《たくら》んでいるらしい。

しかもその薬の素《もと》となっているのが、変異種だという。

邪神との戦いの折り、全て消滅させたと思っていたんだが、いくつか取りこぼしがあったのだろうか？　あるいは誰かが意図的に隠していた？　結界を張れば【サーチ】を防ぐことはできるしな。

ま、その【サーチ】で『邪神の使徒』を検索してみようと思ったのだが、こうして失敗したわけだ。

奴《やつ》らが奪《うば》った『方舟《アーク》』も見つからないしな。フレイズの時のように次元の狭間《はざま》に隠れているのかもしれないなあ。

陰《かげ》でコソコソと……まったく面倒くさい。真正面から攻《せ》めてこないもんかね。そしたら秒で潰《つぶ》してやるのに。

僕がふわふわと城の上空を漂いながらそんなことを考えていると、眼下でなにか盛り上がっている声がした。

視線を下に向けると騎士団《きしだん》の訓練場で八雲が剣を振るっている。相手は八重《やえ》だ。母娘《おやこ》対決。フレイの時と同じだな。そういやリンゼもリンネと戦ってたよな……。ルーとアーシアも料理対決してたし。うちは母親は娘と戦わないといけない家訓でもあるのだろうか。

「九重真鳴流奥義《ここのえしんめいりゅうおうぎ》、紫電一閃《しでんいっせん》！」

「九重真鳴流奥義、龍牙烈斬《りゅうがれつざん》！」

二つの剣閃が激突《げきとつ》する。使っているのは木刀だが、あの木刀は頑丈に強化してあって、そう折れることはない。

……ないはずなんだけれども、なんか木刀が削《けず》れていっているような？　どんな打ち合いしたんだよ……。

少し心配になり、僕は訓練場へと降りていく。

すでに訓練場はちょっとした人だかりになっており、騎士団の連中に加え、城で働くメイドさんや文官の者も熱中するように立ち見していた。

その中に見知った顔を見つけて、僕は声をかける。

「来てたんですね、重太郎《じゅうたろう》さん」

「あ、冬夜《とうや》ど……いえ、公王陛下。お邪魔《じゃま》しております」

訓練場の一角で二人の戦いを真剣《しんけん》な目で見ていたのは、八重の兄であり、八雲の伯父《おじ》でもある九重重太郎さんだ。

重太郎さんは武者修行《むしゃしゅぎょう》という名目で、現在ブリュンヒルドに滞在《たいざい》中なのである。婚約者《こんやくしゃ》である綾音《あやね》さんと一緒に。

ときどき騎士団の連中に交じって訓練したり、諸刃《もろは》姉さんに指導を受けたりしていた。

ちなみに重太郎さんと、八重のご両親にはすでに八雲のことを話してある。他の家族同様びっくりはしていたが、けっこうあっさりと受け入れてくれた。

「どうです、あの二人」

「なんというか……八重に抜かされ、その娘にも抜かされると、強さとはなんだろうと思うことがあります……」

若干肩《じゃっかんかた》を落として重太郎さんがそう語る。いや、重太郎さんもかなり強いんですけどもね。もともと強かったけど、諸刃姉さんの指導を受けて、さらに強くなったと思う。うちの騎士団でも重太郎さんに勝てる者はほぼいないくらいに。イーシェンでならトップクラスじゃないの？

それでも八重とヒルダには大きな差があるから、自分ではそう感じてしまうのかもしれないが。

「九重真鳴流奥義、鳳雛飛廉《ほうすうひれん》！」

「九重真鳴流奥義、飛燕烈破《ひえんれつぱ》！」

再び二人の剣がぶつかり合う。

打ち下ろした八雲の木刀が、下から弧《こ》を描《えが》くように薙《な》ぎ払われた八重の木刀に弾《はじ》き飛ばされた。

「それまで。勝者、八重」

審判《しんぱん》をしていた諸刃姉さんの手が挙がる。

周りからは感嘆《かんたん》のため息と惜しみない拍手《はくしゅ》が送られる。

「ふむ。なかなかに修行を積んでいるようでござるな」

「くう……。若き日の母上にも敵《かな》わないとは……」

「それ私も思ったんだよ……」

八雲のつぶやきに近くで観覧していたフレイが同意する。

いや、君らのお母さん、神器である結婚《けっこん》指輪で従属神レベルになってるからね。ちょっと普通じゃないから。というか、その存在とまともにやり合える君たちも普通じゃないんだが。

「では次は私が相手をしましょう。いいですか、八雲さん?」

「ア、ハイ……。オテヤワラカニ……」

八雲の前に今度は木剣《ぼっけん》を持ったヒルダが立ち塞がる。八重と八雲の戦いを見て、うずうずしたようだ。

この後、ヒルダとの連戦を終えた八雲には諸刃姉さんとの戦い《ボスキャラ》が待っていた。ごめん、お父さんなんもできないわ……。

せめて試合が全部終わったら、【リフレッシュ】で疲《つか》れを取ってあげよう。

がんばれ八雲。

◇　◇　◇

「つっ、かれ、たぁ～……」

注文を終えると喫茶《きっさ》『パレント』のテーブルに八雲が突《つ》っ伏《ぷ》した。

二つのテーブルをくっつけた席には年若い少女たちが集まっている。長女の八雲から七女のリンネまで、プラス、アリスの八人である。

妹たちの前では普段《ふだん》は凛《りん》としている八雲も、今回ばかりはそれを保てないようだった。

それを見てくすくすと笑いながらクーンが揶揄《やゆ》する。

「大人気でしたわね、八雲お姉様」

「そんな人気いらない……」

八雲はあれから次々と騎士団の連中に手合わせを申《もう》し込まれ、面白《おもしろ》がった諸刃によって、八雲VS騎士団全員という、個人対集団の訓練をさせられる羽目になった。

「今まで好き勝手にふらついてた罰《ばつ》ですわ。少しは反省なさいませ」

「もうわかったから、勘弁《かんべん》して……」

ぷんすかとしているアーシアに八雲が小さく声を吐き出す。あのあと何度同じことを母親たちに言われたことか。

「ねえねえ、八雲おねーちゃん！『邪神の使徒』って強かった⁉」

「勝った⁉ それとも負けた⁉」

へこむ姉をものともせず、リンネとアリスが興味津々《きょうみしんしん》に尋ねてくる。

苦笑《くしょう》しながらむくりと八雲は起き上がり、コップに入った冷えた水を一口飲んだ。

「やり合ったのは二人。青い手斧《ハチェット》を持った鉄兜《てつかぶと》の男と、オレンジの戦棍《メイス》を持った鉄仮面の女。鉄兜の方は転移魔法で逃げられた。鉄仮面の方はこっちが逃げた」

「八雲お姉ちゃんが逃げたの？」

「同行者がいたの。そっちが危険だったから。『教授《プロフェッサー》』って言って、ゴレムの……」

「ぷ、教授《プロフェッサー》⁉ や、や、八雲お姉様、教授《プロフェッサー》にお会いになられたんですかっ⁉」

ガタンといつもの冷静さをかなぐり捨てて、クーンが椅子《いす》から立ち上がる。妹たちからも周りの客からも、何事かと視線が集まっていた。

「あれ？　連絡来てない？　エルカ技師を訪ねるってお城に行ったはずだけど……」

「本当に⁉︎　私、ちょっと失礼しますね！」

クーンがそのまま慌てるように喫茶『パレント』を出て行った。

久しぶりの姉妹《しまい》再会だというのに、早くも一人減ってしまった。呆《あき》れたようにヨシノがつぶやく。

「まだ注文来てないのに……」

「大丈夫。クーンちゃんの分は私がもらうんだよ」

にこにことした顔で、ちゃっかりとフレイがそんなことをのたまっていた。

「……で、『邪神の使徒』ってのは強かったの？」

居なくなった三女《クーン》のことは放置して、四女《ヨシノ》が話を戻す。

「本気でぶつかってはいないけど、それなりに強いと思う。母上たちほどじゃないけどね。それとなんか面倒《めんどう》な力を持っているっぽい。鉄仮面の女はリンネと同じような力を持ってた」

「あたしと？」

名指しされたリンネがぱちくりと目を瞬《まばた》く。

「【グラビティ】みたいな重さを利用する力。たぶん鉄兜の男の転移能力もそれと同じものなんじゃないかな。どうもあの手斧《ハチエット》と戦棍《メイス》が怪《あや》しい。強い邪神の力を感じた」

「ああ、そういえば、『方舟《アーク》』を盗《ぬす》んだ邪神の使徒も不気味な赤い細剣《レイピア》を持ってましたわ」

八雲の言葉に思い出したようにアーシアがつぶやく。彼女は後方からちらりと見ただけであったが。

「さしずめ邪神の神器……『邪神器』といったところかな？　まったく迷惑《めいわく》な連中なんだよ」

フレイが小さくため息をついていると、『パレント』のウェイトレスが銀盆《ぼん》にスイーツを載《の》せてやってきた。

「お待たせしました〜。こちらフルーツパフェとモンブランになります」

「きたきた」

フルーツパフェはリンネの前に、モンブランはアーシアの前に置かれた。そのあとも次々とスイーツが並べられていく。フレイの前にはミルフィーユとロールケーキの二つが置かれたが。出て行ったクーンが注文したものである。

「こっちに飛ばされた時はどうなるかと思ったけど、みんな無事でよかったねー」

「ヨシノおねーちゃんは【テレポート】が使えるから平気だったかもしれないけど、あたしたちは大変だったよ？　着いてすぐスマホを川に落としちゃって」

ショートケーキをパクつきながら、呑気《のんき》なことを言うヨシノにリンネが唇《くちびる》を尖《とが》らせる。

八雲とヨシノの転移魔法を持っている二人に、たまたまブリュンヒルドの近くに現れたクーン、転移魔法を使える青の王冠《おうかん》『ディストーション・ブラウ』を持つパナシェス王国に現れたアーシア、このあたりはさほど苦労せずに帰郷できたグループだろう。

フレイも出現した場所は島国であるヘルガイアと、厳しいところではあったが、スマホを持っていたためそれほど苦労せずに合流できた。

「こんなに待っても久遠《くおん》とステフが来ないってのは、私たちと同じ状況《じようきよう》になっている可能性が高いよ、ね？」

そんな推測を苺《いちご》のタルトをつつきながらエルナが言う。特に久遠は合理的な性格だから、スマホを持っていればすぐに連絡をよこすはずだ。

ミルフィーユをぺろりと平らげ、ロールケーキに取り掛《か》かるフレイが笑いながら答える。

「しっかりしているようで抜《ぬ》けているからねー、久遠ちゃんは」

「そこもボクは好きだけどなー」

「出た。アリスの久遠病」

呆れたようにリンネがアリスに視線を向ける。同い年ということもあってか、久遠とアリスは小さいころから一緒だった。アリスが久遠に対して恋心《こいごころ》らしきものを持ち始めたのはいつの頃からだったか。そのきっかけはここにいる姉妹たちも知らない。

そもそもアリスは規格外過ぎて、まともに張り合える同世代の男の子など久遠だけだったのである。ある意味、当然の結果ともいえる。

姉妹たちの見たところ、久遠もアリスを大切に思っている。アリスほどあけすけにはしないが。

「本当にアリスって久遠のこと好きだよね……」

「うん！　強いし、優《やさ》しいし、かっこいいから好き！」

エルナの言葉にアリスが笑顔で答える。姉妹たちからすればいささか首を捻《ひね》りたい言葉だが、父親であるエンデが聞いたら歯ぎしりをしそうな言葉だ。

ちなみに久遠とアリスはお互《たが》いの両親公認《こうにん》の仲である。エンデを除いて。

それなら婚約者になっていてもおかしくはない二人だが、『子供たちの結婚相手は成人してから自分で決めさせる』という冬夜の方針があり、そこまでは至っていない。

この裏には『だから娘たちにも婚約者など決めんぞ』という若干《じゃっかん》ひねくれた思惑《おもわく》もあったのだが、それは言わぬが花というものだろう。

事実、一国の王女であるというのに、姉妹の中で誰一人《だれひとり》として婚約者はいない。

いろんな国からそういった打診《だしん》はあるのだが、全て冬夜が断ってしまっている。

それに対して思わぬところがないわけではないのだが、姉妹たちも特に想《おも》いを寄せる相手がいるわけでもないので、あえてスルーしていた。

閑話休題《それはさておき》。

「久遠だけじゃなくステフもスマホを落としたのかな？」

「そっちは簡単に想像できますわね……。あの子、何回か無くしてお父様に見つけてもらってますから……」

アーシアが紅茶を一口飲み、ふう、と気疲《きづか》れの息を漏《も》らす。

末の妹であるステファニアは、よく言えば天真爛漫《てんしんらんまん》、悪く言えば無鉄砲《むてっぽう》。思い立ったらとにかく動く、行動力の塊《かたまり》みたいな娘であった。

どんなことにも全力で接する、あの物怖《ものお》じしない性格は、絶対防御《ぼうぎょ》である【プリズン】を持っているからではないかとアーシアは思っている。なにしろ【プリズン】を展開していれば危険が皆無《かいむ》なのだ。どんな無茶《むちゃ》でも平気でやりたがる。無鉄砲な性格になってもおかしくはない。

そんな末の妹の性格を分析《ぶんせき》していたアーシアにリンネが話しかける。

「ステフと久遠、どっちが先に来るかな？」

「ステフの出現場所がここから近くなければ久遠でしょうね。あの子なら要領よくこちらへ向かっていることでしょう。ただ……」

「しっかりしているようで抜けているからねー、久遠ちゃんは」

言い淀《よど》むアーシアの後を先ほどと同じセリフでフレイが続ける。

それに対してみんなからの反論はなかった。

久遠は優秀《ゆうしゅう》ではあるが、どこか詰《つ》めが甘《あま》い。さらにはよく騒動《そうどう》に巻き込まれる体質である。へんなところが冬夜《ちちおや》にそっくりであった。

「何か面倒なことに巻き込まれてなきゃいいけど……」

ヨシノが誰《だれ》に言うともなく小さくつぶやく。口にはしないが他のみんなも同じことを考えていた。

◇◇◇

「面倒なことになった……」

久遠はレグルス帝国帝都《ていこくていと》・ガラリアに向かう道のど真ん中で立ち往生していた。

周りには魔物《まもの》たちの屍《しかばね》が山のように積まれている。ゴブリン、ホブゴブリン、ゴブリンアーチャー、ゴブリンメイジ、ゴブリンソルジャー、ゴブリンレンジャー、ゴブリンジェネラル、ゴブリンロード、そしてゴブリンキングに至るまで、ありとあらゆるゴブリンがその骸《むくろ》を晒《さら》していた。

理由は集団暴走《スタンピード》である。

突然《とつぜん》起きた集団暴走《スタンピード》に、帝都《ていと》ガラリアへ向けて走っていた久遠の乗る乗り合い馬車が巻き込まれたのだ。

ゴブリンたちに追われて無我夢中《むがむちゅう》で馬車を走らせていた御者《ぎょしゃ》には、乗り込んでいた冒険《ぼうけん》者崩《しゃくず》れが、まさか子供を突き落とすなど思ってもみなかったろう。

久遠もそうだった。あまりのことに一瞬『え?』と呆《ほう》けてしまったほどである。

馬車の荷台から、必死に追いかけてくるゴブリンを『おーおー、頑張《がんば》りますねえ』と、どこか他人事のように見ていると、突然、ドン、と突き落とされたのである。

突き落とした男は乗り合わせた時からイライラとしていて、なにかと他の客に怒鳴《どな》り散らしたり、文句を言ってばかりのやつだったが、どうやら本物のクズだったらしい。

誰かを突き落とし、そいつが犠牲《ぎせい》になっている間に逃《に》げ切ろうという考えだったのだろう。久遠が突き落とされたのは、子供の一人旅で一番手をかけやすかったに過ぎないと思われる。この手の卑怯者《ひきょうもの》は『誰でもよかった』と言いつつ、一番弱そうな者を狙《ねら》うものだ。

久遠は落とされた瞬間《しゅんかん》、『え、ウソ』と思ったが、すぐさま地面に転がるように着地し、迫りくるゴブリンの地面に父親譲《ゆず》りの魔法を放った。

「【スリップ】」

『ギギャッ⁉』

すてーん！　と勢いよくゴブリンが転ぶ。久遠はゴブリンが手放したボロボロの銅の剣を奪い取ると、倒《たお》れたゴブリンにトドメを刺《さ》し、向かってくる他のゴブリンに対して剣を振《ふ》るった。

『ギギッ！』

「おっと」

ゴブリンソルジャーの攻撃《こうげき》を紙一重で躱《かわ》す。久遠の右目がオレンジゴールドの光を帯びている。

『先見』の魔眼。

久遠の持つ七つの魔眼の一つで、相手の動きを予測できる魔眼である。

母であるユミナが持つ【未来視】の能力と似ているが、極《きわ》めて短時間しか効果はない。

しかし攻撃を避《さ》けるには最適な能力であった。

攻撃を避け、ゴブリンを倒し、武器が壊《こわ》れれば武器を奪い、久遠は次々とゴブリンどもを倒していった。結果、数十分後に動いている者は久遠一人だけとなったのである。

馬車から放り出されたが、幸い荷物は全てリュックとして背負っていたので問題はない。武器にしていた安物の弓矢は馬車に連れ去られてしまったが。

それ以外に問題はないのだが……。

「ここから歩くの……？」

二時間ほど待ってみたが、馬車が戻ってくる気配はない。どうやらあのまま逃げてしまったらしい。他にも乗り合わせた客はいたから、自分を突き落とした男はその証言により、罪に問われるはずだ。

「たぶん死んだと思われているんだろうなぁ……」

今頃《いまごろ》、この先の町の住人は逃げ出しているか、守りを固めていることだろう。

どうするかな、と、久遠は懐《ふところ》から地図を取り出す。

この地図は普通に店で売っているものを購入《こうにゅう》した。父である冬夜がスマホを普及《ふきゅう》し始めてから、大雑把《おおざっぱ》な地図が世間でも売られ始め、西方大陸との国交が始まると、さらに細かい地図が作られるようになった。

安いものではないが、スマホを無くした今の状態では重宝している。

「出発したのがベタンの町で、目的地がライブブの町だから……この森をまっすぐ抜ければ帝都に近い町に行けますね」

久遠は左手にある大きな森を見ながら地図を確認《かくにん》する。道なりに行くよりもこの森を突っ切った方が早い。かなり大きな森だが、踏破《とうは》することは可能だろう。

問題は魔獣《まじゅう》が多く生息しているということだが、そこはどうにでもなる。

そこらへんに転がっているゴブリンどもの中から、比較的《ひかくてき》使えそうな武器を物色する。

ゴブリンキングの持っていた剣が頑丈《がんじょう》そうではあるが、大き過ぎて久遠にはちと使い辛《づら》い。

「これがいいですかね」

ゴブリンソルジャーが使っていた剣と、ゴブリンが使っていた短剣《たんけん》を手にする。どちらも元は冒険者が使っていたものらしく、そこまでは痛んでいなかった。おそらく手に入れたばかりだったのだろう。

できれば鞘《さや》も欲《ほ》しかったが、ゴブリンがそんなものを使うわけがない。

リュックから布を取り出し、短剣の刃《やいば》部分に巻きつけてそのままコートのポケットに挿《さ》す。

剣の方は抜身《ぬきみ》のまま持つしかない。

「乗せてくれる魔獣がいると助かるんですけど」

久遠の持つ『臣従』の魔眼は動物、魔獣を従えることのできる魔眼だが、条件が細かく、効かないことも多い。こればっかりは運であった。

「よし、じゃあ行きますか」

そんなふうに軽くつぶやいて、久遠は森へと足を向けて気楽に歩き始めた。


鬱蒼《うっそう》と茂《しげ》るその森は、まるで侵入者《しんにゅうしゃ》を拒《こば》むかのような気配を漂《ただよ》わせていた。

おそらく十人中九人が、不気味な森、と感じることだろう。人を寄せ付けない、圧のようなものが感じられた。

この森は危険だ。危ない。迂回《うかい》しよう。と考えてしまうような森が、久遠の目の前に広がっていた。

常人ならば心に従い、この森を迂回する道を進むだろう。しかし小国の王子様はそんなことは関係ないとばかりに森の中へと分け入っていく。

久遠がことさら鈍《にぶ》いわけではない。彼《かれ》も出て行けと言わんばかりの迫《せま》ってくる威圧《いあつ》感を感じてはいた。

感じてはいたが、迂回する気はなかっただけである。

「明らかに人避けの結界ですよねえ。しかもかなり強力な。普通の森ではないということですか」

久遠はゴブリンから奪った剣で、邪魔な低木の枝葉を払《はら》いながらズンズンと森の中を進んでいった。

なんとも奇妙《きみよう》な森だと久遠は思った。先ほどから変な気配がちらちらと感じられる。おどろおどろしい雰囲気《ふんいき》というか空気というか。

いつしか薄暗《うすぐら》い森の中に霧《きり》が漂い始め、目の前の視界が悪くなってきた。

わずか数メートル先のものも判断し辛い状況に、久遠は、おかしいぞ、と心の中で思う。

霧は大気中に水分が多く、気温が下がれば発生しやすくなる。雨の後に気温が下がると起こりやすいのはそのためだ。

しかしこの森はそれほど寒くはないし、湿気《しっけ》も高くなかったように感じる。それに急に感じた魔力の流れ。

久遠は十中八九、この霧は人為的《じんいてき》なものであると判断した。人避けの結界がある段階で、何者かの意図があると思ってはいたが。

おそらくこれは魔法によって生み出された霧。久遠を森で迷わせるつもりなのか、あるいは……

『そこで止まれ』

突然森の中に響《ひび》いた声に、ピタリと久遠は足を止める。

しわがれた老人のような声だった。何者かがこちらを監視《かんし》しているらしい。どうやらこの霧は向こう側の姿を隠すためのものだったようだ。

『子供よ。その場から引き返せ。さもなくば恐《おそ》ろしい災《わざわ》いがお前に降りかかることだろう。今すぐに……』

「あ、そういうのいいんで。こちらとしてはこの森を通過させていただきたいだけなんですけれど、なにか条件が必要ですか？　少しならお金も渡《わた》せますが」

『えっ？』

しわがれた声が動揺《どうよう》したような色を見せる。子供なら少し脅《おど》せば引き返すと思っていただけに、この反応は予想外だった。

『か、金など要《い》らぬ。この森から早く出て行くのだ。魔物に食われたいのか』

「そう言われましても。僕《ぼく》はこの森を抜けて向こう側へ行きたいのです。申し訳ありませんが戻《もど》る気はありませんよ？」

『ならぬ！　戻るのだ！』

「だから戻りませんって」

『あっ、こら！』

再びズンズンと前進を始めた久遠に、しわがれ声が焦《あせ》り始める。それと同時に木の上から葉擦《はず》れの音がいくつか久遠の耳に届いた。どうやら声の主は木の上からこちらを監視しているらしい。

『……ちょっとどうするのよ！　まったく戻る気ないじゃない！』

『……くっ、仕方ない。もう少し脅かそう』

「おや？」

先ほどまでのしわがれた声ではなく、普通の男女の声がわずかに聞こえた。どうやら声を変えていたようだ。声から判断するに若そうな男女だったたが。

そんなことを分析しながら霧の中をさらに進む久遠。

そんな彼の前に大きな影《かげ》が立ちはだかる。

濃霧《のうむ》を突き抜けて現れたのは、全身が木でできた四メートルほどの小さな頭の巨人《きょじん》。歩くたび、関節の至るところからバキバキと樹皮が剥《は》がれ落ちる。

ウッドゴーレムだ。まだ若い。育ちきった本来のウッドゴーレムなら六、七メートルはいく。

それでも六歳の久遠と比べればとてつもなく大きい。

『ゴオォォン……！』

目の前で唸りを上げるウッドゴーレムを無言で見上げる久遠。しわがれた声の主たちは、さすがに竦《すく》み上がって動けなくなっているのだと判断し、気を良くした。

『踏《ふ》み潰されたくなくばここより去れ！　今なら、』

バキッ！　となにかが砕《くだ》ける音がしたかと思うと、ウッドゴーレムの首が潰れて、その巨体《きよたい》に似合わぬ小さな頭がゴロンと地面に落ちた。

同時に『オオォォ……ン……』と、ウッドゴーレムが後ろへと倒れていき、地面に激突した衝撃《しようげき》で全身がバラバラになる。

『『えっ⁉』』

「ああ、ゴーレムは生きているとみなされないんですね」

そう呟《つぶや》いた久遠の眼は、赤みを帯びた金色の光を放っていた。

『圧壊《あつかい》』の魔眼。久遠の持つ七つの魔眼の一つ。その名の通り、睨《にら》むだけで物質を圧壊させる魔眼である。

生き物には効かない、あまりにも硬《かた》いものは潰せない、確実に目で捉《とら》えねばならないなど、使用の際の弱点もあるが、使い勝手のいい魔眼であった。

ウッドゴーレムは喉《のど》に核《かく》を持つ。生き物に効かないこの魔眼だが、スケルトンやゾンビには効果があったため、ダメ元で首の核を潰そうと試《ため》してみたのだ。どうやらうまくいったらしい。

『ちょっ、どうなってんの⁉』

『まともじゃない！　普通の子供じゃないぞ！』

もはや隠すこともしなくなった声に、久遠は苦笑いを浮《う》かべた。

普通じゃない、か。その言葉に久遠は生まれた時から晒されてきた。彼だけではない。彼の姉たちや妹もそうだ。

そのように見られるのは慣れている。少しばかり傷付くが、だからといってこの力をことさらに隠すような真似《まね》はしない。この力も含めて自分なのだ。父と母からもらった大切な力である。

倒れたウッドゴーレムを乗り越《こ》えて久遠は森の奥《おく》へとに進む。

『あっ、あああ！　ちょっと待ちなさい！』

『くっ、こうなったら！』

ガサガサッ、という葉擦れの音とともに、久遠の前に二人の男女が飛び降りてきた。

金髪《きんぱつ》に翠眼《すいがん》、どちらとも森の中で見つからないためであろう、グリーン系でまとめられた服を纏《まと》い、その耳は長かった。

「エルフの方でしたか」

「これ以上進むことはならぬ！　大人しく引き返せ！」

男の方のエルフが背負っていた弓に矢をつがえて構え、狙いをつけた久遠にそう言い放つ。

女のエルフも魔法《まほう》の杖《つえ》の先端《せんたん》を同じように久遠に向けた。

「先ほども申しました通り、僕はこの森を抜けたいだけなのです。なんとか通していただくわけにはいきませんか？」

「いかぬ！　警告はしたぞ！」

男のエルフから矢が放たれる。次いで女のエルフの杖からは人の頭ほどの水球が飛び出した。

久遠は手にした剣で、飛んできた矢をこともなげに切り払う。続けて飛んできた水球に視線を向けると、久遠の眼が青みがかった金色に変化する。

次の瞬間、水球がたちまち空気に溶《と》け込《こ》むように消え失《う》せてしまった。エルフの二人が驚《おどろ》いて目を見張る。

「なっ⁉」

「えっ⁉」

「あいにくと僕に魔法は効かないんですよ」

正確には魔法が効かないのではない。打ち消すことができるというだけである。いかなる魔法効果も消滅《しょうめつ》させてしまう『霧消《むしょう》』の魔眼だ。

これにも弱点はあって、魔法の効果を及《およ》ぼしているもの全てを視界に捉えないといけない。なので、この霧のように広範囲に広がっているものは難しいのだ。

『圧壊』の魔眼と同じく、この魔眼も効果範囲《はんい》は狭《せま》い。それでもこの距離《きょり》なら常時発動させることは可能だ。

「あっ、あれっ⁉」

再び魔法を放とうとする女エルフだったが、杖の先に水球ができるたびにすぐさま消滅してしまう。

「い、いったいお前は……！」

「望月《もちづき》久遠と申します。もう通ってもいいですか？」

「双方《そうほう》そこまで」

にこやかに久遠が自己紹介《しょうかい》を告げた時、別の声が割って入った。

森の奥から新たに三人のエルフが現れる。そのうちの一人は若草色のローブを纏い、明らかに他のエルフとは雰囲気が違《ちが》っていた。

「長老！」

長老とは言うが、見た目的には他のエルフと大差ない。若々しく、どう見ても二十代半ばである。金色の長い髪《かみ》をした長老と呼ばれた男のエルフは久遠の前へと進み出てきた。

「人間の子よ。迷惑をかけたな。詫《わ》びと言ってはなんだが、我《わ》がエルフ里へと招待しよう。疲れを癒《い》やすが良い」

「エルフの里ですか？　ありがたい話ですけど、急ぎますので……」

「じき、日が暮れる。迷わずこの森を抜けようとしても、真夜中になるぞ。夜通し歩き続けるのはやめた方が良い」

そう言われて上を見上げると、確かに森の隙間《すきま》から覗《のぞ》く空は暮れ始めていた。真夜中になって、野宿する羽目になるのはちょっと避けたい。しかも久遠は一人だ。野獣《やじゅう》から身を守るために木の上で寝《ね》なければならないかもしれない。

（食料《しょくりょう》も心許《こころもと》ないし、ここは素直《すなお》にご招待されておきますかね？　と、その前に……）

一瞬《いっしゅん》だけ、久遠の眼が白金の輝《かがや》きを帯びる。『看破』の魔眼《まがん》。実母であるユミナも持つ、人の本質を見抜《みぬ》く魔眼だ。

エルフたちは警戒心《けいかいしん》は持っているけれども、悪意はないようだ。だけど少し恐怖《きょうふ》の色が見える。これは自分に対してなのか、それとも別なことに対してなのか……。

「ではお言葉に甘えさせていただきます。望月久遠と申します。一晩ご厄介《やっかい》になります」

「うむ。私はエルフの里の長《おさ》、ウォルフラムという。大したもてなしはできぬが、宿と食事くらいは世話しよう。コルレット、案内を」

「私っ⁉　あ、はい……。……じゃあ、こっちよ」

先ほどまで久遠と対峙《たいじ》していた女エルフの方が、驚いた声を上げるが、長のジロリとした睨み一つで勢いを無くす。

コルレットが久遠を引き連れて森の奥に消えて行くと、残った男のエルフの方が長に小さく抗議《こうぎ》の声を上げた。

「どういうつもりなんだ、長！　あんな怪しげな子供を里に入れるなど！」

「何者かはわからぬが、子供でありながら腕《うで》は立つ。それにあの力……。我らの助けになるやもしれぬ」

長は久遠とウッドゴーレム、それにエルフ二人との戦いを隠《かく》れて見ていた。

おそらくあの力は【魔眼】の力だ。あの力があれば、ひょっとすると……。

長は神が遣《つか》わしたかもしれぬ希望に、縋《すが》る気持ちで村へと戻り始めた。

◇　◇　◇

エルフの里は森を切り開くことなく存在していた。

集落の中心にある大樹を取り囲むように木の上に家が作られ、それらが吊《つ》り橋《ばし》によって縦横無尽《じゅうおうむじん》に木から木へと道が延びている。エルフの里は樹上の村であった。

薄暗い中、いくつかの明かりが灯《とも》っている。ランプかと思いきや、それがガラスの中に閉《と》じ込められた蛍《ほたる》であることに久遠は驚く。

普通《ふつう》の蛍ではない。魔光蛍《まこうぼたる》だ。体内の魔素を魔法に変換《へんかん》し、通常の蛍より何倍もの光を放つ蛍である。

光魔法【ライト】を放つ蛍、と言った方がわかりやすいだろう。

樹上の村だけに、松明《たいまつ》やランプのような火を使う明かりはまずいのかもしれないな、と久遠は思った。

案内された家は長の家らしく、コルレットは長の娘《むすめ》だという。どう見ても二人は兄妹《きょうだい》にしか見えない。

長命種は成長を終えるとほぼその姿が変わることはない。久遠の母の中ではリーンと桜がそれにあたる。

もっとも彼の母たちは、皆《みな》、神の眷族《けんぞく》となっているので、エルフと同じように成人してからは老化したりはしないのだが。

部屋に通されてすぐに食事に呼ばれた。食堂に行くと、長であるウォルフラムと娘のコルレット、そしてウォルフラムの妻であるという、ウルスラが出迎《でむか》えてくれた。

「大したおもてなしもできなくてごめんなさいね」

「いえ、こちらこそ突然申し訳ございません。ありがたくいただきます」

食堂の椅子に着くと久遠はテーブルに並んだ料理を眺《なが》めた。パンに豆と葉のサラダ、野菜の煮物《にもの》、具沢山《ぐだくさん》のスープ、果物に木の実、そして焼いた肉の塊だ。

エルフというと菜食主義のように思われるが、普通に肉も食べる。

もっともテーブルに並んでいた肉は何かの鳥肉を塩で味付けしただけのものであったが、そういった素朴《そぼく》な味わいが久遠は嫌《きら》いではなかった。

思ったよりも豪勢《ごうせい》な食事をいただき、久遠が満足していると長のウォルフラムが話しかけてきた。

「それで、久遠殿《くおんどの》はどちらへ参られるのかな?」

「ブリュンヒルドです。家族に会いに。まず帝都ガラリアを目指していたのですが、途中《とちゅう》で馬車から投げ出されてしまって。それでこの森を抜けようと」

「帝都か。確かに迂回するよりはこの森を抜けた方が早いが……。この森には人避けの結界が張ってあったのだがね」

「ああ、そうみたいですね」

返ってきた軽い言葉にウォルフラムは肩《かた》を落とす。古代魔法文明から伝わる強力な結界なのだが……。その姿を見て、娘と妻もなんとも言えない表情を浮かべた。

「久遠殿は人間にしてはよほどの鍛錬《たんれん》を積んだと見える」

「はあ、まあ……。親類の方たちがとんでもない人たちばかりだったので……」

具体的に言うと、剣神、狩猟《しゅりょう》神、武神あたりだ。加えて母たちに姉たちもとんでもなかったが。

どこか遠い目をしている久遠に、話を切り出していいものかどうかウォルフラムはいささか逡巡《しゅんじゅん》したが、意を決して目的を話し始めた。

「その久遠殿に折り入って頼《たの》みたいことがある」

「……なんでしょう?」

三人の様子から薄々《うすうす》とそんな気がしていた久遠は、動じることなく野菜の煮物にフォークを突《つ》き刺す。

「この森はかつて『鎮守《ちんじゅ》の森』と呼ばれていた。我々はその守人の一族なのだ」

「鎮守、ですか。察するに、なにかを封印《ふういん》、または守っている？」

「鋭《するど》いな。そう、この森には古代魔法王国時代に作られた恐ろしい魔法生物が封印されている。暴走し、この辺り一帯を破壊《はかい》し尽《つ》くしたと伝えられる、伝説の魔物が」

魔法生物。人の手と魔法により作り出された魔法生命体《アーティファクトクリーチャー》。

その歴史は太古に遡《さかのぼ》り、辿《たど》ればスライムも誰かの手により生み出された魔法生物だと言われる。

ゴーレム、ガーゴイル、キマイラなどはもとより、ミミック、ホムンクルスなども魔法生物と言える。

その魔法生物がこの森に封印されている？

「封印はすでにボロボロで、今にも破られそうなのだ。すでに瘴気《しょうき》が漏れ始めている……」

「ああ、それで。なんとなく森全体に禍々《まがまが》しい気が漂っているなと」

その魔法生物が放つ瘴気が森に漂っていたのかと、久遠はひとりごちる。

「それでその魔法生物とはいったい？」

「よければ案内しよう。その目で見てみるといい」

見られるのか、と久遠はちょっと驚いた。こういったものは地中深くや亜空間《あくうかん》に封印してあるものかと思っていたが。

食事を終え、久遠とエルフの長であるウォルフラム、それに娘のコルレットの三人で家を出る。

ウォルフラムが手にした魔光蛍のランプに照らされて、ぼんやりと夜道が照らし出される。

その封印の場所とは目と鼻の先、村の中心にある大樹であった。歩いて数分でその封印された場所へと辿り着いてしまった。

「この封印の大樹がこやつを今まで押《お》さえ込んできたのだ。しかしそれも限界に近づいている」

「これは……」

久遠が見たものは大樹の根の中に取り込まれるように押さえつけられている、一本の剣であった。

幅広《はばひろ》の刀身は白銀に輝き、金色のラインで彩《いろど》られたガード部には不気味に輝く赤い宝玉が取り付けられている。
間違《まちが》いなく剣だ。しかし剣が魔法生物？
首を傾《かし》げた久遠の耳に、小さな怨嗟《えんさ》の声が届いてきた。
『キル、コロス、キル、コロス、キル、コロス、キル、コロス、キル、コロス、キル、コ
ロス……キル、キル、キル、キラセロ、キラセロ、キラセロォォォ……』
「うわ怖っ」
久遠が顔をしかめて一歩退く。怨嗟の声は間違いなく剣から放たれている。生きている
のか、この剣は？　と久遠は驚きに目を見張った。
「インテリジェンスソード。そやつは邪悪《じゃあく》な意思を持つ呪《のろ》われた剣だ。五千年もの昔、古
代魔法文明で作られた魔法生物よ。大樹の力で封《ふう》じているが、いずれ解き放たれ、この世
に災いをもたらす……」
「いや、もうすでにこれ解けそうですけど」
カタカタと剣が動き、絡《から》みあった大樹の根がパキッパキッと千切れていく。カタカタと
いう音がやがてガタガタになり、少しずつ大樹の拘束《こうそく》が解かれ、木片《もくへん》が飛び散り始めた。
「ば、馬鹿な、早過ぎる！」
『キラセロオォォォォ！』

バガン！　と大樹の拘束をぶち破り、魔剣《まけん》が飛び出してくる。空中に浮かんだ魔剣の切っ先がゆらりと久遠へと向いた。

『サシコロォォォォ！』

放たれた矢のように猛《もう》スピードで魔剣が久遠へ向けて飛来してきた。長もコルレットも動けず、久遠が魔剣に貫《つらぬ》かれると思ったそのとき、突如《とつじょ》失速した魔剣が地面に落ちて、ガランと虚《むな》しい音を立てた。

『ウ、ウゴケヌ……！　ナゼダ……!?』

「魔法を使って自分で自分を動かしてたんでしょうけど……。まあそれなら打ち消せますので」

久遠《くおん》の右眼《みぎ》が青みがかった金色の光を放つ。『霧消』の魔眼である。魔法自体が見えなくとも、その魔法が発動していると認識《にんしき》できれば、『霧消』の魔眼で打ち消せるのだ。

飛行魔法を解除された魔剣はなす術《すべ》なく地面に落ちたというわけである。

「さて。あなたはどうにも暴《あば》れん坊《ぼう》な剣のようですが……どうしましょうかね？」

『キサマ……！　キリキザンデヤル……！』

「おや。ずいぶんと反抗的《はんこうてき》な。ところでその宝玉。あなたの『核』ですよね？　それを破壊されても意思は保てるんでしょうか？　試してみましょうか」

今度は久遠の左眼がレッドゴールドの光を放つ。『圧壊』の魔眼。久遠は七つの魔眼を左右どちらからでも放つことができ、このように同時に別々の魔眼を発動させることもできる。

久遠の魔眼に晒されて、ギシリと魔剣の赤い宝玉が音を立てた。

『マッ、マッ、マテ！　ヤメロ！　ソレダケハ！』

「待て？　やめろ？　ずいぶんと上から目線ですね……」

再びギシリと宝玉が軋《きし》む。

『ギャ――――ッ!?　マッ、マッテクダサイ！　オネガ、オネガイシマスゥ！』

刀身を仰《の》け反《ぞ》らせるほどに魔剣が焦り、悲鳴を上げる。魔法生物にとって核はその生命の源である。先のウッドゴーレムのように、破壊されればその命を散らすことになる。

普通、こういった貴重な魔導具の『核』にはある程度の防護結界が張られていたりする。この魔剣にも自動修復機能や防護結界はあるのだが、それが先ほどから軒並《のきな》み機能していない。久遠の魔眼により機能を停止させられているのだ。

魔剣と久遠のやりとりをポカンとした様子で眺めているエルフの長とコルレット。

まさか封印されし伝説の魔剣が、こうも容易《たやす》くやられるとは。いざとなればエルフの里一丸となって、命をなげうっても再封印を、と慄《おのの》いていたのに。

「あの、久遠殿……？」

「ああ、すみません。もうちょっと調きょ……いえ、躾《しつ》けておきますので、しばしお待ち下さい」

「ああ、そうですか……」

　そこからは久遠の脅し文句《もんく》と魔剣の悲鳴が交互《こうご》に繰《く》り返されるのみであった。魔剣は久遠の隙《すき》を見て逃げ出そうと飛び出すが、すぐさま彼の魔眼で落とされる。そしてまた宝玉がギシリと。

『坊《ぼ》っちゃん！　勘弁《かんべん》して下せえ！　もう逆らいませんから！』

「ずいぶん流暢《りゅうちょう》に喋《しゃべ》るようになってきましたね。もう少しかな？」

　ギシリ。パキッ。

『ニギャ――――ッ!?　こりぇ以上は、こりぇ以上はホントにらめェェェェ!?　壊れちゃう！　壊れちゃうかりゃぁぁぁぁ！』

　魔剣の絶叫《ぜっきょう》がエルフの里に響き渡る。いつしか赤かった宝玉は、魔剣の顔色のように真っ青になってしまっていた。もう魔剣には久遠に逆らう気など微塵《みじん》もなかったのである。

◇　◇　◇

『調子に乗っておりやした。堪忍《かんにん》しておくんなせえ……。エルフの方々にも長年ご迷惑《めいわく》をお掛《か》けしやして、誠《まこと》に申し訳ありやせん』

封印されし魔剣がその柄頭《つかがしら》をペコリと下げる。集まったエルフの里の者たちは口を半開きにして唖然《あぜん》とするばかり。

自分たちが長い間封印してきた恐るべき魔物が、溢《あふ》れんばかりの下っ端《ぱ》感で謝《あやま》っている。喜べばいいのか、愕然《がくぜん》とすればいいのか、判断がつかないのだ。

「まあ、彼もこう言っておりますし、どうかお許し下さい」

魔剣と同じく久遠もエルフの人たちに頭を下げる。慌《あわ》てたように長であるウォルフラムが手のひらを横に振る。

「ああ、いや……許すも何も、ここにいる者たちは直接的な被害《ひがい》を受けたわけではないので……」

「そう言っていただけるとありがたいです。ところでこの魔剣はどうしたらいいのでしょうか？　やはり破壊してしまった方が？」

『坊っちゃん、勘弁して下せぇ！　なんでもしますから、どうかあっしをお供に！』

魔剣が縋り付くように久遠の足に柄頭をぐいぐいと押し付けてくる。少し痛いと久遠が顔をしかめた。

「久遠殿が従えたのならその魔剣はもうそちらに任せた方がよろしいでしょう。穢《けが》れも消えたようですし」

長の言う『穢れ』とは、古代の魔導具《アーティファクト》によくある使用者の負のエネルギーによる汚染《おせん》だ。

それが積み重なると、使用者の感情や目的に同調してアーティファクトが『呪い』ともいうべきものを受ける。

かつて久遠の父である冬夜が、イーシェンで『不死の宝玉』という穢れたアーティファクトと対峙したが、それと同じくこの魔剣も呪いを受けていた。

死者を操《あやつ》る『不死の宝玉』のように、その使用目的から呪われる物もあれば、この魔剣のように、数多《あまた》の命を刈《か》り取ったことで呪われることもある。

逆に言えば呪いを受けるということは、それだけ高性能なアーティファクトと言えなくもないのであるが……。

「まあ武器が手に入るのはちょうどいいですけれど……」

『でがしょ!?　坊っちゃんにそんなゴブリンからせしめた剣なんか似合わねぇでやんスよ。

あっしに任せておくんなせえ！』

　喋る剣はちょっとなあ、と久遠はしばし悩《なや》む。姉である武器マニアのフレイなら目を輝かせるだろうが、久遠は違うので。

　しかしなんだってこんな三下っぽい話し方なのだろうか。ずいぶんとへりくだりすぎなのでは。それとも元からそういう作りとか？

　バビロン博士のバビロンシスターズも各々《おのおの》特徴的《とくちょうてき》な口調をしていたが。

　まさかこの魔剣も博士の作では？　と疑念を抱《いだ》いた久遠は擦《す》り寄ってくる魔剣に直接尋《たず》ねてみた。

「君、自分の製作者って誰《だれ》だかわかる？」

『へぇ。「クロム・ランシェス」ってケチな野郎《やろう》で』

　その名を聞き、久遠は目を見開いた。

『クロム・ランシェス』。ゴレムの王冠《クラウン》シリーズを作り、五千年前、『黒』と『白』の王冠の力を使い、世界の結界を超《こ》えたゴレム技師《マイスター》。

　久遠もクロム・ランシェスの話は、母であるユミナが『白』の王冠、アルブスの仮《サブ》マスターであるから、バビロン博士や姉のクーンからよく聞いていた。まさかここでその名を聞くことになろうとは。

「……君を使うとひょっとして代償《だいしょう》とかってあります？」

『無いっス。クロムの野郎は代償無しの王冠《クラウン》シリーズを作ろうとしてたらしいっスから。あっしはその試作品《プロトタイプ》ってやつでして』

どうやらこの魔剣にはゴレムの技術も使われているらしい。ゴレムの中には武装型と言われる武器や防具となるゴレムもある。この魔剣もきっとその系統なのだろう。

『まあまあ、坊っちゃん。試しに使ってごらんなせえ。他の剣なんか持ちたくなくなるっスよ』

「押し付けがましいです……」

そう言いつつも、とりあえず柄を握《にぎ》って、二、三度ほど振《ふ》ってみる。確かに重過ぎず、軽過ぎず、使いやすそうな剣だ。

「ただちょっと僕には大き過ぎますかね？」

『そうですかい？　ちょいと待っておくんなまし』

そう告げると魔剣は、シュンッ、とサイズが一回り小さくなった。ロングソードがショートソードほどに変化したのだ。長さ的には久遠の体格に合っている。

「自由自在に長さを変えられるんですか？」

『へい。ある程度なら。こんなこともできますぜ』

今度は一瞬にして大剣《たいけん》のように変化してしまった。刃渡《はわた》りは長く、刃幅は広くなっている。久遠の父である冬夜も【モデリング】を付与《ふよ》し、似たような武器を作っているが、それと比べても遜色《そんしょく》ない変化だった。

確かにこれは便利だな、と久遠は思った。調子に乗りそうだったので魔剣には言わなかったが。

『他にもいろいろできやすが……ま、それは追い追いってことで』

この魔剣が本当にクロム・ランシェスの作だとしたら、変形するだけの剣であるはずがない。まだ他にも隠された機能がありそうだと久遠は思った。

一度、バビロン博士とエルカ技師に調べてもらった方がよさそうだ。

「抜身のままというわけにもいきますまい。明日までにちょうどよい鞘をお作りしよう」

魔剣を構えているとウォルフラムがそう申し出てきた。確かにこのままでは町に入るのにも困りそうだ。

『おっ、ありがてぇね。刀身に埃《ほこり》や泥《どろ》が付くのは勘弁願いてえからなぁ』

「そんなの気にするんですね」

『坊っちゃん！　刀身は剣にとっちゃ顔ですぜ！　顔に汚《よご》れが付いていたんじゃみっともねぇっスよ』

言わんとしてることはわからないでもないが、先ほどまで大樹に封印されていた魔剣は、長年風雨に晒《さら》されたためか汚れまくっている。なので今さら気にすることかな？　と久遠は思っただけで。

「我らの長年の使命から解放していただき、本当に感謝する。ささやかではあるが、宴《うたげ》の用意をさせているので、どうかご参加下され」

「ありがとうございます。ですが、夕食ももういただきましたし、今回はご遠慮《えんりょ》させていただきたく……。その、もう眠《ねむ》いので……」

夜もふけたといってもまだ十時前である。こんなところは子供なのだなと、ウォルフラムは眠そうな顔をしている里の救世主に苦笑《くしょう》した。

結局、そのまま久遠はベッドの住人となり、エルフたちは夜通し宴会《えんかい》を続けた。

魔剣は封印していた大樹の根本に刺しっぱなしである。久遠が寝ている間に魔剣がまた逃《に》げ出すのではとエルフたちは心配であったが、魔剣自身がそれを否定した。

『逃げたら今度こそ壊《こわ》される……。あの坊っちゃんはやると言ったらやる。地の果てまでも追いかけてきて、必ずあっしをにこやかに笑いながら折る。そういうお方だ。決して逆らっちゃなんねぇ……』

剣なのにガタガタと震《ふる》え、冷《ひ》や汗《あせ》を垂らす魔剣をなぜかエルフの者たちは気の毒そうに見守っていた。


「これ、お弁当。道中食べてね」

「わあ。わざわざありがとうございます」

翌朝、エルフの里の出口には出立する久遠と魔剣の姿があった。久遠はコルレットからもらった弁当をリュックへとしまう。

魔剣の方はエルフたちが作ってくれた黒塗《くろぬ》りの鞘《さや》に納められ、久遠が背負うリュックから飛び出している。腰《こし》に装備すると、歩きにくいためだ。

「また、いつか寄るといい。今度こそ宴で歓迎《かんげい》しよう」

「その時はお願いします」

久遠は里の出口でいつまでも手を振るエルフたちと別れ、まっすぐに森を歩き始めた。

エルフたちの話だとこのまままっすぐ行けば、レグルスの帝都《ていと》、ガラリアへと向かう街道《かいどう》に出るらしい。

『ところで坊っちゃんはどこに行きなさるんで？』

「ブリュンヒルド公国っていう小国ですよ。家族に会いに行くんです……というか、街道に出たら話しちゃダメですよ？　僕が変な人と思われます」

知らない人から見れば、子供が一人でぶつぶつと話しているように見えるだろう。一応、久遠も世間体《せけんてい》というものを気にするのである。

『人間ってのは不便でやんスね』

「剣の方が不便な気がしますけど……そういえば、君、名前とかあるんですか？　クロム・ランシェスはなんて呼んでいたんです？」

久遠は気になっていたことを聞いてみた。

『あっしですかい？　あっしは【インフィニット・シルヴァー】と呼ばれていやしたね』

「イン……？　長いですね。ではシルヴァーと呼びましょう」

『へえ。んじゃそれで。おっ、坊っちゃん、森を抜《ぬ》けますぜ』

シルヴァーの声に視線を前へ向けると、森の出口が見える。

森を抜けるとそこは小高い斜面《しゃめん》の上で、すぐ目の前を街道が横切っていた。

「えーっと、太陽がこっちだから、帝都ガラリアは……こっちの方向だね」

久遠は方角を確かめると、リュックを背負い直し、斜面を下り始める。やっと森を抜け出せたからか、自然と早足になっているようだ。

帝都ガラリアまで行けば、ブリュンヒルド行きの馬車もあるはずだ。もう少しで家族に会えると思うと嬉《うれ》しい反面、姉たちに何かお土産《みやげ》でも買って行かないと気《き》が利かないと愚《ぐ》痴《ち》られそうだな、と久遠は思った。

姉が七人もいると下はなにかと大変なのである。幸い帝都ならなにか手頃《てごろ》なものもあるだろう。

最悪、フレイ姉様とクーン姉様には、シルヴァーを差し出せばまず文句は言うまい。

『!? なんか悪寒《おかん》がするんスけど!?』

「気のせいでは？」

妙《みょう》に勘《かん》の鋭い魔剣にしれっと答えて、久遠は再び街道を歩き始めた。

◇ ◇ ◇

「それでは四人の門出《かどで》を祝福しまして……乾杯《かんぱい》！」

『乾杯！』

僕《ぼく》の音頭《おんど》で皆がグラスを高々と掲《かか》げる。冒険者《ぼうけんしゃ》ギルドに併設《へいせつ》された酒場には、入り切れないほどの冒険者たちで賑《にぎ》わっていた。

「おめでとう！　幸せにな！」

「嫁《よめ》さんたちを大切にしろよ！」

「ほらほら、じゃんじゃん飲め飲め！」

酒場の一席で揉《も》みくちゃにされているのは金ランクの冒険者、エンデだ。

僕は約束通りエンデとメル、それにネイとリセの結婚式《けっこんしき》を執《と》り行った。今はその二次会で、冒険者ギルドの酒場にて宴会が催《もよお》されている。

結婚式の方には、アリスは当然のこと、子供たちも参加していたが、日が暮れての二次会は子供たちを城へと帰した。冒険者たちの宴会だぞ？　教育に悪い。アリスも今日は城《うち》で預かった。ユミナとリンゼがみんなの面倒《めんどう》を見てくれている。

本日酒場は貸し切りで、エンデが知り合った冒険者たち、メルたちが知り合ったご近所さんの奥様《おくさま》や娘さんたちなどが参加している。

「はい、唐揚《からあ》げとケーキの追加だよ！　テーブル空けて！」

宿屋『銀月』の店長、ミカさんが大皿を両手に持って厨房《ちゅうぼう》から現れると、おおっ！　と参加者から歓声《かんせい》が巻き起こる。

厨房ではミカさんを始め、喫茶店《きっさてん》『パレント』の店長、アエルさん、そしてルーが料理を片《かた》っ端《ぱし》から量産している。

メルたちの強いリクエストである、多めの食事&スイーツだ。

ドドン！　と、その大皿をメルたちのいる大テーブルへと置くと、すぐさま皆の手が皿へと伸《の》びる。もちろんお色直しをしたメルたちも遠慮はしない。

「美味《おい》しいです！　やはり冬夜さんに頼んで正解でした！」

「メル様、こっちのケーキは初めて食べる味です！」

「美味しい。美味。満足満足」

花嫁《はなよめ》たちが満面の笑《え》みで舌鼓《したつづみ》を打っている。本当に遠慮ないなあ……。旦那《だんな》はあっちでまだ冒険者たちに揉みくちゃにされてますけど？　無視ですか。

正確にはエンデはメルだけの旦那さんだ。ネイとリセが結婚《けっこん》した相手はメルなので。

基本的にこの世界では同性での婚姻《こんいん》はほとんどない。許されていないというわけではなく、何例かはあるらしい。

そもそもこの世界での結婚って、どっかに届出を出すわけじゃないしな。貴族だと王や領主に誓《ちか》ったりもするけど。

ま、ブリュンヒルドでも同性婚《どうせいこん》を咎《とが》めるつもりはないので、メルたちは晴れて夫婦《ふうふ》と……夫婦？　婦婦？　……まあ、人生の伴侶《パートナー》となった。

しかし傍目《はため》にはエンデハーレムに見えるので、やっかまれてエンデはあんな状況《じょうきょう》になっている。

なんとか冒険者たちの洗礼を終わらせたエンデがふらつきながら僕の方へとやってきた。

「お疲《つか》れ」

「ったくもう、せっかくの服がぐちゃぐちゃになったよ。冒険者ってのはホント遠慮ないよね……」

「お前も冒険者だろうに」

それも金ランクの。もはや国家レベルの依頼《いらい》を受けられる存在だぞ。僕もだけどな。

「まあ、なんにしろ結婚おめでとう。嫁さんに気を遣い、家族に振り回される楽しみを味わってくれ」

「さすがに経験者の言葉は違うね。重みがある」

軽口を叩《たた》きながらエンデと僕はグラスをカチンと合わせた。

「まあ、結婚したからといって何が変わるわけでもないんだけれども……」

「住む場所は？　あのままあそこに住むのか？」

エンデたちが今住んでいる場所は、ブリュンヒルドにある普通の住宅である。

新婚夫婦《しんこんふうふ》が新居に住むことはよくあることだが、もともとこの四人は同居してたからな。

「今新しい家を建ててる。ほら、いずれアリスが生まれたら狭くなるだろう？　やっぱり庭がある家でのびのびと育てたいじゃないか」

新居か。エンデは金ランクの冒険者であり、転移能力も持っている。どうにでもお金は稼《かせ》げるだろう。こいつがお金を払《はら》うことで、ブリュンヒルドの大工さんたちが潤《うるお》うならありがたい話だけどさ。

エンデの家は新市街の方に建ててるらしい。あそこらへんはいずれ魔導列車の駅を作る予定なので、賑やかになるはずだ。

新居に関しての話をしていると、新たにやってきた冒険者たちにまたもエンデはさらわれていった。忙《せわ》しいなあ。ま、今日は主役だから仕方ないか。

すっかりあいつもこっちの世界に馴染《なじ》んでしまったな。僕よりも友達が多い気がする……。冒険者たちにも慕《した》われているみたいだしな。

そういえばアリスの話だと、あいつ未来では冒険者ギルドのギルドマスターになってるって話だったな。

あの様子を見ているとなんとなくわかるような気もする。ある意味適材適所なのかもな。

「陛下」

「ああ、レリシャさん。どうも」

ぼーっと、そんなことを考えていると現職のギルドマスターがやってきた。

ここは冒険者ギルドに併設された酒場だし、冒険者たちのトップと言える金ランクの結婚式にギルドマスターが来ていてもおかしくはない。

そもそも僕が王様業で忙《いそが》しいために、ほとんどの金ランク依頼はエンデに回っていた。貢献度《こうけんど》でいったらあいつの方がよっぽど上だろう。

レリシャさんはエンデの結婚式に着ていたドレスを着たままだった。レリシャさんは美人でエルフだからかなり人目を引いているが、冒険者ギルドのトップを口説こうという命知らずはここにはいない。

「例の薬ですが」

レリシャさんが僕の横に立ち、小さな声で呟《つぶや》いた。

例の薬とは、『邪神《じゃしん》の使徒』がばら撒《ま》いている魔薬のことだろう。なにかわかったのだろうか。

「東方大陸《こちら》の冒険者たちの間ではあまり出回っていないようです。なにか意図があってのことかはわかりませんけれど……」

「金花病《きんかびょう》の特効薬、という触《ふ》れ込《こ》みらしいですからね。こっちでは欲《ほ》しがる者も少ないのでしょう」

金花病。アイゼンガルドで発生したと言われている奇病《きびよう》だが、その実態は邪神が人間を変異種化させようと企《たく》んだものだ。

いろいろと尾鰭《おひれ》がつき、アイゼンガルドは金花病によって滅《ほろ》んだという噂《うわさ》まである。そのせいで西方大陸の方ではこんな怪《あや》しい薬に手を出す者も多かった。

しかしわからないのは、奴《やつ》らがなぜこんなことをするのかということだ。

『練金棟《とう》』のフローラに八雲が持ち帰った黄金薬を分析《ぶんせき》してもらったところ、この薬には強い『呪い』がかけられていることが判明した。

普通の人間なら精神を蝕《むしば》まれ、廃人《はいじん》になって終わりである。紫《むらさき》の王冠、『ファナティック・ヴィオラ』の代償を凝縮《ぎようしゆく》したような薬なのだ。

ただ人を殺すだけなら回りくど過ぎる。他に何か目的があるのだろうが……。

「ともかく東方大陸の冒険者ギルドには通達をしてあります。動きがあればすぐに知らせますので」

「手間をお掛けします」

「いえいえ。金ランク冒険者からの依頼ですから」

レリシャさんがにこやかに答えてくれる。しかし冒険者ギルドはまだ西方大陸にそれほど浸透《しんとう》していない。あちらの方は『黒猫《くろねこ》』のシルエットさんに頼んで調査してもらおう。

「最近は妙な事件が多いですね。各地で集団暴走《スタンピード》が多発していますし、村の住民が突如いなくなるなんて報告も上がっています」

「村の住民が？」

「ええ。リーフリース北方の海辺の漁村で。いつものように行商人が訪《おとず》れると、村の人たちが一人残らず居なくなっていたそうです。盗賊《とうぞく》や海賊《かいぞく》に襲《おそ》われたという形跡《けいせき》もなく……ただ、無数の奇妙《きみょう》な足跡《あしあと》のようなものが、海へと向かっていたそうで」

レリシャさんの話に僕は眉根《まゆね》を寄せる。海辺の漁村。場所はリーフリースの北方。

ヨシノが僕らを連れて行った、半魚人に襲われた島はその海域にある。あの島を襲った半魚人はヨシノが撃退《げきたい》したが、もしあの半魚人が他の村も襲っていたとしたら？

村人全員が半魚人化し、そのまま海へと連れていかれたのか？

やはり奴らの拠点《きょてん》は海の底だろうか。奪《うば》われた『方舟《アーク》』は潜水艦《せんすいかん》能力を持っている。珊《さん》瑚《ご》と黒曜《こくよう》に命じて、配下の者たち（魚鱗《ぎょりん》種）に海の中も探してもらってはいるが……。

あまり海の魔獣《まじゅう》が多い場所に行くと、普通に魚たちは食べられてしまうからな……。

「こりゃあ水中用の探索機《たんさくき》が必要かな……」

水中用の無人探索機ドローン。あるいは水中用のフレームギア、もしくは水中用装備。

『方舟《アーク》』に乗り込むことなんかも考えないといけないかもしれない。

ちょっと博士とエルカ技師に相談してみるか。今なら教授《プロフェッサー》もいるし、なにかアイディアをもらえるかもしれない。

僕はグラスに残った果実水を一気に飲んだ。

幕間劇　魔法の砂糖

「今日はザッハトルテを作ってみましたわ」

「おおー」

ルーが運んできた、チョコレートで塗《ぬ》り固《かた》められた黒いケーキの登場に、子供たちだけではなく、奥《おく》さんたちからも感嘆《かんたん》の声が漏《も》れた。

オーストリアのウィーンで生まれた、『チョコレートケーキの王様』とも言われるスイーツの登場に、僕もちょっとテンションが上がる。

ルーは新婚《しんこん》旅行の際、地球からありとあらゆる料理本を買い求めていたから、毎日のように次から次へと新作料理が作られる。

特にスイーツ系は喫茶店『パレント』のアエルさんと共同で試作を何度も繰り返していた。おかげで地球のものと遜色のないものができるまでになっている。

レシピの中には地球にしかない材料もあるから、まったく全部同じというわけではないのだけれど。

切り分けられたザッハトルテをフォークで口に運ぶと、しっとりとしたスポンジと濃厚《のうこう》なチョコレートの味が口いっぱいに広がる。チョコの滑《なめ》らかな口当たりが素晴《すば》らしい。

しかしながら僕はそれほど甘《あま》いものが得意ではないので、一切れ食べるだけで充分《じゅうぶん》だな。

これはケーキの中でもかなりこってりとした部類だから、なかなかに甘さがずっしりとくる。さすがは『チョコレートケーキの王様』と言われるだけはあるけど、僕にはいささか重たい。

「ちょっと苦いけどおいしー！」

「美味しいんだよ！　ルーお母様、おかわり！」

リンネとフレイが口の周りをチョコだらけにしてザッハトルテを平らげている。ここまで濃厚だと子供にはちょっと苦いんじゃないかな、と思っていたが、そうでもないようだ。

ザッハトルテは僕と奥さんたち、それに子供たちと、さらに花恋《かれん》姉さんたち神様ズの分まで作ってあるようだ。数がハンパない。

花恋姉さんたちも配られたザッハトルテに舌鼓を打っている。音楽の都とも言われるウィーンの代表的なケーキだからか、奏助《そうすけ》兄さんのバイオリンが冴《さ》え渡《わた》っているな。この曲はシューベルトか？　シューベルトってウィーン出身だっけ？

切り分けられた皿からフレイが二個目のザッハトルテを取り分けていた。早いなあ。そんなに急いで食べなくてもまだけっこう残っているし、みんなだってそんなに食べられないだろ。まあ、八重《やえ》とかは例外だが……。

あれ？　八重が珍《めずら》しく二個目に手を出していない。体調が悪いのか？

「母上？　お腹《なか》でも壊したのですか？」

僕と同じ疑問を持ったらしい八雲が母である八重に尋ねる。いつもならワンホール食べてもおかしくない八重が一切れでフォークを置いているのだ。そう思ってもおかしくはない。

八雲の疑問にちょっと言い出しにくそうな表情を浮《う》かべた八重だったが、やがてため息をひとつついて口を開いた。

「いや、その、ちょっと……ちょっとだけ目方が増えてしまってでござるな……。今日は抑《おさ》えようかと……」

八重の発言にうちのお嫁さんたちの何人かがピタリとフォークを止める。ああ、そういうことか。

チョコレートに生クリーム、バターなどをふんだんに使うザッハトルテはカロリーがかなり高い。食べ過ぎると太ることを心配しているんだな。

このあと夕食もあるし、ここでお腹いっぱい食べてはさらに体重が増えると八重は思ったのだろう。

「あ、あたしも一つでやめとこうかな」

「わ、私も……」

エルゼとリンゼが八重と同じく皿の上にフォークを置いた。

スゥと桜もふた皿目に手を出すのを躊躇《ためら》っている。他のみんなも似たり寄ったりだが、結局二つ目に手を出した者はいなかった。

子供たちの方は気にせずにおかわりに手を伸ばしている。いや、八雲とクーンの手は止まっているな。年長組は体重が気になるお年頃《としごろ》なのだろうか。フレイだけは食べ続けているけれども。

「なんでお母さんたちはケーキ食べないの？　もうお腹いっぱい？」

手を止めた母親たちを見てリンネが不思議そうに首を傾げる。

それに対してリンゼがなんと言ったらいいのか迷ったような顔で答えていた。

「えっとね、甘いものは食べ過ぎると太ってしまうの。だから今日はやめとこうって……」

「いっぱい食べてるけど私は太らないよ？」

「えーっとねぇ……」

きょとんとしているリンネに対し、リンゼがさらになんと言ったらいいのかわからない顔になった。

僕はそれを横目で見ながら目の前のザッハトルテを無心で口に運んでいく。

以前、みんなが太ったと勘違《かんちが》いし、大騒動《おおそうどう》（ドラマCD2に収録）になったのを僕は忘れちゃいない。この手の話には男は口を挟《はさ》まない方がいい。雉《きじ》も鳴かずば撃《う》たれないのだ。

「太らないケーキがあればいいのにね……」

「ケーキだとどうしても砂糖を使うことになりますから難しいですわ」

エルゼとルーがそんな話をしているのが耳に届く。ないわけじゃないんだけどな。地球じゃ糖質制限のケーキとか作られているし、種類によってはカロリーの低いチーズケーキなんかもあるって聞くし。

まあ、太る理由は摂取《せっしゅ》エネルギーが消費エネルギーを上回るからなんだろうけども。

『甘い物は別腹』という言葉があるように、甘味《あまみ》には逆らい難《がた》い誘惑《ゆうわく》があるのだろう。

「太らないケーキねえ……。シュガーシェルの真珠《しんじゅ》ならできるかもしれないねぇ」

狩奈《かりな》姉さんがそんなことを言いながらザッハトルテを口に運んだ。

その言葉を聞き逃《のが》さなかったのはうちの食事担当ルーである。その娘《むすめ》のアーシアも聞き逃さなかったらしく、興味深そうな目を向けていた。

「狩奈お姉様、シュガーシェルというのは？」

「シュガーシェルってのはある地方の海にいる貝の魔獣でね。こいつが体内に宿す真珠は砂糖の塊《かたまり》なんだ。この砂糖はシュガーパールと言われる貴重なもので、砂糖と違《ちが》って食べても太らないと言われているのさ」

『食べても太らない⁉』

ガタッ！　と椅子《いす》を蹴倒《けたお》さんばかりに立ち上がるうちのお嫁さんたち。あ、なんかこの先の展開が読めたよ、僕。

◇　◇　◇

「やっぱりこうなったか……」

僕は検索《けんさく》して探し出したシュガーシェルの棲息《せいそく》する海に来ていた。

場所はサンドラ地方とライル王国、そして騎士《きし》王国レスティアに挟まれた内海。そこに浮かぶ小さな島の近くに割と多く棲息している。

「お父様、海の中のシュガーシェルをどうやって倒《たお》しますの？」

目の前に広がる砂浜《すなはま》を見て、僕についてきたアーシアが尋ねてくる。

「珊瑚《さんご》と黒曜《こくよう》がいれば海の中にも普通《ふつう》に入れる。地上と同じように動くのは難しいけどね」

『そーいうこと。アタシたちに任せてねぇ』

『うむ。御安心《ごあんしん》めされよ』

ふふん、とドヤ顔で珊瑚と黒曜がふよふよと前に出る。二人の力なら溺《おぼ》れることなく海底を歩いていけるからな。

シュガーシェルの存在を知り、そのシュガーシェルが持つシュガーパールを一番に欲しがったのは、ルーとアーシアの料理好き母娘《おやこ》だ。珍しい食材に興味を持ったらしい。

シュガーシェルの捕獲《ほかく》に名乗りを上げたのは、ルーとアーシアの他に、八重と八雲、エルゼとエルナ、そして桜とヨシノだ。

まあ、基本的には僕一人でやろうと思っていたんだけど、検索画面で見るとけっこう数が多いんだよなぁ……。

しかもシュガーシェルって、全部が全部シュガーパールを持っているわけじゃないらしいんだよ。当たり外れがあるみたいで。滅多《めった》に取れないって狩奈姉さんが言っていたのは、シュガーシェルが浜辺《はまべ》に来ることがあまりなく、倒す機会がないからだと思ってた。

そうなると数をこなさないと充分な量が手に入らないってことになる。

シュガーシェルは貝のくせにけっこう素早《すばや》く海の中を泳ぐらしい。泳ぐというか、ジェット噴射《ふんしゃ》のように吸《す》い込んだ海水を思いっきり吹《ふ》き出して、海中を進む感じのようだが。

動かなければロックして地面に【ゲート】を開き、根こそぎ収穫《しゅうかく》してやるものを。

『じゃあいくわよぉ?』

黒曜の声とともに僕らの周りに薄《うす》い障壁《しょうへき》のようなものが生まれる。この障壁は僕の【プリズン】と同じように、自由に水を遮断《しゃだん》し、酸素を取り込めるようになっているようだ。

……あれ? 細かいところは違うんだろうけど、【プリズン】を使えば珊瑚と黒曜の力を借りなくても海の中に行けたか……?

いや、僕の【プリズン】の場合、みんなそれぞれ透明《とうめい》の箱に入って動くようなものだから使い勝手が悪いか。自由に動けないしな。

【ライト】の魔法を使い、海底を照らす。

「海の中を歩くってなんか変な気持ちね」

「あ、お母さん、魚の群れだよ、綺麗《きれい》!」

エルゼとエルナが顔を向けた方向には、小魚が群れをなして泳いでいた。まるで大きな生き物のようだ。小さな魚が球形を成し、海底に差し込む太陽の光にキラキラと輝《かがや》いてい

る。あれって『ベイト・ボール』だっけか。小魚なんかが食べられないようにつくる球形の群れ。なにか大きな魚にでも追われてるんだろうか？

「美味《うま》そうでござるな……」

「塩焼きにしたらさぞ美味しいでしょうね……」

「お母様、アレなら竜田揚《たつたあ》げなんかもいけると思いますわ」

八重とルー、そしてアーシアがベイト・ボールを見ながら食に思いを馳《は》せている。

まさかこれを感知して群れになったわけじゃないよね？

食べられてたまるか、とばかりに小魚の群れは僕らの視界から消えていった。なんか僕まで魚を食べたくなってきたよ。帰りに何匹《なんびき》か捕《つか》まえよう。

「とうさま、あとどれくらい？」

ヨシノが僕の持つスマホを覗《のぞ》き込もうとこちらへとやってくる。

「そろそろだよ。集団でいくつか固まっているのがあって、一番近いのがここらへん……おっと、あれか？」

【ライト】の光に浮かび上がる真珠色に輝くいくつもの貝。真珠というから勝手にアコヤ貝のようなものを想像していたが、あれはどちらかというとホタテ貝だな。

だけど、大きさがバカでかい。一メートル以上はあるんじゃないか？　あれだ、ボッテイチェリの『ヴィーナスの誕生』に描《えが》かれているホタテ貝みたいだ。

「思ったより大きいでござるな……。どう攻《せ》めるでござるか、旦那様《だんなさま》？」

「うーん……狩奈姉さんの話だと、シュガーシェルは高い魔法抵抗力《まほうていこうりょく》を持っているらしいんだよね」

シュガーシェルはもともと、スライムと同じような魔法生物《アーティファクト・クリーチャー》らしい。太古の時代に人の手によって作り出された生物ということだ。数千年の時を経て、独自の進化を遂《と》げてはいるようだが。

「魔法があまり効かない、となると、物理攻撃《こうげき》になりますね」

八雲が腰の剣《けん》をゆっくりと抜いた。透明な刃《やいば》が水中だとさらに視認《しにん》しにくくなるな。これは有利なのだろうか？

「魔法が効かないんじゃエルナはアレの相手は難しいわね……」

「大丈夫《だいじょうぶ》だよ、お母さん。この杖《つえ》があるから攻撃もできるよ」

エルゼの言葉に、エルナが星の杖を握りしめてそう答える。星の杖なら遠距離《えんきょり》からの物理攻撃ができるからな。

ヨシノも使える魔法の属性は火と風なので、水の中ではあまり役に立たない。だけど彼女《かのじょ》は【リフレクション】と【アブソーブ】、【テレポート】が使えるから防御《ぼうぎょ》担当として活《かっ》躍《やく》できるだろう。

問題は魔法は【アポーツ】と【サーチ】しか使えないアーシアだが……。

「八雲お姉様ほどではありませんが、私も一応使えますので」

そう言ってアーシアが後ろ腰に装備していた反り身の双剣《そうけん》を抜き放つ。その双剣も八雲の刀と同じように晶材《しょうざい》で作られているようだ。

同じようにルーも双剣を抜く。八重やヒルダほどではないが、ルーも諸刃《もろは》姉さんの指導を受けている。そんじょそこらの冒険者より遥《はる》かに強い。

アーシアの実力はわからないが、子供たちは全員が未来で諸刃姉さんや狩奈姉さんの指導を受けているのだから、心配するだけ無駄《むだ》かもしれない。

「じゃあアレを片付けるとするでござるか。エルナ、何匹か攻撃してこっちにおびき寄せることはできるでござるか？」

「う、うん、やってみる」

八重の注文に、エルナが星の杖を構える。

僕のブリュンヒルドではおそらく水の中じゃほとんど弾《たま》が飛ばないが、エルナの星の杖は魔力《まりょく》で飛ばすから大丈夫なはずだ。それでも地上よりかなり威力《いりょく》は落ちるだろうが。

「えいっ！」

振り下ろした星の杖から先端《せんたん》の星が切り離《はな》され、高速回転しながら一番手前にいたシュガーシェルにぶつかった。

やはり威力は落ちていたのか、シュガーシェルの殻《から》を砕《くだ》くまでには至らなかった。

エルナの攻撃に反応したのか、ぶつかったシュガーシェルとその周囲にいたシュガーシェルが二枚貝をパカパカさせて水中にふわりと浮き上がった。

次の瞬間《しゅんかん》、お返しだと言わんばかりに六体のシュガーシェルが回転しながらまるで手裏《しゅ》剣のようにこちらへと突《つ》っ込んでくる。

「来るぞ！」

僕らは散開し、シュガーシェルの攻撃を躱《かわ》す。

ヨシノと桜、それにエルナはさらに後方に下がり、その護衛にルーとアーシアが回る。

攻撃してきたシュガーシェルに最初に反撃《はんげき》したのはエルゼだった。

「粉……砕ッ！」

エルゼの腕《うで》に装備された晶材製のガントレットがシュガーシェルの殻を打ち砕く。シュガーシェルの殻はかなりの硬《かた》さだと聞いていたが、エルゼの攻撃力《こうげきりょく》の前には無力だったようだ。

「我らも行くでござるぞ、八雲！」

「はいっ！」

同じように飛びだした八重と八雲の母娘《おやこ》が抜き放った晶刀でシュガーシェルに斬《き》りかかる。

真っ向から殻を開き襲いかかってきたシュガーシェルを、そのまま唐竹《からたけ》割りに一刀両断する八雲。

「八雲お姉様っ⁉　シュガーパールまで斬らないように注意して下さいな！」

「あっ⁉　わ、わかった！」

運が良かったのか悪かったのか、八雲が斬り捨てたシュガーシェルにはシュガーパールはなかったようだ。

それを見ていた八重がシュガーシェルへの攻撃を中心を避《さ》けての斬撃に切り替《か》えた。

シュガーシェルは体内の中心あたりにシュガーパールを持つという。なるべくならそれを避けた方が無難だよな。

おっと僕も見ているだけじゃいかんな。後方から飛んできたエルナの星の一撃《いちげき》を食《く》らったシュガーシェルを、ブレードモードにしたブリュンヒルドで斬り捨てる。

シュガーパールの有無《うむ》は全滅《ぜんめつ》させた後で調べることにする。とりあえず今は目の前の敵を殲滅《せんめつ》させることに専念するとしよう。

◇　◇　◇

「とりあえず片付いたでござるな」

八重が海底に転がるシュガーシェルの骸《むくろ》を一瞥《いちべつ》しながら納刀する。

全部で八匹《ぴき》。転がるシュガーシェルをルーとアーシアが解体しては『無い』と呟いて、次のシュガーシェルに移っていく。

シュガーシェルの肉は大味で食べても美味しくはないらしい。見た目はホタテみたいなのになあ。

「ありましたわ！」

ルーが喜びの声とともに、シュガーシェルから取り出したものを頭上に掲げた。

それは小玉スイカほどの綺麗な真っ白い玉だった。アレがシュガーパールか。虹色《にじいろ》じゃないからか、真珠《パール》って気がしないな。

「海の中で溶《と》けたりはしないのか？」

何となく砂糖の塊のイメージをしていた僕は、ルーの持つシュガーパールが水で溶けてしまったりしないかちょっとだけ心配になった。

「大丈夫ですわ。これは硬い殻に覆《おお》われていて、砂糖の代わりになる物が中にぎっしり詰《つ》まってますの。殻を割らない限り、中身が水に溶けることはありませんわ」

なるほど。卵の殻のようなものか。

そうは言っても殻は薄いようなので、何かのはずみで割らないようにそそくさと【ストレージ】へとしまっておく。

よし、ミッションコンプリート。けっこうあっさりと片付いたね。

「一回で見つかって運がよかったな。じゃあ城に戻《もど》ろうか」

「なにを言ってますの？　一個じゃ足りないに決まってるじゃありませんか。さ、次のシュガーシェルのところに向かいますわよ」

「え？」

さも当然、とばかりにみんなが海底を歩き出す。ちょっと待って、まだ採る気なのか？

「うちには子供がたくさんいる。これだけじゃとても足りない」

「いっぱいあればいっぱいお菓子《かし》ができるね！」

桜のしれっとした言葉に嬉しそうにヨシノが反応するが、そもそも子供にあげるお菓子なら普通の砂糖でもいいのでは？　と思う。

そりゃ馬鹿みたいに食べさせたら身体に悪いとは思うけど、食べても太らない砂糖が必要なのは主に……。

「旦那様？　これは決定事項《じこう》でござる」

「うだうだ言ってないで、次よ、次」

八重とエルゼに迫力《はくりょく》のある笑顔《えがお》で迫《せま》られ、僕は出かけた言葉を飲《の》み込んだ。

あえて波風を立てる必要はあるまい。これで家庭の平穏《へいおん》が保てるなら、どんどん狩《か》りましょうとも。

僕は次のシュガーシェルの場所を検索画面に映し出した。

◇　◇　◇

「さすがにもうこれくらいでいいだろ……」

狩りも狩ったり、百匹以降、僕は数えるのをやめた。もう倒した数は五百近くいってると思うんだが。

こんな勢いで狩り続けていたら、シュガーシェルが絶滅《ぜつめつ》してしまうのではなかろうか。

「手に入れることができたのは全部で二十四個……まあ、これだけあればしばらくは持ちますわね」

ルーから乱獲終了《らんかくしゅうりょう》のお言葉をいただく。

しかし五百近く狩って二十四個って……。入手率約五パーセントってのは高いのか低いのか。

まあいいや。ともかくこれで帰れる……と【ゲート】を開こうとしたら、桜が、しっ……と唇《くちびる》に立てた人差し指を当てていた。

「……なんか変な音がする」

「変な音?」

僕も耳を澄《す》ましてみるが、特になにも聞こえなかった。

水の中というのは音を伝えやすい。さらに眷属《けんぞく》特性『超聴覚《ちょうちょうかく》』を持つ桜が聞こえるというのだから、なにかの音がしているのだろう。

だが、『変な音』というのはいったい?

「なにかこっちへ向かって……下から!」

やがて僕《ぼく》らにも感じられるほどの地響《じひび》きがしたかと思うと、海底の地中から土煙《つちけむり》を舞《ま》い上げながら巨大《きょだい》なシュガーシェルが現れた。

今までのシュガーシェルは一メートルそこそこの大きさだったが、こいつは軽く四メートルは超《こ》えている。

「シュガーシェルの親でござるか⁉」

「いや、親というより亜種《あしゅ》だろう……！」

進化体なのか突然《とつぜん》変異だかわからないが、大きいだけでシュガーシェルと特徴《とくちょう》は変わらない。今までのやり方で倒せるはずだ。

「けど、これは……！」

海の中を巨体《きょたい》が飛び回る。ただそれだけで僕らは水流に巻き込まれ、身体のバランスを保てなくなる。これがなにげにキツい。

踏《ふ》ん張れないために、身体をうまく動かせないのだ。どうしたら……！

僕らを翻弄《ほんろう》した巨大なシュガーシェルが反転して戻ってくる。ジェット噴射のように水を吐《は》き出しながら、バランスを崩《くず》して蹲《うずくま》るエルゼ目掛《めが》けて突進《とっしん》を仕掛《しか》けてきた。

「お父さん！　お母さんの靴《くつ》に【グラビティ】を！」

「っ、そうか……！　ターゲットロック！　エルゼのブーツに【グラビティ】！」

『了解《りようかい》』

スマホからシェスカの声が響《ひび》き、遠距離で加重魔法【グラビティ】が発動する。

その瞬間、ぐっ、と足に力を込めて、海底にエルゼが仁王《におう》立ちになった。

突っ込んでくる巨大シュガーシェルに対して真っ向から立ち向かう構えを取る。

薄い光の帯のようなものが腰《こし》に溜《た》めたエルゼの拳《こぶし》にまとわりついていく。

「武神流・神羅螺旋《しんららせん》拳！」

エルゼが拳を放つと眩《まばゆ》い光とともに、拳に巻き付いていた光の帯がまるでドリルのように円錐形《えんすいけい》の形をとって、突っ込んできた巨大シュガーシェルを木《こ》っ端微塵《ぱみじん》に打ち砕いた。

海底に砕かれたシュガーシェルの殻が飛び散っていく。

一撃か。うちの奥さん、さらに強くなってない？　夫婦喧嘩《ふうふげんか》だけは絶対に避けよう……。

「やった！　お母さん、すごい！」

「エルナ！　エルナこそよく靴に【グラビティ】をかけるなんて思いついたわね！　さすがあたしの娘！」

駆《か》け寄ってきた娘《エルナ》を抱《かか》え上げて、ぎゅーっと抱《だ》きしめるエルゼ。なんかお父さんだけ疎《そ》外感《がいかん》。僕が【グラビティ】かけたんですけども。

「あっ⁉」

突然アーシアが驚《おどろ》いたような声を上げて、海底に散乱した大きな殻の一つを持ち上げると、それをえいっ、と横にどかした。意外と力あるね……。水中だからかな？

どかした殻のその下から姿を現したのは、真っ白いバランスボールほどもあるシュガーパール。

「大きい！　これは大収穫《だいしゅうかく》ですわ！」

それを見て母親であるルーもその巨大シュガーパールの下へと一直線。母娘《おやこ》ともども、うふふ、うふふと恍惚《こうこつ》とした笑《え》みを浮かべている。

「最後に大物が手に入ったでござるな」

「これでお菓子がいっぱい作れるね！」

そう言って喜ぶヨシノだが、太らないからといってお菓子ばかり食べていては栄養のバランスを崩すぞ。ルーとアーシアにもそこらへんをちゃんと注意しておかないとな。

◇　◇　◇

「今日はシュガーパールを使ったザッハトルテに挑戦《ちょうせん》してみましたわ！」

「おおー！」

「いや、この前もザッハトルテだったよね？」

再び現れたチョコレートケーキの王様に、思わずツッコミを入れる僕。

そんな僕を無視して、みんなはそれぞれザッハトルテを切り分けて、自分の皿へと載《の》せていく。

「うむ！　美味《うま》いでござる！　やはり好きなものを好きなだけ食べられるというのはいいでござるなぁ！」

「美味《おい》しい……！　いくらでも食べられそう……！」

「苦くて甘い……！　幸せ……！」

前回は一つで手を止めた八重、エルゼ、リンゼもすでに二切れ目に手を出している。

いくら太らない砂糖だといっても、量を食べたらなんにもならないと思うんだけどな……。ケーキには卵とか小麦粉も使われているわけだし……。

しかしここでそれを発言することは、多大な被害《ひがい》を被《こうむ》ることを覚悟《かくご》しなければならない。

生憎《あいにく》と僕はそのような勇気は持ち合わせていないので、目の前のザッハトルテを退治することだけに集中しよう。

むう……こってりずっしりとくる……。やっぱり僕は一切れで充分だな。

数日後、僕は結局食べ過ぎたと言ってダイエットに勤《いそ》しむお嫁《よめ》さんたちを見ることになった。何事もほどほどにということである。

第三章 機人都市アガルタ

「水中用のゴレムなら、『指揮者《マエストロ》』が得意だったんじゃがなあ。あやつは人間嫌《ぎら》いで偏屈《へんくつ》じゃから、人里から離れてしもうた。今はどこにいるのやら」

客人である『教授《プロフェッサー》』は白い顎髭《あごひげ》を撫《な》でつけながら難しそうな声を出した。

ここは『バビロン』ではなく、城内で一番端《はし》にある、地上での博士専用の工房《こうぼう》である。

なぜ一番端にあるのかって？　爆発《ばくはつ》する可能性があるからだよ。

「フレームギアを水中で戦えるようにすること自体は難しくはないよ。けれど水中専用に造ったやつと比べるとどうしても性能的に劣《おと》る。そして『方舟《アーク》』はおそらく後者だ。付け焼き刃《ば》になると思うがね」

博士がスクリューの付いたランドセル、多連装魚雷《ぎょらい》ポッドとハンドアンカーを装備させた重騎士《シュバリエ》のプラモデルを机の上にトン、と置いた。

うーむ、なんとか水中で戦えるようにしました、と言わんばかりの装備だな。いや、その通りなんだけれども。

「すると一から造ることになるのか……。どれくらいかかる？」

「基本設計がない専用機だからね。それなりには。ただ造るなら、フレームギアよりオーバーギアの方がいいかもしれない」

オーバーギア？　ノワールたちゴレムの『王冠《おうかん》』をコアにした獣魔《じゅうま》型のフレームギアか？なんでまた？

「当たり前の話だけど、人型ってのは泳ぐのに適してないの。それなら水棲《すいせい》生物を模したフォルムの方がいろいろと便利なのよ」

僕の疑問にエルカ技師が答えてくれた。確かにそう言われてみればそうか。極端《きょくたん》な話、人の形をしたものより、流線形の塊の方が速く水の中を移動できるだろうし。

「それにフレームギアを乗せたりもできますし。博士、造るならやっぱり魚型で？」

興味津々《きょうみしんしん》と僕らの話を聞いていたクーンが、たまらなくなったのか口を挟んできた。それに対し、博士は腕を組んで首を捻《ひね》っている。

「うーん、ありきたりかなあ。珊瑚《さんご》のように亀《かめ》型ってのも面白《おもしろ》いかもしれない。フレームギアが乗りやすそうだし」

「何を言っとるか。ここはやはり鮫《さめ》型じゃろう。獰猛《どうもう》さと冷徹《れいてつ》さを前面に出してじゃな……」

「鮫なんてイメージ悪いわ。それならイルカ型の方がかわいいし、見栄《みば》えがいいわよ。断然イルカ型！」

あーでもないこーでもないと、新型機のコンセプトに四人が意見を交《か》わしている。こうなると僕は傍観者《ぼうかんしゃ》になるしかない。ついていけないもんなぁ。

「あ、造るのはいいとして、どの『王冠』がコアになるんだ？」

ノワールはライオン型の『レオノワール』、ルージュは虎《とら》型の『ティガルージュ』、ブラウは鹿型の『ディアブラウ』を持っている。誰《だれ》かにもう一機任せるのか？

僕の質問にエルカ技師がさらりと答える、

「ユミナちゃんの『白』のアルブスがいるじゃない」

「アルブスとユミナは仮《サブ》マスターの契約《けいやく》だろ？　オーバーギアを動かせるのか？」

アルブスの王冠能力『リセット』の代償《だいしょう》は契約者《けいやくしゃ》の記憶《きおく》だ。そのため、ユミナにはアルブスとの本契約《ほんけいやく》はさせていない。そんな危険なことをさせられないからな。

「仮《サブ》マスターでも、動かす分には問題ないわ。王冠能力を使うわけじゃないし、メインマスターがいないならコントロールを奪《うば》われることもないからね」

そうなのか。なら水中用オーバーギアはユミナに任せるか。どんなのができるかわからないけれども。

「それとは別に水中用のフレームギアも考えてみるよ。人魚型にすれば、上半身は今までと同じ造り方でいけるかもしれない。専用機《ヴァルキュリア》を流用するわけにもいかないから量産型になるがね」

人魚型のフレームギア……そして量産型か。海難事故とかもあるし、開発は無駄にならないか。

「冬夜《とうや》君のレギンレイヴやユミナ君たちの専用機《ヴァルキュリア》も水中で自由に動けるよう改装した方がいいだろうな。君たちまで量産機に乗るってのは非効率だし。まあこっちは後回しでもいいけど……というわけで、冬夜君、ここは開発費をひとつドーンとだね……」

ヘッヘッヘ、と博士が揉《も》み手《で》をしながらニヤニヤとした笑みを浮かべている。

ぬう。必要なこととはわかっちゃいるが、こいつら本当に湯水のように使うからなあ。

難しい顔をしていた僕の服の裾《すそ》をクーンがくいっと引っ張る。

「お父様、ダメですか……？」

涙目《なみだめ》になりそうなクーンが見上げてくる。

ぬ、ぐっ⁉　だ、騙《だま》されるな！　これは孔明《こうめい》の罠《わな》だ！　ほら、クーンの向こうで開発馬鹿三人がニヤニヤと笑ってるからあ！

「無駄な出費はなるべく抑えてね……？」

「ありがとう、お父様！」

ジャンプして抱きついてきたクーンを抱きしめる。バビロン博士、エルカ技師、そして教授《プロフェッサー》の三人が、イイ笑顔でグッと親指を立てている。くそっ、うちの娘を利用してからに。

「そうと決まれば早速《さっそく》コンセプトを詰めていこう。オーバーギアの方はボクがやるが、量産型の方は誰が担当する？」

「はい！　私になにかやらせて下さい！」

クーンがあっという間に僕から離れ、三人の所へ走っていく。なんかお父さん寂《さび》しい……。

とりあえずお金を集めないといけないか。今まではエンデに金ランクの仕事を譲《ゆず》っていたけど、少しこっちにも回してもらおう。エンデは新婚《しんこん》なんだし、少し休んでもいいと思う。家族サービスしろって話だ。

まあ、僕もできているとは言い難いところがあるけどね……。

◇　◇　◇

「旦那様、冒険者《ぼうけんしゃ》ギルドに行くのなら拙者《せっしゃ》たちも是非《ぜひ》一緒《いっしょ》に」

翌朝、冒険者ギルドへ行って金策に走ろうとする僕に八重《やえ》とヒルダが声をかけてきた。

なんでももう少しで彼女《かのじょ》たちも金ランクに届くのだそうだ。世界で四人目、五人目か。

このままだと金ランク冒険者の半分以上が僕の家族ってことになるな……。

特にヒルダは金ランク冒険者を祖父に持つ身なので、気合いが入っているようだ。

さらに二人の娘である八雲とフレイが未来の世界で金ランクであることも理由の一つにあると思う。

親としては思うところがあるのだろう。多少の見栄《みえ》もあるとは思うが。

銀ランク以上の依頼《いらい》なんて、ブリュリンビルドにはまずない。だけど、世界中の冒険者ギルドには金、銀ランクの依頼は山ほどある。要は場所の問題なのだ。

僕やエンデは転移魔法《まほう》があるから数をこなせるので、ランクアップも早かった。たぶん、子供たちのランクが高いのも、八雲やヨシノの転移魔法によるものだと思う。

普通の銀ランク冒険者は、何日もかけて旅をして現場へと向かい、そこで依頼をこなして帰ってくる。そりゃランクアップに時間もかかるよな。

魔《ま》導列車がもっと発展すれば、そういった苦労も減ると思うんだけど。

八重とヒルダもなにか依頼があったら僕に転移してもらおうという考えだろう。お嫁さんの頼《たの》みだ、もちろん引き受けるけど、八雲とかに頼むって手もあったんじゃ？

「いやあ、さすがに娘の手を借りてランクアップするというのはちと気が引けるでござるよ」

八重が苦笑いをしながら答える。やはり親の見栄かね。僕も気持ちはわかる。

「そういやエルゼは？　確かエルゼも金ランクを目指していただろ？」

エルゼの兄弟子《あにでし》であるエンデが金ランクなので、自分もと張り切っていたはずだが。

僕の疑問にヒルダが答えてくれた。

「今日はエルゼさんはエルナとお買い物に。ザナックさんの店にお洋服を見にいくのだそうです。すっかり娘さんを着飾《きかざ》らせることに夢中になっていますわ」

こちらも苦笑いで返された。ああ、なるほど。

僕の娘たちはそれぞれ母親に深い愛情を注がれていると思うが、顕著《けんちょ》に可愛《かわい》がっているのがエルゼとリンゼだ。

八雲、フレイ、クーンの三人は年長組で、どこか大人っぽさがある。まあ、それでもまだ子供だが、親とベタベタする年齢《ねんれい》は超えているみたいだ。

ヨシノと桜もあまりお互《たが》いに干渉《かんしょう》する方ではなく、アーシアとルーに至ってはどちらかというと張り合っている。

エルナとリンネは今来ている子供たちの中では、年少組なので、他の子供たちより可愛がられているように思う。

特にエルゼはエルナとべったりであった。エルナは戦うことがあまり好きではないので、エルゼと戦闘《せんとう》訓練こそしないが、それ以外ではエルゼとよく一緒《いっしょ》にいる。

エルゼも娘《むすめ》が可愛くて仕方がないようで、あれこれと可愛いものを着せたり、よく一緒にお出かけしたりしていた。

「まさかエルゼが一番親馬鹿になるとは予想もしていなかったな。確かにエルナは最高に可愛いけども」

「親馬鹿二号がいるでござる」

「フレイも可愛いですよ？」

もちろんフレイも可愛い。八雲も他の子もみんないい子で僕は幸せ者である。

「こうも親馬鹿だと嫁に出す時が大変そうでござるな……」

「ぐふっ！」

八重の言葉がグサリと刺《さ》さる。そのことは考えないようにしてるのに。

そりゃあ、いつかはそうなると思うけど……いや、なんとか嫁に出さないようにできないか……？　近寄る男どもを片《かた》っ端《ぱし》から……。

「ほら、馬鹿なこと考えてないで行きましょう」

「今から先が思いやられるでござるな」

「ぐぬぅ……」

ヒルダと八重に引っ張られるように、僕らは冒険者ギルドへと向かった。

◇　◇　◇

「銀ランクの依頼ならこちらとこちらなどどうでしょうか。今のところまだ受けられた方はいないようです」

冒険者ギルドの応接室で、ギルドマスターのレリシャさんが二つの依頼が書かれた紙をヒルダと八重に手渡《てわた》した。

ブリュンヒルドの冒険者ギルドには金銀ランクの依頼はないが、世界中の冒険者ギルド

に問い合わせればいくつかは普通《ふつう》にある。

「ふむ。パルーフ王国で雷竜《らいりゅう》の討伐《とうばつ》でござるか」

「こっちはエルフラウ王国でフロストジャイアントの討伐ですね」

雷竜とフロストジャイアントか。本来の銀ランク冒険者ならパーティでなんとか勝てるかってところだが、二人が相手なら苦戦することもない討伐相手だな。

とはいえ、油断は禁物。充分《じゅうぶん》に気をつけてほしい。

「大丈夫でござる。伊達《だて》に諸刃《もろは》義姉上《あねうえ》に毎日鍛《きた》えられてござらんよ」

なんだろう。そのセリフにものすごい安心感とそこはかとない不憫《ふびん》さを感じるのは。

それでも一応、何かあったときのために、八重には瑠璃《るり》を、ヒルダには紅玉《こうぎょく》を付けることにした。

瑠璃なら雷竜と話せるから、もしかしたら話し合いで片付くかもしれないし、紅玉の方は雪国で寒さから身を守ってもらえるからな。

【ゲート】を開き、それぞれを現場へと送る。終わったら電話なり召喚獣《しょうかんじゅう》の念話なりで知らせてくれれば迎《むか》えに行くからね。

二人を応接室から【ゲート】で送った後に、今度は僕の番だとレリシャさんに向き直る。

「で、陛下への依頼ですが」

「はいはい」

「その、今のところこれといったものがありません」

「え？」

依頼がない？　金ランクの依頼がないの？　え、世界規模で？

「エンデさんが、しばらく休みたいからと溜まっていたものを片付けてしまったので……」

「うぬう……！」

いや、わかってるよ？　これは逆恨《さかうら》みだ。エンデは結婚《けっこん》後ゆっくりしたいから先に片付けただけで、彼に悪いことなど一つもない。むしろ褒《ほ》めるべき行いだ。おのれ。

「なにかお金になりそうな依頼ってないですかね……？」

「一国の王がそんな言葉を吐くと国民としては不安になってくるのですが。そうですね……。ロードメアで集団暴走《スタンピード》の兆候が見られるのですが……」

レリシャさんは難しい顔をして紙の束をめくりながら口を開いた。集団暴走《スタンピード》か。放っておくと村や町が危険に晒《さら》される。一刻も早く対処すべき案件だ。だけど……。

「それって討伐にロードメアの冒険者を当ててるやつですよね？」

「はい」

「じゃあダメか……」

僕が出向いて行って片付ければ問題は解決する。だけどそれはロードメアの冒険者たちから仕事を奪うことにもなりかねない。ここらへん難しいね。ランクの違《ちが》いはあれど、僕も彼らも同じ冒険者だからさ。

集団暴走《スタンピード》の場合、のんびり素材を集めたりなんてできないので、だいたい倒《たお》した魔獣《まじゅう》は放置される。あとで冒険者ギルドが回収して、冒険者たちの報酬《ほうしゅう》に回すのだ。

もちろん活躍した冒険者と何もしなかった冒険者との差はつける。冒険者の中にはギルドの監視員《かんしいん》もいて、そこらへんはきっちりと確認《かくにん》されるのだ。

「しかしまた集団暴走《スタンピード》ですか。本当に多発しているんですね」

「ええ。なにかに追われているのか、それとも別の理由があるのか……」

集団暴走《スタンピード》にはいろいろな理由があるが、一番よくあるパターンが外敵の侵入《しんにゅう》だ。

強大な力を持った魔獣がどこからかやってきたために、住処《すみか》を追われた弱い魔獣たちが集団となって逃《に》げ始め、いつしか暴走になってしまったパターン。

こないだの巨大亀《きょだいがめ》……ザラタンの時もそうだな。あれはザラタンの出現に驚いた魔獣たちが暴走して集団暴走《スタンピード》になってしまった。

あの時は地中に眠《ねむ》っていたザラタンが目覚めて集団暴走《スタンピード》が起こった。そして今、世界各地で集団暴走《スタンピード》が多発している。これは偶然《ぐうぜん》か？

ザラタンはその巨体に似合わず臆病《おくびょう》な性格だ。ザラタンも逃げなければならないなにかの気配を感じとったとか？

世界が融合《ゆうごう》されたため、魔素だまりが多くなり、結果、巨獣《きょじゅう》が現れる確率は上がってしまった。

その巨獣が活発に動き出せば集団暴走《スタンピード》が起きてもおかしくはないのだけれど、こんな同時に起こるものなのか？

「もし、集団暴走《スタンピード》の周辺に巨獣がいる痕跡《こんせき》があれば知らせてください。フレームギアを出しますので」

「はい。その時はお願いします」

さすがに巨獣相手に冒険者たちだけでは難しいからな。念には念を、だ。

まあ、それはそれとして、金策が無くなってしまった。どおしよお。

平和になったがための弊害《へいがい》か？　いや、いいことなんだけどね！

冒険者ギルドを出て町をぶらつく。さて、どうするか。

「こうなればなにかを売るか、商売を始めるかだけども……」

うーむ、服飾《ふくしょく》関係は『ファッションキング・ザナック』のザナックさん、飲食関係は『銀《ぎん》

『月』のミカさんに喫茶『パレント』のアエルさん、雑貨、魔導具、エーテルビークル関係はストランド商会のオルバさんに被るからな……。

ザナックさんやオルバさんには売り上げの一部を貰《もら》ってもいるし。そこに割《わ》り込《こ》んでも意味がない。

読書喫茶《きつさ》『月読《つくよみ》』の方はもう完全に手放しちゃったしな……。

できれば即金《そっきん》がいいけど、長期的に継続《けいぞく》してお金が入るなら何かを始めるのもありかもしれないが……。

お金というより、問題は水中型に使う素材なんだよな……。鉄やらミスリルやらオリハルコンやら……。

もう直接探しに行くか？　いや、さすがに全部集めるのはしんどい……。鉱石関連が全部手に入る場所ってないものかね。むむ、うちにも鉱山とかあれば……。

あ。

「あるじゃないか。鉱山で成り立っている国が」

鉄鋼国ガンディリス。西方大陸で作られた工場《ファクトリー》製のゴレムのほとんどが、ガンディリスの素材を使っていると言われる国だ。

以前会ったあそこの王様に頼み込んで、安く売ってもらえないか交渉《こうしょう》してみよう。

まとめて買えば何割か値引きしてもらえるかもしれない。

「よし、そうなるとなにが必要か博士たちに聞いてこないとな」

僕は【ゲート】を使い、城にある博士の研究室へと転移した。

◇　◇　◇

「お前ら……。昨日から寝《ね》ないで続けてたのか？」

「ん？　そうだけど？」

何か問題が？　と言わんばかりに博士が首を傾《かし》げる。

こいつはまだいい。生身の身体じゃないからな。

だけどエルカ技師や高齢《こうれい》の教授《プロフェッサー》まで徹夜《てつや》はダメだろ。美容や健康に悪いぞ。

その二人の傍《かたわ》らにいたうちの娘にもジロリと目を向ける。

「わっ、私は眠りましたわ！　お母様が来て無理矢理《むりやり》寝室《しんしつ》へ連れて行かれましたから！」

さすがリーン。娘の行動を読んでる。その代わり今日は朝早くからここに来てたらしいが。

その行動力、なんとかならんかな……。ふう、とため息も出る。

「素材をガンディリスに買いに行くから、なにが必要なのか聞きに来たんだけど」

「ガンディリスへ買い付けに行くんですか？　お父様、なら私も行きたいです！」

え、クーンもガンディリスに？

「ああ、それはいいね。鋼材の良し悪《よあ》しは冬夜君にはわからないだろうから。万が一、変なものを掴《つか》まされても困るし。一緒に行ったらいいよ」

うぐっ。確かに金属の良し悪しなんかわからないけどさ……。それでも【アナライズ】が使えるから、不純物が含《ふく》まれていたらわかるぞ？

「お父様、不純物がなければいいというものではありませんのよ？　例えば鉄は炭素がどれだけ含まれているかで全く性質の異なるものになります。純度の高い鉄は極《きわ》めて高い可《か》塑《そ》性を持ちますが、これは……」

「あー、わかったわかった。連れてく、連れてくから」

だからその呪文《じゅもん》のような言葉をやめなさい。『かそせい』ってなによ？

「嬢《じょう》ちゃん、なにか掘《ほ》り出し物《もの》があったらよろしくの」

「多少値が張ってもかまやしないわ。冬夜君におねだりしちゃいなさい。たぶん『落ちる』から」

おい、そこのゴレム馬鹿二人！　余計なことをうちの子に吹《ふ》き込むな！

これはマズい。安く買うためにガンディリスへ向かうのに、さらに高いものを買わされては本末転倒《ほんまつてんとう》もいいところだ。

それに僕が逆らえないってのが、また情けない話だが。涙目でおねだりされたら絶対に耐《た》えられない自信がある。

これは援軍《えんぐん》がいるな……。それも強力な援軍が。

僕は盛り上がる開発陣《かいはつじん》に背を向けて密《ひそ》かにスマホからメールを送った。


「なんでお母様がいますの!?　親子水入らずじゃなかったのですか!?」

「あら、酷《ひど》い言い草ね。私も親なんだから間違《まちが》いなく親子水入らずじゃない」

リーンが焦《あせ》る娘にしれっと答える。苦虫を噛《か》み潰《つぶ》したような顔を見せる娘を、微笑《ほほえ》みを浮《う》かべながら眺《なが》めていた。楽しそうだなぁ……。

「くう……。お父様にゴレムの二、三体も買ってもらおうと思ってたのに……！」

「ダーリン。貴方《あなた》、かなり舐《な》められてるわよ？」

リーンが呆《あき》れたような目を娘と僕に向ける。いや、まあ……そこらへんはなんとなくはわかっていましたけれども。

娘のお願いは叶《かな》えてやりたくなるのが父親の性《さが》ってやつですよ。それでもゴレムの二、三体は多い気がするけど。

さて、クーンの言う通り親子水入らずでガンディリスへと向かいますか。

◇◇◇

鉄鋼国ガンディリスの国王陛下に電話をして、個人的に鋼材を売ってくれないかと頼むと快く承諾《しょうだく》してくれた。

その代わりといったらなんだが、ちょっと相談に乗って欲《ほ》しいと言われたが。鉄鋼王が僕に相談？　なんだろ……？

「ま、行ってみればわかるか」

「話はついたの？」

「ああ。王宮で待ってるってさ」

リーンにそう答えて早速【ゲート】を開く。

待ってましたと言わんばかりにクーンが真っ先に【ゲート】の中へと飛び込んだ。そんなに急がんでも。

「まったくもう……落ち着きのない。誰に似たのかしら？」

「おっと、僕と言いたいんだろうけど、バビロンの『図書館』を探してた時のリーンもあんなだったからな」

「私はもうちょっと落ち着いてたわよ」

おいおい。足下《あしもと》にいるポーラが『そだっけ？』と首を傾げているぞ。

「まあ、親子なんだから似てて当然か」

「そうね」

二人で顔を見合わせて笑う。すると【ゲート】の向こうからにょきっとジト目のクーンが首だけ出してきた。

「仲がいいのは結構ですけれど、早く行きませんか？　ガンディリスの国王陛下を待たせるのは失礼だと思うんですけど」

「あ、や、うん。わかった」

「そ、そうね。行きましょう」

なんとなく照れ臭《くさ》くなった僕らは慌《あわ》てて【ゲート】をくぐった。

◇　◇　◇

「あ、お父様、そちらのハイミスリルも買っておきましょう」

「はいはい、これね」

僕《ぼく》はクーンの言う通り、白銀に輝《かがや》くハイミスリルの塊《かたまり》を【ストレージ】へと放《ほう》り込む。

ガンディリスの国王陛下と挨拶《あいさつ》をしたあと、すぐに鋼材や資源置き場となっている城下の大倉庫へと案内された。

いろんな鋼石や合金がそこらに山のように積まれ、精錬《せいれん》して鋼材となった商品も置かれている。

ものすごい数だな……。さすがは鉄鋼国と言ったところか。

鉄鋼国ガンディリスは様々な鉱山に囲まれた山岳国《さんがくこく》である。

豊富な地下資源と高度な精錬技術により、西方大陸のほとんどの国がこの国から鋼材を買っている。

そのため、過去には何度か侵略《しんりゃく》も受けたりしたが、天険の土地柄《とちがら》と剛健《ごうけん》なゴレムたちによってそれを退けてきた。

あらゆる鉱物が手に入るため、ドワーフたちが多く住み、武器防具の類《たぐ》いも一流品が多い。フレイを連れてこなくてよかったな……。帰らないって言いそう。

「うちの国にも鉱山とかあればなあ」

「無い物ねだりしたって仕方ないでしょう」

リーンにぴしゃりと返される。そうだけどさあ。

当たり前だが、僕には鉱石の微妙《びみょう》な違いなんか見てもわからない。当然【サーチ】なんかでは、よほどわかりやすい化石とか魔石じゃないと引っかからないのだ。

ミスリルゴーレムとかオリハルコンゴーレムみたいにわかりやすい形なら引っかかるんだけど。

オリハルコンゴーレムはスゥのオルトリンデ・オーバーロードを作る時にちょっと狩《か》り過ぎたんだよな……。絶滅危惧種《ぜつめつきぐしゅ》になってしまいそうな勢いで。

それを話したらさすがに他の王様たちから怒《おこ》られた。まあ、貴重な資源を他国から奪っているようなものだからね。

すでに狩って迷惑《めいわく》をかけた国には、ミスリルゴーレムとかダイヤモンドゴーレムとかの生息場所をいくつか教えてなんとか許してもらったけど。

「それにしてもずいぶん買うなあ。オーバーギア一機作るのにこんなにいるか？」

「必要です！　詳《くわ》しくは言えませんけど」

「本当でしょうね？　貴女《あなた》、しれっと自分の分まで買ってないわよね？」

「お母様、娘を疑うのはどうかと思いますわ。あ、これも使えますわね。お父様、これもひとつ」

リーンの疑いの目を躱《かわ》しつつ、クーンは鋼材を指定していく。

いや本当に多いな……。もともと『工房』の方にある鋼材と足してもかなりの量だと思うんだが。

オーバーギアはフレームギアより大きいし、ある程度は覚悟してたけど……。お、お金間に合うかな？　安く買うためにここにきたのに、結果高くなっては本末転倒だぞ。

一抹《いちまつ》の不安を感じながら、母娘の後を歩いていく僕であった。

◇　◇　◇

「これはかなりの量だな……。こんなに何に使うのか気になるところだが、まあ詮索《せんさく》はよしておこう」

鉄鋼王は僕が【ストレージ】に収納した物のリストを見て驚《おどろ》いていた。僕も驚いてる。予想していた量の数倍だ。本当にこんなにいるのか？　何機作るつもりなんだ。

オーバーギアだけじゃなく、水中専用フレームギアも同時に何機か作る気なんだろうか。クーンはにこにこしているだけで教えてくれないし。博士もそうだが、この手の人種は秘密主義が過ぎる。こっちはスポンサーだぞ？

「それで支払《しはら》い金額《きんがく》だが……」

「お、おいくらで？」

鉄鋼王の言葉にごくりと唾《つば》を飲む。彼《かれ》は手にした紙にさらさらとペンを走らせると、その金額が書かれた紙を僕に渡《わた》した。

おろ？　あれ、思ったより安い？　いいの？　この金額で？

「あの、これかなり安くしてもらっているようですけど……」

「うむ。実は電話で話した相談に関わることなのだが……。それをどうにかしてもらえるならこの金額からさらに半額値引きしよう」

おっとやっぱりうまい話にゃ裏がある。なにをしろとおっしゃる？

「この地図を見てくれ」

応接室のテーブルの上にガンディリス周辺の地図が広げられた。これって僕が渡したスマホのマップから作られたものだな。中心にガンディリスの王都がある。

「ここがこの国で一番大きな鉱山がある都市、メルクリウムだ。で、ガンドラ山脈を挟《はさ》んで王都がある。王都へ鋼材を輸送するには飛行艇《ひこうてい》でガンドラ山脈を越《こ》えるか、南にあるこっちの町を経由してぐるりと迂回《うかい》するしかない」

うーむ、飛行艇で鋼材を運ぶってのは無理がないかね？　あんな重い物、飛行艇にはそんなに積めないだろ。飛べなくなる。

迂回する南ルートもなあ。これかなりの距離《きょり》あるよね？　ははあ。鉄鋼王がなにを言いたいのかなんとなくわかってきたぞ。

「なんですか？　つまりはここにトンネルを掘れ、と？」

僕は王都とメルクリウムの間にそびえ立つ山脈を、指でトントンと叩《たた》いた。鉄鋼王も我《わ》が意を得たりとニヤリと笑う。

「まあ、ぶっちゃければそういうことだ。昔からここにトンネルを掘る計画はあったのだが、地盤《じばん》が脆《もろ》いところがいくつかあってね。無理に掘っても崩《くず》れるので危なくてできなかった。しかし東方大陸から魔法が伝わって、土魔法ならできるのではないかと話が上がっている」

なるほど。確かに土魔法なら崩れそうなところを固めながら掘り進《すす》むことができる。シールド工法と同じ要領だ。

「だけどこれ、結構距離があるな……」

魔導列車のレールを敷くときにベルファスト王国とリーフリース皇国に跨《また》がる山脈にトンネルを掘ったが、アレより二倍近くの長さがある。つまり百キロ近くあるのだ。まあ掘れないことはないけれども、あまり時間もかけたくないしな……。一気にやってしまうか。

「わかりました。やりましょう」

「おお！　引き受けてもらえるか！」

「で、掘るとしたらどこからどこまで？」

「うむ、できれば王都とメルクリウムを最短距離でつなぎたいのだ」

僕と鉄鋼王が地図を相手に話し合いを続けている横で、優雅《ゆうが》にリーンはガンディリスの王妃《おうひ》様たちとお茶を飲んでいた。リーンも公国公妃《こうひ》である。国の恥《はじ》にならぬよう、努めて公妃らしい振《ふ》る舞《ま》いで対処していた。

問題は……。

「へぇ、駆動系《くどうけい》にまでエーテルラインを引いてますのね……。ああ！　なるほど、非常時にはこちらの補助動力に切り替《か》わるようになって……面白いですわ」

問題は部屋の隅《すみ》でガンディリス王宮に配備されている近衛《このえ》ゴレムに取り付き、関節の隙《すき》間《ま》から中を覗《のぞ》く公国公女がいることだ。いや、鉄鋼国の皆《みな》さんは公女ではなく、僕の親戚《しんせき》の子と認識《にんしき》しているだろうけど。

この部屋の警備を任されている近衛ゴレムは、張り付くクーンに微動《びどう》だにせず、まるで置物のように直立不動を保っていた。

「なんか……すみません」

「ああ、いや。我が国《くに》のゴレムに興味を持ってもらえて光栄だ」

僕が謝《あやま》ると鉄鋼王が苦笑いをしつつ返してくれる。呆れてるんだろうなあ。

「さすが王宮のゴレム、潤滑油《じゅんかつゆ》も最高級の物を使ってますわね。あら？　こっちの配線は……」

おーい、そろそろやめた方がいいぞー。あっちでにこやかにお茶を飲んでいるお母さんのこめかみに青筋が浮かび始めているから。あ、もう遅《おそ》い。

リーンは『ごめんあそばせ』と王妃様たちに断り、にこやかにそのまま離席《りせき》すると、真《ま》っ直ぐにクーンの下へつかつかと早足で向かった。うわ、もうあかん。

それに気づかずゴレムに夢中になっているクーンに、リーンの両拳《りょうこぶし》が背後から左右のこめかみを襲《おそ》った。

「うーん、こっちのままだと摩擦《まさつ》係数が……いだだだだ⁉　お、お母様⁉　痛いですわ⁉」

「クーン～？　貴女、いい加減にしなさいよ？　私に恥をかかせる気？」

ぐりぐりぐりぐりぐりとリーンのぐりぐり攻撃《こうげき》が炸裂《さくれつ》する。それを見てポーラが『おそろしや……！』と小刻みに震《ふる》えていた。

「なんか……すみません」

「ああ、いや……」

鉄鋼王はもはや引きつった笑いを隠《かく》そうともしなかった。

とりあえずトンネルを掘る場所を確認し、方角と距離をスマホで撮影《さつえい》しておく。掘る際のトンネルの大きさなども確認しておく。後々、ここに魔導列車が通ればさらに輸送が楽になるからな。

「ダーリン、トンネルを掘るなら私たちも手伝うわよ」

「え、お母様？　私もですか？」

「貴女にも責任の一端《いったん》はあるのだから、手伝いなさい」

「は～い……」

ぐりぐり攻撃から解放されたクーンが力なく返事をする。断ればまたぐりぐり攻撃が再開されると思ったのかもしれない。

クーンもリーンと同じく、闇《やみ》属性以外の魔法を全て使える。二人とも土魔法を使えるから、手伝ってもらえるならだいぶ楽に掘り進むことができるな。

そんじゃ、親子の共同作業を始めますか。

◇　◇　◇

「【土よ穿《うが》て、螺旋《らせん》の掘削《くつさく》、ディグスパイラル】」

「【土よ来たれ、土塁《どるい》の防壁《ぼうへき》、アースウォール】」

僕が空けた直径十メートルほどの横穴に、左右に陣取《じんど》ったリーンとクーンが【アースウォール】を施《ほどこ》して崩れないように固定していく。掘った土は【アースウォール】で圧縮し、壁面《へきめん》と平らな地面へと変化させる。

一気に十キロくらい掘れるので、固定し終えたら掘った先へと【テレポート】して再び穴を掘る。十回もやれば向こうへと辿《たど》り着けるだろう。

「これ、完成した後に結界張らないと、魔獣なんかが入り込んじゃうな」

そうなってしまったら単なる直線のダンジョンである。しかも逃げ場《ば》がない。さすがにガンディリスもそれは困るだろう。

「途中《とちゆう》で休める休憩所《きゆうけいしよ》も必要だと思いますわ」

「換気《かんき》できる仕掛《しか》けもね」

ゴレム馬車の速度が大体時速二十キロから三十キロ。四、五時間もトンネルの中で過ごすのだから確かに休憩所などは必要か。

半分ほど掘ったら広いスペースを作って、換気のための小さな縦穴も掘っておこう。

「しかしずっと穴の中にいると、モグラにでもなったような気になってくるな……」

「あらダーリン、ドワーフなんかはだいたいこんな生活をしてるのよ？　もっとも彼らは鉱石目当てで潜《もぐ》っているのだけれど」

「鉱脈に当たったらいいですわね。さらに鋼材費を安くしてくれるかもしれませんわ」

そんなことを呟《つぶや》いていると、固める前の地面がボコっと隆起《りゅうき》し、そこから鋭《するど》く大きな鉤爪《かぎづめ》を持った、巨大《きょだい》なモグラが顔を覗かせた。ビビったポーラがリーンの足に縋《すが》り付く。

「あら珍《めずら》しい。ジャイアントモールね。こっちにもいるのね」

「お父様が変なこと言うから」

「え、僕のせいか？」

モグラは掘削する音に引き寄せられてやってきたのだろう。決して僕らの会話が聞こえたから来たのではない……と思う。

『グファァァ……！』

ジャイアントモールは穴から這《は》い出して、両爪をこちらに向けて威嚇《いかく》してきた。うーむ、やっぱり僕らの声を聞いてやって来たのかもしれないな。エサを見つけたと勘違《かんちが》いして。

さて、どうするか。

「【水よ来たれ、清冽《せいれつ》なる刀刃《とうじん》、アクアカッター】」

「あ」

『グギョアッ⁉』

僕があれこれ考えるより先にクーンの魔法《まほう》がジャイアントモールに炸裂した。五、六メートルはある巨大なモグラが見るも無残に唐竹《からたけ》割りに真っ二つになってしまっている。うわぁ……。

「まったく……。お馬鹿さん、使う魔法を考えなさいな」

「え？　火魔法はまずいですし、この場合水魔《みずま》法《ほう》が一番なのでは？」

「それは間違いないけれど、倒し方を考えなさいって話よ。ダーリンの【ストレージ】で回収しても、地面に染《し》み付いた血の臭《にお》いは消えないわよ？」

リーンの言う通り、トンネル内には倒したジャイアントモールの血の臭いが漂《ただよ》っていた。けっこう、いやかなり血《ち》なまぐさい……。

すぐさま僕は死んだジャイアントモールを【ストレージ】に回収し、風魔《かぜま》法《ほう》を使って汚《よご》れた空気を外の方へと押《お》しやった。

「水魔法なら窒息《ちっそく》させる、あるいは氷魔法で全身を凍《こお》らせて封《ふう》じ込めた方がよかったわね」

「むう……。次からはそうしますわ」

少し拗《す》ねるクーンの頭をリーンが撫《な》でる。つい反射的に手が出てしまったって感じかな。クーンは頭がいいから少し考えればわかったはずだ。

その後も何匹《なんびき》が同じような巨大モグラや巨大ミミズが出てきたが、クーンが全て氷漬《づ》けにした。

けっこう土中にもいるもんだ。こりゃ完成したら結界と補強魔法をかけて、トンネル内に入ってこられないようにしないといけないな。

そんなことを考えながら、何回目かの【ディグスパイラル】を発動させたとき、今までとは違う手応えを感じた。魔法が空振《からぶ》りしたというか貫《つらぬ》いたというか。

あれ？　突《つ》き抜《ぬ》けた？　いや、まだ向こう側にはだいぶあるよな？

「なんか空洞《くうどう》みたいなものがある……？」

「あら。鍾乳洞《しょうにゅうどう》にでもぶつかったのかしら？」

トンネル内は暗いので、リーンが生み出した【ライト】が僕らの頭上には浮かんでいる。その光さえもポッカリと空いた先の穴には届かず、中は見えなかった。

クーンが新たに【ライト】の明かりを生み出し、崩れた穴の先へと駆《か》け寄って行った。あ、こら！　なにがあるかわからないんだから危ないぞ！

「これは……！　お父様！　お母様！　見て下さい！」

「なんだなんだ？　なんかあったのか？」

声を張り上げるクーンに、僕とリーンも慌てて穴の先へと向かう。

「っ、これは……！」

そこにはクーンが飛ばした【ライト】の光とは別にヒカリゴケのようなぼんやりとした光が存在していた。

僕たちの目に飛び込んできたもの。それは眼下に広がる大きな都市であった。

うすぼんやりと道に建物、遠くには塔《とう》やピラミッド状のなにかまで見える。完全に地下都市だ。

いや、正確には都市というより都市跡《あと》、だろうか。残念ながら建物や塔は一部崩れており、廃墟《はいきょ》と言った方がいいだろう。

おそらく古代都市の一つなんだろうが……。まさかトンネルを掘っていて、こんなものにぶち当たるとは。

「すごいですわ！　未来の世界でもこんなところはまだ発見されてません！　大発見です！」

「とんでもないものを掘り当てたわね。ひょっとしたら鋼材をタダでもらえるかもしれないわよ？」

「そりゃいいなあ。夕飯は豪勢《ごうせい》にいくか」

興奮するクーンとは違い、僕とリーンは軽口を叩き合う。まあ正直、面倒《めんどう》なものを見つけてしまった感が強いのは否《いな》めない。

しかし未来でも発見されていない？　ということは未来が変わってきているのか？　あるいは未来のガンディリスはこの地下都市を隠匿《いんとく》している？　どういうことだろう。

とりあえず鉄鋼王に電話で連絡《れんらく》を入れると、向こうもクーンと同じく興奮した様子で、すぐにそちらへ向かう！　と告げられてブツリと通話が切れた。

いや、すぐにって飛行艇で来てもここまでそれなりにかかるぞ……。こっちから迎えに行こうかとも思ったのだが、まあ来るというなら待つか。長くても一、二時間だろうし。

「お父様お父様！　調査！　調査をしましょう！　危険がないか調査を！」

ううむ、困った。鉄鋼王が到着《とうちゃく》するまで、興奮しまくったこの娘《むすめ》さんを抑《おさ》えておく自信が僕にはないのだが。

確かに安全性を確認するのは必要だと思う。さっきのジャイアントモールや大ミミズのような地中でも活動する魔獣の巣になっているかもしれないし。

僕らはクーンの意見に従い、貫いた穴から下へと降りることにした。外壁《がいへき》をぶち破ったらしく、下は切り立った崖《がけ》のようだったが、【フライ】を使って開けた場所へと無事に降り立った。

中央広場のようなそこは、石畳《いしだたみ》はひび割れ、建物は一部崩れた様子を見せている。やっ

ぱり廃都《はいと》、か。

「こっちの大陸は保護魔法が一般的《いっぱんてき》じゃないから損傷が酷いわね。ゴレムなんかは長期間保存できるようになっているのに」

「僕らの魔法みたいに都全部を保護するのは難しかったんじゃないかな」

博士の話だと古代魔法文明では建物を作るとき、大抵《たいてい》は土魔法で強化したり、保護魔法をかけて清潔さを保ったりしていたんだそうだ。

こっちにはそういった技術があるにはあったが、一般的に使われていたわけではないのだろう。保護するのは価値のあるものに限られていたようだ。

逆に言えば、保護化されたなにかお宝のようなものがあるかもしれないというわけで。

いかん、クーンじゃないが、ちょっとワクワクしてきたな。

そんな僕の心に水をさすかのように、廃都の中でガシャン、という物音が響《ひび》いた。

「……なんだ今のは？　なにかいるのか？」

闇の中に浮かぶ廃都から、さらに物音が響く。僕らは辺りを警戒《けいかい》し、いつでも動けるように態勢を整えた。

ガシャン、ガシャンと金属音のようなものはだんだんと多くなり、やがてぼんやりとした薄闇《うすやみ》の中から一体のゴレムが現れた。

身長は人間と同じくらい。真鍮《しんちゅう》のような鎧《よろい》を身に纏《まと》った騎士《きし》のようにも見える。しかし顔に当たる部分はカメラレンズのような単眼が左右にチキチキと動いているので、中身はやはり機械だ。

背中からは四本の筒《つつ》のようなものが飛び出しており、そこからキラキラとした蒸気のようなものを吹き出している。身体の関節からもその蒸気は漏《も》れており、まるで壊《こわ》れる寸前という感じだ。

その真鍮ゴレムが一体ではなく何体も町のあちこちから現れ、こちらへとやってくる。手に武器などは持っていないが、ジリジリとにじり寄るその雰囲気《ふんいき》は、まるでゾンビ映画のゾンビのようだった。

「まさかゴレムの住む地下都市とはね……」

「ダーリン、どうする？　広範囲《こうはんい》魔法《まほう》で全部ぶっ飛ばす？」

「はあっ⁉　なんてことを⁉　お母様、アレは貴重な古代機体《レガシィ》です！　壊したらもう元に戻《もど》せないかもしれないんですよ⁉」

「……我が娘ながら本当に面倒くさいわね、この子」

がっしとしがみつくクーンにリーンは心底呆れたように声を漏らした。貴重なゴレムというのはわかるんだが、襲ってくるなら容赦《ようしゃ》はしない。

でもまあクーンのお願いだから機能停止させるだけでやめておくか。

氷漬けにしてしまえば壊さずにすむだろ。

僕が封氷魔法【エターナルコフィン】を発動させようとしたとき、突然《とつぜん》女の人の声が地下都市に響き渡った。

『皆、下がりなさい。その人たちに危害を加えることは許しません』

突然の声に僕たちが驚いていると、真鍮ゴレムがゆっくりと左右に控《ひか》えていき、道を作った。

その先に現れたのは、古代ローマ人が着ていたトーガと呼ばれるゆったりとした白い一枚布の上着を着た女性であった。銀色に輝く髪《かみ》は長く、瞳《ひとみ》は金色に輝いている。薄闇の中、その美貌《びぼう》だけが妖《あや》しく揺《ゆ》らめいていた。

「ようこそ機人都市アガルタへ。地上の人たちよ」

地下都市で出会った銀髪《ぎんぱつ》のトーガの女性はそう言って僕らに笑いかけたのである。

◇　◇　◇

「機人都市アガルタ？」

「はい。かつてここより北方に栄えた古代王国、ダーナシアから逃《のが》れた民が作り上げた地下都市です」

真白いトーガを羽織った銀髪のその女性は微笑みながら僕の質問に丁寧《ていねい》に答えてくれた。

「古代王国ダーナシアって？」

「かつてこの大陸で覇権《はけん》を争った二つの古代王国の一つですわ」

今度はクーンが説明してくれる。すみませんね、なんにも知らなくて。

確か古代、二つの王国が主導して争い、ゴレムを大量投入してとてつもない被害《ひがい》を世界に出したんだよな。『古代ゴレム大戦』だっけか？

その戦争が元で一度世界は滅《ほろ》び、そこから復興したのが今の文明だっていう。

西方大陸における歴史ではそうなっていたはず。

「大戦時、誰《だれ》も彼も戦いたかったわけではありません。戦うことを否定し、王国から逃れてきた者たちは偶然《ぐうぜん》見つけたこの地下施設《しせつ》に身を潜《ひそ》め、戦争の終わる時を待ちました。しかし何十年経《た》っても戦争は終わらず、やがて彼らはこの地を第二の故郷として暮らすことになったのです」

「確か古代ゴレム大戦は三百年以上続いたそうですから、そうなるのもわかりますが……」

クーンがトーガの女性の言葉を裏付ける説明をする。三百年以上もか。

地球にも『三百三十五年戦争』ってのが確かあったな。

だけどこっちの方は一年で相手が降伏《こうふく》して決着がついたのに、終了《しゅうりょう》宣言とか平和条約とかをしなかったらしい。

後世の歴史家が『あれ、この戦争終わってないんじゃね？』と発表して、開戦から三百三十五年経ってやっと平和条約が結ばれたんだとか。なんとも妙《みょう》な話だ。

一発の発砲《はっぽう》もなく終えた、世界一平和な戦争とか言われていたな。

「すると貴女はここに住み着いた古代人の末裔《まつえい》……ということ？」

リーンの言葉にトーガの女性は首を横に振る。あれ、違《ちが》うのか？

「この地に住み着いた人間たちはその後次第《しだい》に数を減らし、二百年ほどで全員亡《な》くなられてしまいました。日の光が差し込《こ》まない地下では人間たちは生きることが難しかったのです」

日の光……日光不足か。確かに引きこもりは健康には良くなさそうだけど。

「『ビタミンD欠乏症《けつぼうしょう》』ってやつかしら。感染症《かんせんしょう》にかかりやすくなったり、骨粗鬆症《こつそしょうしょう》になるっていう」

「ずいぶんと詳しいね……」

「地球から持ち帰った本に載《の》ってたわ」

いつの間にかうちの嫁《よめ》さんが地球の知識を僕より吸収してた。リーンは医学関係の本まで買ってたのか。

……ちょっと待て。大戦から二百年でこの都市の人間たちが滅亡《めつぼう》したのなら目の前にいるこの女性はいったい？　確か古代ゴレム大戦って五千年前くらい前だろ？　ってことは……。

僕が疑問に思っていると、隣《となり》にいたクーンがポンと手をひとつ打った。

「なるほど。貴女、擬《ぎ》人《じん》型のゴレムなんですね？」

「はい。型式番号ＰＥＬ－４２、『ペルラジオーネ』シリーズ、医療《いりょう》看護用ゴレム、ペルルーシカと申します」

優雅にペルルーシカと名乗った擬人型ゴレムは僕らに対して一礼した。

擬人型ゴレムか。相変わらず『古代機体《レガシィ》』となるとなかなか見分けがつかないな。よく見ると両眼の虹彩《こうさい》が少し人とは違う気がする。

シェスカたちバビロンシスターズと比べてもそれほど遜色《そんしょく》がないように思えるな。

ペルルーシカにリーンが話しかける。

「医療看護用なのにここの人たちの健康の変化には気付かなかったの？」

「気付いてはいました。しかし人々の世代が変わるに連れて、彼らの地上への恐怖《きょうふ》は膨《ふく》れ上がり、大半の人たちはこの地から出ようとはしなかったのです。地上は死の世界だと。この地を離《はな》れては生きていけないのだと」

うーむ、親の世代が言い聞かせたことをそのまま受け入れてしまったのだろうか。殺人ロボットがわらわらいるところへ子供を行かせようとはしないよなあ。

「それで貴女は住む人が居なくなったこの地下都市をずっと守り続けていたの？」

「はい。人が居なくなりゴレムだけの『機人都市』となっても、休眠《きゅうみん》状態を繰《く》り返しながら私たちは長い時をここで過ごしてきました。『ギガンテス』の監視《かんし》者として」

「『ギガンテス』？」

ペルルーシカはたおやかな手を上げ、暗闇《くらやみ》の向こうへと指差した。都市が放つぼんやりとした光でよく見えないが、ピラミッドのような建物のさらに上、そこに何か巨大なものが微《かす》かに見える。……なんだ？

「【光よ来たれ、大いなる輝き、メガブライト】」

リーンが上級照明魔法をそこへ向けて放つ。

ピラミッドの上空にまるで電球がついたように大きな光球が生み出された。

浮かび上がるピラミッドのような建物のその背後。

壁《かべ》に半分埋《う》まるようにして、なにか大きな機体がそこに存在していた。とてつもなくデカい人型の機械の塊がそこに埋《うも》れている。

ちょっと待て……なんかアレと似たようなものを僕は見たことがあるぞ……!

「『ヘカトンケイル』……!」

そうだ、あのアイゼンガルドの魔工王《まこうおう》が蘇《よみがえ》らせた太古の決戦兵器。アレに似ているのだ。

「『ヘカトンケイル』? 『ヘカトンケイル』ってお父様たちが倒《たお》したアイゼンガルドを滅ぼした決戦兵器ですか!?」

「決戦兵器を知っているのですね。そう、あれはその決戦兵器のひとつ。ここに残された負の遺産……」

ダーナシア王国から逃《に》げ出してきた人たちが見つけたこの地下施設は、とある国の決戦兵器を作るための工場だったらしい。

発見した時、地下施設にいた人たちは全て死んでいた。全員苦悶《くもん》の表情で事切れていたという。

なにか事故があったのか……それとも毒ガスのようなものが撒《ま》かれたのかはわからない。

ダーナシアから逃げてきた人たちはこの地下施設を利用し、隠れることに決めた。地上ではどこにいても安全が脅《おびや》かされるからだ。

やがて、わずかに残された資料から決戦兵器『ギガンテス』を調べているうちに人々は恐《おそ》ろしい事実に気付く。

この決戦兵器がすでに完成していることを。今はただ休眠状態にあるだけだということを。

「『ギガンテス』は強制的な冬眠《スリープ》状態にされています。もしも再起動したら入力された命令を果たすために行動を開始することでしょう。『敵を破壊《はかい》する』というただひとつの命令を」

「敵？」

「自国に属していない全てのゴレムです」

じゃあ何か？　あいつは動き出したら世界中のゴレムを破壊し始めるってことか？　とんでもない命令をインプットされているんだな。

「この『ギガンテス』に入力されている命令はこのゴレムの本能、あるいは存在理由ともいうべきものです。契約者《マスター》がいなくても、このゴレムはそれを愚直《ぐちょく》なまでに実行しようとするでしょう。ゴレムだけではなく、そこにある町も人間もすべてまとめて破壊の限りをつくす……。故《ゆえ》に負の遺産。彼が目覚める時、世界は滅ぶ」

確か魔工王のジジイが、古代ゴレム大戦末期にはいろんな国が競《きそ》うように決戦兵器を作っていたと言っていたな。これもそのひとつなのか。ひょっとしたらヘカトンケイルを作った国に対抗《たいこう》して作られたものなのかもしれない。

「世界が滅ぶ……ね。ダーリン、これどうする？」

「うーん、個人的には面倒なんで破壊してしまいたいところだけども……」

「破壊⁉　そんなもったいない！　……あ、いや、世界の平和とは引き換《か》えにできないってのはわかりますけれど……」

両親からジロリと睨《にら》まれたクーンの声が萎《しぼ》んでいく。

ただなぁ。一応ここ他国だし、ガンディリスの鉄鋼王に断りもなく破壊するのもどうなのか、と。

この決戦兵器は見つけた僕らに所有権があるのか、もともとこの地にあったのだからこの国に所有権があるのか。

まあ、向こうが所有権を主張してきても、こいつが起動しないようにはさせてもらうけどね。

「とりあえずあれ、見せてもらってもいいかな？」

「……ギガンテスを目覚めさせるような攻撃などをしなければ構いません。ですが、細心の注意をお願いします」

契約者《マスター》のいない彼女《かのじょ》たちのようなゴレムは、自己の危険に関わらない命令ならなるべく人間に従うようにできている。僕のお願いは彼女たちにとってかなりリスクがあるだろうに、なんとか受け入れてくれたようだ。

アレが起動したら真っ先に狙《ねら》われるのはここのゴレムたちだからな。刺激《しげき》されたくない気持ちもわかる。

僕たちはペルルーシカに先導されて、壁に埋まるギガンテスへと近づいていった。

壁に埋まっているというよりは、洞窟《どうくつ》周辺が崩れて埋れてしまっているという感じだな。

ちょうど足下《あしもと》の辺りに来たところでペルルーシカに止まるように指示される。

「ここより先は近づいてはいけません。見てて下さい」

ペルルーシカがそこらへんにあった石ころを前の方へと投げ入れると、機体の各部に取り付けてあった小さな砲台《ほうだい》からレーザーのような光が走り、チュンッと石ころを貫いた。

クーンがレーザーの発射されたギガンテスの膝《ひざ》側面辺りを見上げて口を開く。

「自動迎撃《げいげき》システムは生きているんですね」

「はい。あれはギガンテスとは独立したシステムですので。攻撃範囲《こうげきはんい》内《ない》にある動くものを狙ってきます」

なるほど。そんな物騒《ぶっそう》なものなら壊してしまえばよかったのにと思ったが、このシステムのせいでアガルタの人たちはギガンテスに手を出せなかったのか。

「君たちとしてはどうしたいのかな？」

「私たちはゴレムです。人の意に従うようにできています。貴方《あなた》たち人間の決定には逆らいません。しかし、ここで暮らしたアガルタの民の願いを叶《かな》えてほしいと思っています。ギガンテスを取り除き、この都に真の安寧《あんねい》を」

ギガンテスと地上の戦争に怯《おび》えながら、この都の人たちはここで二百年を過ごしたのだろう。その気持ちを考えると、ペルルーシカの願いも無理はないのかもしれないと思う。

「お父様。【プリズン】を」

「へいへい」

娘にいいように使われている感があるが、今さらか。

【プリズン】を張り、念のため僕《ぼく》が一歩前に踏《ふ》み出すと、再びレーザーが雨のように僕の頭上に降り注いだ。

【プリズン】の絶対防御壁《ぼうぎょへき》にペルルーシカが目を丸くしている。擬人型とはいえ、よくできたゴレムだな。医療看護用とか言ってたし、患者《かんじゃ》と接するためには表情豊かじゃないといけないのかもしれない。

しつこいくらい降り注ぐ攻撃に、もうあの砲台部分を壊してしまった方がいいんじゃないかとも思ったが、それが原因でギガンテスが起動しても困る。まったく面倒な。

ペルルーシカも含《ふく》めた僕たちはギガンテスの足下に辿り着き、クーンがその機体を近くで凝視《ぎようし》する。

「やはり魔導刻印が施されてますね。エーテルラインが装甲《そうこう》表面にまで走っています。おそらくこれが衝撃《しようげき》から機体を守る防御壁の役目を果たし、魔力弾《まりよくだん》さえも拡散させるように……」

あ、ダメだ。クーンがぶつぶつ言い始めた。こうなると長いぞ、この子は。

「わかりやすく説明しなさいな。『これ』は壊せるの？　壊せないの？」

「えーっと、この装甲に施された魔導刻印は人間の皮膚《ひふ》と同じ役割を果たすんです。つまり刺激を与《あた》えると神経が脳にそれを伝える。一瞬《いつしゆん》でこの機体をバラバラにするとかでないと、間違《まちが》いなくギガンテスは起動すると思います」

つまりは『触《さわ》るな危険』ってことか。トンネルを掘《ほ》っていただけなのに、とんでもない爆弾《ばくだん》を掘り当ててしまったな。

「うーん……。難しいけど処理できなくもないんじゃないかな。【ゲート】をギガンテスの足下に開いて、火山の火口にでも落とせば……」

「溶岩《ようがん》で溶《と》ければいいけどね。防御壁を張れるみたいだし、火口から這い上がって来るかもしれないわ」

思いついた提案をリーンに却下《きゃっか》される。むう。確かにその可能性は捨てられないな。事が事だけに一《いち》か八《ばち》かの賭《か》けには出られないか？　それで火山が爆発《ばくはつ》しても困るしな。

「だけど別の場所に転移させるってのは悪くないかもしれないわ。被害の及《およ》ばないところへ移動させて、私たち全員のフレームギアで叩くってのならありだと思う」

なるほど。それならいけるか？　決戦兵器とはいえ、邪神《じゃしん》より強いってことはないだろう。みんなの力を借りればいけるんじゃないかな。

となると、なおさら鉄鋼王と話さないといけないな。向こうはもうお城から出発しているだろうから、今さら【ゲート】で迎《むか》えに行けないし。

一時間くらいだろうから、地下都市アガルタを見学して待つか。

僕らは一旦《いったん》ギガンテスから離れ、ペルルーシカの案内のもと、地下都市を観《み》て回った。

もともとギガンテスの製造工場であっただけあって、古代の技術があらゆるところに使われていたらしく、クーンはずっとハイテンションであった。

あっという間に時間は過ぎ、僕らが掘ったトンネルを通って鉄鋼王の一行が顔を見せたのは、それから一時間後のことだった。

「まさか我が国にこのような遺跡《いせき》があったとは……」

ガンディリスの一行が地下都市アガルタとギガンテスを驚《おどろ》きの目で見ている。

ペルルーシカを紹介《しょうかい》し、この都が抱《かか》えている問題を話す。まあこのギガンテスをどうするか、ということだが……。

「決戦兵器……。まさかアイゼンガルドと同じく我が国にも存在していたとは……。これは難しい問題だな……」

鉄鋼王が頭を抱えて悩《なや》んでいる。決戦兵器は古代技術の塊《かたまり》。技術者を多く抱えるガンディリスとしては宝の山だ。しかし扱《あつか》いを間違えれば国が滅ぶ。

「陛下、これはまたとない機会かもしれません。あの決戦兵器を調べれば、失った古代の技術を蘇らせることも可能やも……」

「そしてアイゼンガルドと同じ轍《てつ》を踏むのか？　この地を更地《さらち》にせよと？　秤《はかり》にかけるものが大きすぎる」

配下の騎士からの言葉に鉄鋼王が首を横に振りながら答える。

やがて鉄鋼王は大きく息を吐《は》くとその顔を上げた。

「古代の技術は惜《お》しいが、我《わ》が民の安寧には変えられん。ブリュンヒルド公王の提案に従おう。しかし、機能停止したギガンテスは我々にも調べさせてもらえると嬉《うれ》しい」

「それはもちろん。こちらからもエルカ技師とその助手を何人かを派遣《はけん》するので」

この場合、助手とはバビロン博士たちのことだが、教授《プロフェッサー》も来るのかね？　なんとなくだが来そうな気がする。

「じゃあこのギガンテスを被害の及ばない場所へ転移させて叩《たた》くということで……」

みんなに連絡しないとな。……これ、子供たちも来るって言いそうだなあ……。

「ああ、その倒すところを我々も見ることは可能かね？」

「私たちもその結末を目にしたいと思っています」

鉄鋼王の言葉に、ペルルーシカが同じような願いを口にした。何千年もこいつを監視していたペルルーシカ。その決着を見たいと思うのは仕方のないことかもしれない。それで気持ちの整理がつくのならこちらとしては問題ないが……。

「うーん、まあ、大丈夫《だいじょうぶ》だと思います」

上級種フレイズの荷電粒子砲《かでんりゅうしほう》のようなものがあったら危険だから、中継《ちゅうけい》モニターとかで許してもらおう。子供たちもそれで見せればいいか。

見せ物じゃないんだけどなあ。

◇　◇　◇

「デカいでござるなぁ……。アイゼンガルドで戦った奴《やつ》より大きな気がするでござる」

八重がギガンテスを見上げながらそんなことを呟く。

あの時は僕のレギンレイヴ、八重のシュヴェルトライテ、ヒルダのジークルーネの三機で倒した。

こいつがヘカトンケイルと同じ強さなら全員で戦う必要はないと思うけど、まだ強さは未知数だしな。製造した国が違うらしいし……過剰《かじょう》戦力かもしれないが、安全に安全を重ねておくのは悪いことではあるまい。

「それで、これをどこに転移させるつもりですか？」

「アイゼンガルドかユーロンかな、と思ってたんだけど、万が一の可能性を考えると、アイゼンガルドかなあ」

リンゼの問いかけに僕はそう答えた。

ユーロンは少しずつだが、村や町ができ始めている。どんな攻撃が来るかわからないとなれば、邪神に更地にされたアイゼンガルドの方がまだ安全だろう。

「で、全員でこれの相手をするんですか？」

「一応そのつもりだけど……」

ユミナの言葉にそう返すと、反応したのは彼女ではなく、うちの小さな娘とその友人であった。

「はいはいはーい！　おとーさん、あたしも戦いたい！」

「へーかへーか！　ボクも！　ボクも戦いたい！」

リンネとアリスが背伸《せの》びまでして手を挙げる。ていうか、なんでアリスまでいるの？

初めにブリュンヒルドに跳《と》んで、八雲をここに連れてきてから、二人で手分けしてあちこちにいたみんなを連れてきたんだけど、なぜかアリスも付いてきた。

その後ろにはさも当然のようにエンデの姿もある。

「いや、危険な可能性もあるし、みんなはモニターで観ててくれれば……」

「大丈夫だよ！　あたしたちフレームギアもちゃんと使えるし！」

うーん、確かにリンネやアリスがフレームギアに乗れるのは知っているけれども……。

いざとなれば転移脱出《だつしゅつ》装置もあるし、そこまでの危険はないとは思うんだけれども……。

……あれ？　この気配は……。

「大丈夫よ。いざとなったら私が助けるから」

僕が渋《しぶ》っていると、リンネたちの後ろから時江《ときえ》おばあちゃんが現れた。

久しぶりだな。忙《いそが》しいのかここ最近姿を見せなかったけれど。神界に行ってたらしいけど、なんかあったのだろうか。

時江おばあちゃんは時空神だ。時間を止めたり、瞬間移動《しゅんかん》はお手の物である。子供の一人や二人脱出させることなんかわけないだろう。

時江おばあちゃんの言葉にリンネとアリスが期待に満ちた目で僕を見てくる。うう……。

「リンゼとエンデはそれでいいのか？」

「私はリンネと時江おばあちゃんを信じてますから」

「僕は止められるものなら止めたいところだけど……。言っても無駄《むだ》だと思う……」

リンゼはにっこりと、エンデはがっくりと答える。

「なら、リンネ。私のゲルヒルデを貸してあげるわ。リンネの戦い方ならリンゼのヘルムヴィーゲより使いやすいと思うから」

「やった！　エルゼおかーさんありがとう！」

リンネが伯母《おば》であり、母の一人でもあるエルゼに抱《だ》きつく。確かに殴《なぐ》ったり蹴《け》ったりするならゲルヒルデの方がいいと思うけど……。これ殴るの？

僕はちらりと何十メートルもあるギガンテスを見上げながらそんなことを思った。

「アリスはどうする？　エンデの竜騎士《ドラグーン》でいいのか？」

「うーん、お父さんの竜騎士《ドラグーン》は打たれ弱いからなぁ……」

「ううっ⁉」

あ、エンデが沈《しず》んだ。エンデの竜騎士《ドラグーン》は機動性重視の軽量型だからな。リンネと同じく殴る蹴るタイプのアリスには使いにくいかもしれない。エンデも本来そっちなんだけど、こいつは器用だから使いこなしている。そろそろ竜騎士《ドラグーン》もバージョンアップが必要か？

だけどもアリスは【結晶武装《けつしょう》】というフレイズ特有の装甲をフレームギアに纏わせることができる。なので、なんとか戦えるとは思うんだが。

そんなことを考えていると、アリスがおずおずと口を開いた。

「えと、ボクね、オルトリンデに乗ってみたいんだけど……ダメかな？」

「んぬ？　わらわのにか？」

スゥがキョトンとしている。

ふむ。確かに殴る蹴るといった攻撃《こうげき》ならエルゼのゲルヒルデに次ぐのはスゥのオルトリンデ・オーバーロードだろう。防御力《ぼうぎょりょく》なら一番だしな。

「わらわのオルトリンデは竜騎士《ドラグーン》と違って動きは遅《おそ》いぞ？　それでもいいなら構わんが

「……」

「はい！　ありがとうございます！」

　スゥから許可をもらったアリスが手を上げて喜んでいる。エンデはまだ沈んでいるけど。

　八雲、フレイ、クーン、ヨシノ、アーシア、エルナの六人は素直《すなお》にモニターで見学となった。クーンはまだギガンテスを破壊するのにもったいないという未練があるようだったが。

　一応、ユミナ、ルー、桜、リーンは後方支援《しえん》、リンネ、アリス、八重、ヒルダが前衛、リンゼ、エンデ、そして僕は状況《じょうきょう》に応じての遊撃《ゆうげき》と決めた。

　観戦用のモニターは地下都市アガルタの広場に置いて、中継は紅玉の眷属《けんぞく》たちに頼《たの》むことにする。

　さて、それじゃあこのはた迷惑《めいわく》なガラクタの解体作業を始めますか。

◇　◇　◇

ギガンテスを目覚めさせる前に、まずはアイゼンガルドに跳び、現地を確認《かくにん》する。知らない間に誰かが住み始めていたら困るからな。

アイゼンガルドの首都、工都アイゼンブルクがあった場所は相変わらずの廃墟であった。

【サーチ】で調べてみたが、人間はいない。人間はいないが……。

「【サーチ：悪魔《あくま》ゴレム】……反応なし、か」

八雲が言っていた悪魔ゴレムと鉄仮面の女がまだいるかと思ったのだが、この近辺にはいないらしい。

八雲を取り逃して、調査団などが来るのを恐れたのだろうか。

まあ、誰もいないのなら好都合だ。ここなら多少暴れても被害はないだろう。

まずはここにみんなを呼び、専用機《ヴァルキュリア》に乗り込んでいてもらう。そうしてから僕だけが地下都市《アガルタ》に戻り、ギガンテスを広範囲《こうはんい》の【ゲート】でアイゼンガルドへ転移させる、と。

その後、僕もアイゼンガルドに転移して、レギンレイヴで参戦……とまあ大雑把《おおざっぱ》だけど、作戦はこんな感じだ。

さっそくみんなをこちら側へ呼び、各自フレームギアへ乗り込んでもらう。エンデのやつも参戦するみたいだ。ま、目的はアリスのフォローだろうけど。

『うわあ、視界が高い！　わ、確かに動きが普通《ふつう》のフレームギアより重い気がする！』

そのアリスは初めて乗るオルトリンデ・オーバーロードに振《ふ》り回されている。確認のためかうろうろと歩き回り、腕《うで》を上げたり下げたりしていた。

その下でエンデの乗る竜騎士《ドラグーン》がおろおろと心配そうに見守っている。落ち着け、親父《おやじ》。

『やっ!』

一方で、エルゼから借りたリンネの乗るゲルヒルデが、腕から必殺のパイルバンカーを繰り出していた。こっちの方はそれほど違和感《いわかん》はないようだ。うまく動かしている。エルゼの操縦に比べるといささか荒《あら》っぽい気がするけど。

こっちも母親であるリンゼがリンネのことを眺《なが》めていたが、エンデとは違い落ち着いて見守っていた。さすがうちの嫁は違うね。

本来ならば専用機はその本人しか乗りこなせないが、魔力《まりょく》の質が似ている親兄弟などならそれほどの負担はないようだ。母親の双子《ふたご》であり、伯母であるエルゼの機体にリンネが乗っても問題はないのだろう。

アリスの方はフレイズ……というかたぶん父親《エンデ》の種族特性だと思うんだけれど、魔力の質を完全に変化させるのでこちらも問題ないっぽい。

さて、じゃあ一旦《いったん》僕《ぼく》だけガンディリスに戻って、と。

地下都市《アガルタ》では用意したモニター前にみんな集まっていた。モニター内では相変わらずオルトリンデ・オーバーロードとゲルヒルデが動きを確認している。

それを食い入るように見ているのは、この国の国王である鉄鋼王だ。

「これがブリュンヒルド公国の持つ巨大《きょだい》ゴレムか……。確かフレームギアというのだったな？」

「正確にはゴレムではないのですが……まあ、そうです。あれらでギガンテスを倒します」

「今さらだが大丈夫なのか？　あれは決戦兵器。かつてこの大陸の文明を滅ぼしたものの一つだぞ？」

「まあ、それなりに強いんでしょうが……邪神より強いとは思えないんで、大丈夫でしょう。前にも一つ倒してますし……いざとなったら奥《おく》の手《て》もあるんで。んじゃ、ギガンテスを転移しますよ？」

この場合の奥の手とは上級神になった僕の『神威解放《しんいかいほう》』で神力をフルに使ってギガンテスを消滅《しょうめつ》させるということだが。

たぶんギガンテスは塵《ちり》となるので、ガンディリスやクーン、博士たちからブーブー文句を言われることは間違いない。できれば避《さ》けたい。

さて、向こうでみんなも待ってるだろうから、さっさとこのデカブツを送り届けるか。

「【ゲート】」

ギガンテスの足下に【ゲート】が広がり、埋まっていた大量の土砂《どしゃ》や岩壁《がんぺき》ごとアイゼンガルドに落ちていく。

落ちていく時に一瞬、ギガンテスの装甲表面に光が走った。おそらくいまのを攻撃と捉《とら》え、冬眠《スリープ》モードから再起動したのだろう。

ギガンテスが落ちた【ゲート】を閉じて、新たに小さな【ゲート】を開き、僕もアイゼンガルドへと跳ぶ。

ギガンテスは呼び込んだ土砂と岩に埋もれて倒れていたが、すぐにその巨体《きょたい》を起こし、ガラガラと崩《くず》れた岩山から立ち上がった。

その機体は邪神よりは小さいが、ヘカトンケイルと同じくらいの巨体を誇《ほこ》っていた。つまり、フレイズの上級種と同じくらいあるってことだ。

その形態は巨人《きょじん》。しかし、フレームギアのような洗練されたデザインではなく、どことなくレトロチックで無骨な姿をしている。

様々な形状のパーツがゴテゴテと付いていて、お世辞にもスタイリッシュとは言えない。背中には何本ものパイプが飛び出していて、キラキラとした魔素の蒸気を吹《ふ》き出していた。

長く太い腕に太い足、なのに頭は小さく、なんともアンバランスな印象を受ける。

頭部には顔などなく、まるでアーメットヘルムのような形状をしていた。横に細長いスリットのような中からカメラアイの光が覗《のぞ》いている。

『ガガガガガガ……』

軋《きし》むような唸《うな》り声《ごえ》を上げてギガンテスが両拳《こぶし》を振り上げる。

『っ⁉　正面！　八重さん、ヒルダさん、回避《かいひ》して下さい！』

『⁉　わかったでござる！』

『りょ、了解《りょうかい》です！』

ギガンテスの正面にいた八重のシュヴェルトライテとヒルダのジークルーネが、突発的《とっぱつてき》なユミナの命令に従い、正面から横へと退避《たいひ》する。

次の瞬間、長い腕をしならせて、ギガンテスの二つの拳が地面に叩きつけられた。

瞬間、大地が大きく揺れたかと思ったら、津波《つなみ》のようにギガンテスの正面の地面がめくれていく。

まるで絨毯《じゅうたん》の端《はし》をたわませて波打ったかのように、岩と土砂の津波がギガンテスの前方を襲《おそ》った。

さっきのユミナの言葉に反応してなければ、八重とヒルダは今の岩津波《いわつなみ》に巻き込まれてしまっていただろう。

おそらくユミナの眷属特性、『未来視』が発動したと思われる。

『土魔法《まほう》の【アースウェーブ】と同じような技を使うのね……。これがこの機体のゴレムスキルかしら。それとも別の魔《ま》道《どう》具の機能？』

グリムゲルデに乗るリーンからそんな声が漏《も》れてくる。分析《ぶんせき》は後にしようよ。きっとクーンが頼まないでもやってくれるからさ。

おっと、僕もこうしちゃいられない。

「【レギンレイヴ】！」

【ストレージ】から愛機《レギンレイヴ》を呼び出した僕は、【フライ】で飛び上がり、そのままコックピットへと乗り込んだ。こいつで戦うのも久しぶりだな。

僕がレギンレイヴで空中へと飛び上がると、同じように飛行形態で飛んでいたリンゼのヘルムヴィーゲから通信が入ってきた。

『冬夜さん。まずは私たちだけでやらせてくれませんか？』

「え？　別にいいけど……大丈夫か？」

この場合の『大丈夫か？』はリンゼたちに向けたものではなく、主にアリスとリンネに対してのものだ。慣れない機体で未知の敵に立ち向かうのは難しい。僕もフォローしようと思っていたのだが。

『おとーさんの力を借りなくたってできるよ！　まかせて！』

『リンネの言う通り！　陛下はそこで見てて！　お父さんもね！』

『えっ⁉　ちょっ、アリス⁉』

エンデの慌《あわ》てた声が漏れる。うーむ、まあ……大丈夫か。リンゼたちも今や神の眷属、それがこの場に七人もいる上に、上級神である時江おばあちゃんのサポートもあるのだ。これだけでも過保護過ぎるよな。

「わかった。でも危なくなったら割《わ》り込むからね？」

『『うんっ！』』

スピーカーからリンネとアリスの元気な返事が聞こえてくる。『えっ⁉　ちょっと冬夜⁉』と焦《あせ》るエンデの声も聞こえてくるが無視した。

『よーし！　じゃあいく……！』

『待ちなさい。よくわからない相手に無策で突《つ》っ込むのは愚《ぐ》の骨頂。まずは相手の出方を窺《うかが》いつつ、攻《せ》め方《かた》を考えるのです』

『っとと……はーい』

さっそくリンネがゲルヒルデで突っ込もうとしたのをヒルダが止めた。あの子は『とりあえず攻撃！』という考えをなんとかした方がいいな……。

そんなことを考えていたら、ギガンテスの肩《かた》のアーマーがガルウィングのように開いた。

そこに見えたのはずらっと並んだミサイルポッド。

『ガ』

ドバシュッ！　と、一斉《いっせい》に何百発ものミサイルが僕らへ向けて放たれる。キラキラとした魔素の煙《けむり》を棚引《たなび》かせてこちらへと飛んでくるミサイルの雨。

『まかせて！　【スターダストシェル】！』

アリスの乗るオルトリンデ・オーバーロードがみんなの前に立ち、左手を正面に翳《かざ》す。

瞬《また》く間《ま》に小さな星形の光が集まって、大きな防御障壁《ぼうぎょしょうへき》を作りだした。

星の防御壁にミサイルが阻《はば》まれ、爆発を繰り返す。逸《そ》れたミサイルが地面を破壊し、爆《ばく》風《ふう》が瓦礫《がれき》を吹き飛ばした。

なかなかの破壊力《はかいりょく》だな。あんなのが地下都市《アガルタ》で放たれてたら間違いなく落盤《らくばん》していた。

撃《う》ち尽《つ》くしたのかミサイルの雨がやむと、オーバーロードが右腕《みぎうで》を振りかぶる。

『お返しだよっ！　【キャノンナックル】！』

オーバーロードの右腕が、肘《ひじ》から切り離されてギガンテスへと飛んでいく。必殺のロケットパンチ、【キャノンナックル】だ。

『かーらーのー！　【結晶武装】！』

飛んでいった右腕がたちまち水晶《すいしょう》に覆《おお》われて、凶悪《きょうあく》な鏃《やじり》のような形になる。

ギガンテスの巨体からすれば、三十メートル超《ご》えのオーバーロードでさえ小さく見える。

ギガンテスが人間の成人サイズだとしたら、オーバーロードは赤子ほどしかない。

しかし、赤子の拳サイズの石が勢いよく飛んできたらどうだろう。かなり痛いのではないだろうか。

ギガンテスは正面から飛んできたロケットパンチを避けることなく胸で受け止めた。

勢いよく当たった水晶の鏃はそのままギガンテスへと突き刺《さ》さったかに見えたが、その装甲を貫《つらぬ》くことはできなかった。

『えっ⁉』

アリスが驚いた声を上げる。勢いをなくしたオーバーロードの右腕はそのまま落下し、地面に落ちるスレスレのところで再びブーメランのようにアリスの下へと戻《もど》り、右腕肘部《みぎうでひじ》とドッキングする。

『まったく効いてない……？』

『オーバーロードの拳でござるぞ？』

ヒルダと八重が無傷のギガンテスを見上げる。単純な機体の破壊力ならオーバーロードの一撃《いちげき》は全フレームギアでも最強だ。その代わり動きが遅く、初期動作も分かりやすいので躱《かわ》されやすいのだが。

それを真正面から受け止めて無傷？　しかもアリスの【結晶武装】でコーティングしているのに？　どんだけ硬《かた》いんだよ。まさか晶材を使っているとか？

『拳が当たった時、変な音がした。なにか硬いゴムのような……。あの胸部装甲は金属じゃないのかもしれない』

ロスヴァイセに乗る桜からそんな通信が入る。そうだったか？　よくわからなかったけど……。

しかし硬いゴム？　金属じゃないのか？　打撃《だげき》・衝撃に強い装甲というわけか。

『ならば斬撃でござるかな。桜殿《どの》、支援魔法《しえんまほう》を！』

『わかった』

八重の言葉にロスヴァイセの背中にある二つの拡声兵器《シンフォニックホーン》が肩に移動し、先端《せんたん》が大砲《たいほう》のように開く。

アイゼンガルドの荒野《こうや》に小さなメロディがフェードインしてくる。この曲は……。

桜が歌い始める。主人公が白い龍《りゅう》に乗る映画の主題歌として作られたこの曲は、フェードインから始まり、フェードアウトで終わるという、始まりも終わりもない構成となっている。タイトル通りに『終わりがない』ことを表しているらしい。

桜の支援魔法を受けたみんなの機体が強化されていく。

『九重真鳴流奥義《ここのえしんめいりゅうおうぎ》、鳳翼飛斬《ほうよくひざん》！』

『レスティア流剣術《けんじゅつ》、一式・風刃《ふうじん》！』

八重のシュヴェルトライテとヒルダのジークルーネが、その刀と剣《けん》を振り下ろすと、大気を切り裂《さ》く斬撃がギガンテスへ向けて飛んでいった。

ギガンテスはその巨体のため、避けることができず、太腿《ふともも》のあたりと脇腹《わきばら》にその攻撃をまともに喰《く》らった。

今度は無傷といかなかったようで、装甲の一部を見事に切り裂いている。しかしその大きさから例えると、人間ならば擦《す》り傷《きず》のようなものだろう。

『むう。いまいち効いてないようでござるな』

『大きなだけあって厄介《やっかい》ですね』

ボディを切り裂かれたギガンテスが怒《おこ》ったようにその拳を八重たちに振り下ろす。

二人ともそれを難なく躱したものの、地面を抉《えぐ》り、飛び散った瓦礫の雨に晒《さら》される。

しかし八重もヒルダもそれを片《かた》っ端《ぱし》から剣で打ち落としていた。相変わらずとんでもないな……。

ギガンテスの機体のあらゆるところに取り付けられている自動迎撃砲台《げいげきほうだい》から、レーザーのような光が周囲にばら撒かれる。

『わっ、わっ』

リンネが乗るゲルヒルデが射程範囲内《はんいない》にいたようで集中攻撃を受けていた。リンネはゲルヒルデのその機動力を活《い》かし、器用にレーザーの雨をかいくぐっている。

『リンネ！　掴《つか》まって！』

『おかーさん！』

レーザーを凌《しの》いでいたゲルヒルデにリンゼが乗る飛行形態のヘルムヴィーゲが突っ込《こ》んできた。ヘルムヴィーゲの下部から飛び出したフックを掴み、ゲルヒルデがヘルムヴィーゲとともに空へと離脱《りだつ》する。

ギガンテスが空へと逃《に》げた二機に、頭部側面にある二門のキャノン砲《ほう》を向けた。

『させないわ』

そのギガンテスの顔面に何百発もの晶弾《しょうだん》が撃ち込まれる。リーンのグリムゲルデだ。

顔面を破壊《はかい》することはできなかったが、注意を逸らすことはできたようで、ギガンテスの大きな機体がグリムゲルデへと向いた。

大振《おおぶ》りなテレフォンパンチが地上のグリムゲルデへ向けて放たれるが、それを予測していたリーンがホバー移動によりパンチを躱す。

グリムゲルデはオーバーロードに次ぐ重量のため、機動力が低い。ちょっとヒヤヒヤしてしまった。

ギガンテスの自動迎撃砲台からまたしてもレーザーが飛び、エンデの竜騎士《ドラグーン》とB《ブースター》ユニットを装備したルーのヴァルトラウテが撹乱《かくらん》するように戦場を駆《か》け抜《ぬ》ける。

その合間を縫《ぬ》うように、ユミナのブリュンヒルデが自動迎撃砲台を一つずつ、確実に狙《そ》撃《げき》して破壊していった。

相変わらずよくあんな遠い場所からピンポイントで当てられるよなぁ……。

『む？　先ほどつけた傷が塞《ふさ》がっていくでござるぞ？』

八重の声に注意を向けると、先ほどシュヴェルトライテとジークルーネが与えた破損部分が再生していくのが見えた。ちっ、やっぱりヘカトンケイルと同じく自己修復機能があるのか。

面倒《めんどう》だが修復機能が働くよりも早く、一点集中攻撃で内部を破壊するしかないだろう。修復されるのは装甲だけで、中身まで復元するわけではないし。

『おとーさん！　武器ちょうだい！　蹴ったり殴ったりできるやつ！』

「は？」

いつの間にかリンゼのヘルムヴィーゲの上に乗って、空中をサーフボードのように飛んでいるゲルヒルデから通信が入る。

さっき『おとーさんの力を借りなくたって』みたいなこと言ってなかったか、君……。

まあ、いいけど。

「えーっと……【形状変化《モードチェンジ》・鉄甲《ナックル》、脛当《グリーヴ》】」

レギンレイヴの背中に装備してある十二本の水晶板《フラガラッハ》から左右二つが切り離《はな》され、形状を変えながらリンネのゲルヒルデへと飛んでいく。

リンゼに手出し無用と言われていたが、これくらいならいいよね？

ゲルヒルデの拳にも晶材は使われているのだが、相手が相手なだけに、もっと殴りやすいものが必要なのだろう。

戦闘《せんとう》用のガントレットに変形した水晶板《フラガラッハ》は、ゲルヒルデの両手に装着され、三つの突起《とっき》を持つ凶悪な武器へと変形した。

同様に脚《あし》にも膝から下を覆うようなアーマーが装着される。

『よーし、いくよーっ！』

ギガンテスの頭上上空へとリンネのゲルヒルデを乗せたヘルムヴィーゲが上昇《じょうしょう》していく。

ギガンテスは地上を駆け抜けるエンデの竜騎士《ドラグーン》とルーのヴァルトラウテに気を取られ、攻撃をしてこない二人のことは眼中にないようだ。

ここらへんがゴレムとロボットの違《ちが》いを感じるところだ。『気を取られる』などの行為《こうい》に、妙《みょう》な人間性を感じる。感情らしきものが垣間見《かいまみ》えるのだ。

ゴレムはただのロボットではない。人間のように失敗したり、喜んだりする機体もある。特に古代機体《レガシィ》はその傾向《けいこう》が多い。

ヘカトンケイルの場合、中身があのサイボーグジジイだったからアレだが、ギガンテスにも、プログラムされた命令に従う他にも自己の感情認識《にんしき》があるような気がする。だからといって説得など通用しないし、躊躇《ためら》う理由もないが。

ギガンテス頭上を旋回《せんかい》したヘルムヴィーゲから、ゲルヒルデが豪快《ごうかい》に飛び降りる。

『りゅうせいきゃく────っ！』

加重魔法【グラビティ】により、とてつもない重さになったゲルヒルデの直下型キックがギガンテスの頭上に落ちる。

メギャッ！　っという鈍《にぶ》い音を立てて、ギガンテスの首から上が胴体《どうたい》の中にめり込んだ。

ゲルヒルデの総重量は確か七トンくらいか？　それが数十倍にも跳《は》ね上がり落ちてきたのだから、そりゃそうなるか。金だらいが落ちてきたのとはわけが違う。人間の頭上に超《ちょう》高度《こうど》から鉛《なまり》のゴルフボールが落ちたようなもんだ。

ギガンテスは動きを止め、膝《ひざ》を地面につけてそのまま前のめりに倒《たお》れていった。

◇　◇　◇

地下都市《アガルタ》のモニターでこの戦いを見ていた誰《だれ》かからそんな声が漏れた。

あまりにもあっけない結末に、喜べばいいのか、驚けばいいのか、わからないといった顔が並んでいる。

「さすが私の機体に私たちの娘《むすめ》ね。決めてくれたわ。だけど……」

「そうじゃのう。これで終わりとはいかないようじゃな」

モニターを冷静に見るエルゼとスゥのそんな会話にみんなの視線が再び映し出されるギガンテスへと向けられた。

倒れたギガンテスの全身から、バシュゥウウウウーッ……と、蒸気のようなものが一斉に吹き出される。

「ああああ……！　できればあまり壊《こわ》さないでって言ったのにぃ……！」

「倒し……た？」

もくもくと煙を上げるギガンテスに、クーンだけがハラハラとした気持ちでモニターを見守っていた。そのクーンに八雲とフレイの姉二人が呆《あき》れたような視線を向けていた。

モニターの中で、倒れたギガンテスからさらに勢いよく蒸気が吹き出す。

次の瞬間、ガゴン、という鈍い音とともに、倒れたギガンテスの右腕が肩から外れた。

同じようにガゴン、とさらに肘から先が外れる。立て続けにガゴン、ガゴン、という音が、立ち昇《のぼ》る白煙《はくえん》の中から繰《く》り返し聞こえてきて、煙が晴れるとギガンテスのその巨体はいくつかのパーツに分かれてバラバラになっていた。

左右の上腕《じょうわん》と前腕《ぜんわん》。同じく左右の大腿部《だいたいぶ》に下腿部《かたい》。そして頭、胴体上、胴体下。

十一のパーツにバラバラになったギガンテスだったが、先ほどのゲルヒルデの攻撃によって壊れたわけではなかった。

「お、おい、見ろ！　あれ！」

モニターを見ていた一人からそんな声が上がる。

分離《ぶんり》したパーツの一つがガチャガチャと変形を始め、新たな人型ゴレムとなったのだ。

大きさはちょうどフレームギアと同じくらいか。続けとばかりに十一のバラバラになったパーツは、それぞれ独立した新たな巨大ゴレムとなった。否、頭部のパーツだけはひしゃげたまま動かないので、合計で十機である。

「むう。あのギガンテスとやら、オーバーロードと同じ構造であったか」

「合体分離機構！　燃えるぅ！」

スゥの苦々しい顔とは反対に、キラキラとした目をモニターへと向けるクーンに、八雲とフレイの姉二人は再び呆れた視線を向けた。

◇　◇　◇

超巨大《ちょうきょだい》なゴレムから分離し、数機の巨大なゴレムに分かれたギガンテス。

頭部は戦闘不能らしいので、胴体上、胴体下、上腕部×2、前腕部×2、大腿部×2、下腿部×2の計十機のゴレムとなった。

まさかオーバーロードと同じ合体ゴレムだったとは。

分離して小さくなったから戦いやすくなったかと思えばそうでもない。分かれた十機の機体はフレームギアよりもかなり大きい。一機一機がオーバーロードと同じくらいだ。

その中でも胴体上と胴体下は大きい。高さはそこまででもないが、横に太いというか。

これ全部の機体に動力源があり、頭脳であるQクリスタルがそれぞれあるわけか。それを統率《とうそつ》していたのがあの頭部パーツで、それを壊されてしまったから分離せざるを得なくなったのかな？

『向こうも十機、こちらも十機。ちょうどいいかもしれんでござるな』

八重の楽しそうな声がスピーカーから聞こえてくる。え、一対一《タイマン》でやるってこと？

『ならあの一番でっかいのはボクがやるよ！　いいよね？』

オーバーロードに乗ったアリスが両拳を合わせてゴンゴンと叩《たた》く。一番デカいのとは胴体上、胸部ゴレムのことだろう。大丈夫か？　さっき必殺の【キャノンナックル】をアレに防がれたばかりだろ。

しかしあれはこちら側で一番大きなオーバーロードが相手をするのが得策だと言える。打撃は通りにくいかもしれないが、オーバーロードの武器は【キャノンナックル】だけじゃないし、たぶん大丈夫……と思いたい。

『まずは弱そうな一機を多数で倒しましょう。そしてそのあとに分散し、何人かで一機ずつ確実に仕留めていった方が楽かと』

ユミナの言いたいことはわかる。一機ずつ確実に減らし、数の点で有利にしようってんだな？

少年漫画《まんが》なんかだと五対五なんかで戦うとき、一対一でバラバラにそれぞれ対戦、なんて展開があるが、乱戦なら五対一で一人を狙《ねら》って確実に潰《つぶ》し、五対四にした方が確実だ。

もちろん相手もそれを狙ってきたりするので、いち早く相手側の一番弱いやつを見極《みきわ》める必要がある。

そして狙うべき相手の機体は左右大腿部の二機。あいつらだけ他の機体に比べると、かなりスリムなんだよね。

元のギガンテスが脚《あし》が短い感じだったし、わからないでもないのだが。巨体を支えていた部分の一つだから意外と硬いのかもしれないけど。

『とりあえず先手必勝ですね』

ユミナのブリュンヒルデが、ジャキッとスナイパーライフルを大腿部ゴレムの一機に向けて構える。

『相手の射程範囲《はんいがい》外からこちらの攻撃を一方的に与《あた》えるってわけね』

リーンのグリムゲルデの肩、脚、胸の装甲《そうこう》が開き、多連装ミサイルポッドと二連バルカン砲が現れる。右腕のアームガトリング砲と左手全指の五連バルカン砲をユミナと同じ大腿部ゴレムへと向けて、一斉射撃《フルバースト》の態勢をとった。

『ならば一気に決めてしまいましょう』

ルーの乗るヴァルトラウテが大型キャノン砲を装備したC《キャスター》ユニットへと換装《かんそう》し、その大砲を前の二人と同じく大腿部ゴレムへ向けたまま、ロックオンする。

『『『発射《ファイア》』』』

一斉に何百発もの銃弾《じゅうだん》が発射され、大腿部ゴレムの片方が蜂《はち》の巣になる。胸部ほどの装甲を持たないいらしい大腿部は、装甲がバラバラに吹っ飛んでその場に後ろ向きに倒れた。

それに反応し、残りの九機がすかさず動き出す。大きく分けて防御《ぼうぎょ》姿勢をとる機体と、移動して動き続ける機体、そして反撃《はんげき》してくる機体だ。

上腕部の二機は遠距離《えんきより》攻撃《こうげき》を持っているようで、ギガンテスの時に肩であったパーツからミサイルポッドをこちらへと向けて撃ち出してきた。

ユミナたちもこれに反応して散開し、ミサイルの雨を避けていく。

その間に集中砲火《ほうか》を浴びた大腿部ゴレムが立ち上がったが、装甲が剥《は》がれ落ち、体の各部からもくもくと煙とも蒸気とも思えるものを吹き出している。あれだけの弾《たま》を受けてまだ機能停止していないのか。なかなかにしぶとい——。

『【キャノンナックル】!』

な、と思った次の瞬間、アリスの乗るオーバーロードから放たれたロケットパンチを浴びて、大腿部ゴレムは無残にもバラバラに砕《くだ》け散った。

さすがにあそこまで破壊されては再生などできまい。

これで残り九機か。

『もう一機も潰しましょう』

ユミナの言葉に再び遠距離攻撃の三人組がもう一機の大腿部ゴレムに集中砲火を浴びせる。トドメに今度は上空からリンゼのヘルムヴィーゲが飛び込んできて、その翼《つばさ》に仕込《しこ》まれている晶材のブレードで、細い大腿部ゴレムをすれ違いざまに上下真っ二つに切り裂いた。

これで残り八機。

上腕部の二機が上空を旋回するヘルムヴィーゲへ向けてミサイルを発射する。

その弾幕《だんまく》の雨の中を、リンゼのヘルムヴィーゲはひらりひらりと全て紙一重で躱して飛び続けた。いつの間にあんな操縦技術を……。どこかのエースパイロットかよ。

そういえば新婚《しんこん》旅行で地球に行ったとき、アミューズメント施設《しせつ》でシューティング系の体感ゲームを簡単にクリアしていたっけ。

『あのミサイルを撃つ奴《やつ》はヒルダ殿と拙者《せっしゃ》でお相手いたそう』

『そうですね。適材適所かと』

八重のシュヴェルトライテとヒルダのジークルーネが上腕部の二機へと向けて駆けていく。

上腕部の二機はミサイルポッドを背負い、腰《こし》にガトリング砲、肩の両サイドに大きな盾《たて》と、見るからに遠距離支援型《えんきょりしえんがた》なのがわかる。一応槍《やり》のようなものを持ってはいるが。

懐《ふところ》にさえ飛び込んでしまえば白兵戦に強い八重たちの方が有利だろう。普通なら弾幕をどうにかするのは無理っぽいところだが、二人なら可能だと思う。飛んでくる弾を打ち落とすくらいだからさ……。

『前腕の二機はどうします？』

『動きは鈍そう。でも硬そう』

ユミナに答えた桜の言う通り、前腕部の二機は両拳のパーツだけあってなかなかにゴツい印象を受ける。ずんぐりとしていて、装甲が厚そうだ。

『あたしやる！　二機ともエルゼおかーさんのパイルバンカーで砕くよ！　いいよね、おかーさん！』

『いいけど……。桜ちゃん、サポート頼める？』

『ん。わかった。リンネを守る。断言する』

どうやら前腕部の二機はリンネのゲルヒルデと桜のロスヴァイセが相手をするようだ。

確かに桜のロスヴァイセならシンフォニックホーンから繰り出す共振攻撃《きょうしんこうげき》であの分厚い装甲を脆《もろ》くすることができるかもしれない。

そんなリンネを見て触発《しょくはつ》されたのか、アリスがビシッと胸部ゴレムを指差した。

『ボクはあのでっかいのをやる！』

「ならエンデは二番目に大きいのだな」

『ちょっと⁉　なに勝手に決めてんのさ⁉』

僕《ぼく》の言葉に反応し、スピーカーからエンデの反論の声が上がってきた。うるさい。お前もロスヴァイセと同じく共振攻撃ができるのは知ってるんだからな。面倒くさそうな機体に割り振るのは当然だろ。

「アリスだってお父さんがかっこよく敵を倒すところを見たいよなぁ？」

『うん！　見たい！』

『そ、そお？　ならお父さん、頑張《がんば》っちゃおうかな〜』

チョロい。デレデレとしたエンデの声を聞いて心底親馬鹿は使いやすいと思った。えっ？人のこと言えるのかって？　ははは、あんなのと一緒《いっしょ》にしないでくれたまえ。

さて、そうなると残りのユミナ、リンゼ、ルー、リーンで下腿部の二機を相手にするわけか。

下腿部の二機は見るからに白兵戦用といった形で、両腕《りょううで》に反り身の大剣《たいけん》を装備していた。剣を持っているのではない。両腕が剣なのだ。

機体の大きさはオーバーロードほどではないが、フレームギアの機体よりは大きい。

二対四だとはいえ、ユミナたちの方はほとんどが遠距離支援型だ。相手を近づかせないように、自分たちとの距離《きょり》をしっかり保つことが戦いの鍵《かぎ》となるだろう。

『いくよーっ！』

さっそくとばかりにリンネのゲルヒルデが前腕部ゴレムの片方へ向けて駆け出した。追いかけるように桜のロスヴァイセから歌唱魔法が放たれる。

………え、なんでこの曲？

有名なアメリカのロックバンドの曲だが、これ確か歌詞の内容は、高校の時に憧《あこが》れた女の子が男性誌のピンナップページに載《の》っていてショックを受けた、ってやつなんだけど……。

桜も世界神様からもらった結婚《けっこん》指輪をしているから、歌詞の英語も理解できていると思うんだけどな……。

ロスヴァイセから放たれた共振攻撃の衝撃《しょうげき》は凄《すさ》まじく、前腕部ゴレムの装甲に細かな亀《き》裂《れつ》を生み出した。

『ひっさーつ！　パイル、バンカー！』

前腕部ゴレムの懐に飛び込んだリンネのゲルヒルデが晶材装甲の右拳を放った。間髪《かんはつ》を容《い》れずに腕《うで》に仕込まれたパイルバンカーが打ち出され、ひび割れた敵の装甲を穿《うが》つ。

一撃でガラガラと機体前面の装甲が剥がれ落ち、薄《うす》い内部装甲が丸見えとなる。

『もう一発っ！』

今度はゲルヒルデの左の拳が唸る。ドン！　ガァン！　と立て続けにパイルバンカーが打ち込まれ、薄い内部装甲を貫いた。前腕部ゴレムがガクガクとまるで痙攣《けいれん》するかのような動きをし、前のめりに倒れる。

サッと避けたゲルヒルデの前に倒れた前腕部ゴレムはそのまま動きを停止した。一撃かよ。いや、二撃か。

『もう一機！』

ゲルヒルデがもう一機の前腕部ゴレムに向かおうとすると、そいつは背中に装備（？）されていたギガンテスの左手をロケットのように射出してきた。

『わっ⁉』

慌てて避けようとしたリンネだったが、わずかに遅《おそ》く、巨大なその左手に捕《つか》まってしまう。

むっ、ヤバいか⁉　助けに行かないと……！　と、僕が前のめりになった時、桜のロスヴァイセからダガー型の飛操剣《フラガラッハ》が四本撃ち出され、リンネが捕まっている左手の親指付け根部分に集中して突き刺さった。

グラリと左手の親指が緩《ゆる》んだ瞬間《しゅんかん》に、ゲルヒルデがその手の中から脱出《だっしゅつ》する。

『あぶなかったぁ……！』

『一機めが簡単だったからって油断した。さっきのは不意打ちに近かったからで、もっと注意して動くべき』

『はぁい……』

桜に窘《たしな》められ、少し落ち込んだリンネの声がする。まあ確かに一機めが綺麗《きれい》に決まったからなあ。こりゃ余裕《よゆう》、と思っても仕方ない気もするんだけど。

ふと横を見ると、アリスのオーバーロードとギガンテスの胸部が変形した大型ゴレムが両手を組み合わせ、まるで力競《くら》べをするかのように押《お》し合いを始めていた。

『はぁぁぁぁぁぁっ！』

オーバーロードの基本的な出力はこのレギンレイヴよりも上、全フレームギア最大である。

背中のブースターが唸りを上げて、オーバーロードを前へ前へと押し進ませていく。

やがて堪《た》えられなくなったのか、胸部ゴレムは頭の横に装備してあったバルカン砲のようなものをオーバーロードの顔面へと向ける。

『させないよっ！』

次の瞬間、アリスがそんな叫《さけ》びと共に、勢いよく胸部ゴレムの顔に頭突《ずつ》きをかました。

突然《とつぜん》の打撃に胸部ゴレムが仰《の》け反《ぞ》り、地響《じひび》きを立てて倒れる。

なんだろう……。まるでプロレスを観《み》ているかのような。

倒れた胸部ゴレムはすぐに立ち上がり、その大きな拳をオーバーロードへ向けて繰り出してきた。それをアリスは左腕《ひだりうで》で受け、反撃とばかりに逆に右拳を叩き込む。

まともにボディに入ったはずだが、胸部ゴレムは微動《びどう》だにしない。やはりあいつの装甲はダメージを吸収してしまうのか。

先ほどのヘッドバットでのダメージは単にバランスを崩しただけか？　逆三角形に近い機体だしな。

防御に自信があるのか、守りを固めずに胸部ゴレムは乱打ラッシュを続ける。オーバーロードの方は防戦一方だ。

『このおっ！』

オーバーロードの脚部《きゃくぶ》につけられている巨大《きょだい》ドリルが分離し、右腕に装着される。乱打《ラッシュ》を続ける胸部ゴレムの隙《すき》を突いて、ドリルを装備したオーバーロードの右腕が敵のボディに突き刺さった。

しかし突き刺さったのはわずかに先だけで、やはりゴムのような装甲に防がれていた。

『ここからっ！』

アリスの叫びと共にドリルが高速回転を始める。ギュギュギュギュギュ、と回転したドリルが少しずつではあるがゴム装甲の中に入り込んでいく。

『【薔薇晶棘《プリズマローズ》】！』

バキッ！　と、ゴム装甲に亀裂《きれつ》が入る。胸部ゴレムの装甲の内側から水晶の棘蔓《とげつる》が飛び出してきて相手を搦《から》めとっていく。やがて胸部ゴレムは幾《いく》つもの棘蔓に地面に縫い付けられ、その動きを止めた。

ドリルでこじ開けた装甲の内側で【薔薇晶棘《プリズマローズ》】を発動させたのか。

溢《あふ》れ出した水晶の蔓薔薇《つるばら》が内側から胸部ゴレムを破壊したというわけだ。

しかしこれでは中身はバラバラだろうなぁ……。クーンがモニターの前で絶叫《ぜっきょう》してそう……。

『やったよ、お父さん！』

アリスが呼びかけたエンデの方はというと、腹部ゴレムとの戦闘を繰り返していた。

腹部ゴレムは太く短い脚に細く長い手を持つゴレムで、動きは遅いがその両腕にはガトリング砲が装備されていた。

撃ちまくられる弾幕の雨を、右へ左へとその機動力で躱しまくるエンデの竜騎士《ドラグーン》。スピード重視のその機体に、腹部ゴレムは一発も当てられない。

『アリスの方も片付いたようだし、こっちも決めるとするかな』

竜騎士《ドラグーン》が腰から二本の小太刀《こだち》を抜き放ち、両手に構える。

両足の高速ローラーを加速して、すれ違いざまに細い腕を斬《き》り落とす。急ターンしてまたすれ違いざまに残りの腕を斬り落とす。

縦横無尽《じゅうおうむじん》に大地を駆け抜けて、竜騎士《ドラグーン》が腹部ゴレムを斬り刻んでいく。その素早《すばや》さの前に相手はなす術《すべ》がない。

『これで終わりっと』

竜騎士《ドラグーン》の小太刀が腹部ゴレムの胸部（ややこしい）を貫くと、ボシュッ！　とキラキラとした魔《ま》素の煙を上げて相手は動きを停止した。

一方的な戦いだったな。まあ、相性《あいしょう》が悪かった……いや、エンデとしたらよかったんだろうけど。

『どうだい、アリス！　お父さんもなかなか、アッレェ⁉』

アリスの方を振《ふ》り返るエンデだったが、すでにそこに愛娘《まなむすめ》の姿は無かった。自分の戦いを終えたアリスは父親を置いてさっさと他のみんなの加勢へと向かったのである。

「不憫《ふびん》な……！」

くっ、目頭《めがしら》が熱い……。頑張ったのになあ、お父さん。その気持ち、今なら僕にもわかるぞ。

ユミナたちの方へと向かったアリスのオーバーロードを追って、エンデも竜騎士《ドラグーン》を走らせていく。

ふと見ると、リンネも二機めの前腕部ゴレムを片付けたところだった。

ミサイルポッドを持つ上腕部ゴレムと戦っていた八重とヒルダもその戦いを終えたようだ。もちろん無傷である。

後はユミナたちが押さえている下腿部の二機だけか。もはや二対十。こりゃ勝ったな。

それほど強くはなかった気がする。

いや、合体したギガンテス状態があいつの真骨頂だったのだ。分離したことにより、その実力を発揮できないまま敗北した、というところか。

そう考えると、分離する原因となった頭部ゴレムへの一撃はまさにギガンテスにとって、痛恨《つうこん》の一撃だったのかもしれない。

これはリンネがＭＶＰだな。さすがは我《わ》が娘。うむ。

◇　◇　◇

「あらあら、なんかうるさいと思ったらずいぶんと面白《おもしろ》いことになっているじゃないの」

「あれは決戦兵器ですね。いったいどこに眠《ねむ》っていたのか……」

冬夜たちが戦っているアイゼンブルクからかなり離れた場所で、その戦いを眺《なが》める影《かげ》が二つ。

一人は鉄製のドミノマスクをつけた赤毛の女。

もう一人は潜水《せんすい》ヘルメットのような兜《かぶと》をかぶった男。

女はオレンジの戦棍《メイス》を、男は深青の手斧《ハチエット》を持っていた。

『邪神《じゃしん》の使徒』と呼ばれるタンジェリンとインディゴはこの辺りを監視《かんし》させていたゴレムからの報告を受けて、インディゴの手斧《ハチエット》『ディープブルー』の持つ転移魔法《まほう》でここまで来ていた。

冬夜が事前に【サーチ】を周辺にかけていたのだが、監視していたのは『悪魔《あくま》ゴレム』ではなく普通《ふつう》のゴレムだったので見逃《みのが》したのである。

「あれはブリュンヒルドの巨大ゴレムですね……。初めて見ますがかなりの性能のようだ。スカーレットの言う通り、我々の作っているものではまだ太刀《たち》打ちできない」

「はっ。そんなんで本当に私たちの悲願は果たせるのかしらね？」

小馬鹿にしたようにタンジェリンが吐《は》き捨てる。彼女《かのじょ》は敗北宣言ともとれるインディゴの言葉に少し腹を立てていた。

「まだ、と言いました。スカーレットがいずれはあれを凌駕《りょうが》する機体を作ってくれますよ。そのために世界を回り、『方舟《アーク》』を手に入れたのですから。クロム・ランシェスの残せし遺産があればそれも不可能ではない。それが新しき神の降臨の礎《いしずえ》となるでしょう」

「ふん、すごい自信だこと。その敬虔《けいけん》さは元神父だからかしら？　私はこの世界がぶっ壊れさえすればそれで満足だから、そうなるように神に祈《いの》っておいてやるわ」

つまらなそうにタンジェリンはオレンジ色の戦棍《メイス》『ハロウィン』を肩《かた》に担《かつ》ぎ直した。彼女たちは『邪神の使徒』と自称《じしょう》しているが、全員が全員敬虔な信徒というわけではない。

「しかしこのまま戻《もど》るのも癪《しゃく》ですね。少しばかりスカーレットにお土産《みやげ》を用意しましょうか」

そう言って潜水ヘルメットの中で、インディゴは不敵な笑《え》みを浮《う》かべた。

◇　◇　◇

『【キャノンナックル】！』

アリスのオーバーロードが最後の一機、下腿部ゴレムの上半身を粉々に吹《ふ》き飛ばす。あーあ、これもクーンや博士らから文句を言われるぞ。

『やった！　全部倒した！』

ゲルヒルデに乗るリンネから嬉《うれ》しそうな声が聞こえてくる。これで全部片付けたか。思っていたよりは簡単に終わったな。

というか、僕結局、本当になにもしなかったな……。

よく考えてみたらこれってモニターの向こうで観ている人たちに、ものすごく印象悪くない……？

嫁《よめ》さんばかりに戦わせて自分は高みの見物って最低の旦那《だんな》だろ……。

マズいな、最後くらいはちゃんと働かないと。とりあえず壊れたギガンテスのパーツも全部回収して――――と、僕が【ストレージ】を開こうとしたその時、ゴボゴボとギガンテスの頭部ゴレムと胸部ゴレムの周辺に青い泡《あわ》が波打ち、とぷん、とまるで水の中に落ちるように消えてしまった。

「なっ……⁉」

『冬夜さん！　三時の方向、崖《がけ》の上に誰かいます！』

ユミナの声にレギンレイヴのカメラを向けると、崖の上にいた二つの影が、先程《さきほど》のゴレムらと同じようにとぷんと沈《しず》んで消えた。

一瞬《いっしゅん》しか見えなかったが、赤毛の女と潜水服《せんすいふく》を着たようなやつがいた。まさか……邪神の使徒か⁉

「検索《けんさく》！　『邪神の使徒』！」

『検索します。…………検索終了《けんさくしゅうりょう》。該当者《がいとうしゃ》ナシ』

くっ、やっぱり結界で阻害《そがい》されているか！　ギガンテスのパーツで検索してみたがそっちでも見つからなかった。単なる転移魔法じゃないのか？　まさか『異空間転移』じゃないよな……？

「ちっ、まんまと火事場泥棒《どろぼう》をされたってわけだ……」

『方舟《アーク》』の時と同じか。向こうにも転移魔法を使える奴がいる。やっぱり厄介《やっかい》だな……。

さらに盗《ぬす》まれる前にさっさと残りのギガンテスのパーツを【ストレージ】に収納した。

頭部と胸部のパーツだけ盗《と》られたのか。二つしか盗んでいかなかったのは転移させるものに限界があるのか、それともその二つ以外はいらなかったのか。

やってくれるじゃないか……。完全にこれは宣戦布告ってことかな？

僕がレギンレイヴのコックピットで沈思《ちんし》していると、目の前にセットされたスマホから着信音が鳴った。

うぐっ。クーンからだ。たぶん、というか絶対モニターで一部始終を観ていたんだろうなァ……。

しかしこれは不可抗力《ふかこうりょく》というか、事前に知らなければ対処しようがなかったというか……。僕のせいかね？

言い訳してないで早く出ろ！　と言わんばかりに着信音が鬼《おに》のように鳴り続けているが、なかなか通話ボタンを押せない僕がそこにいた。はぁ……。

◇◇◇

「あれほど！　あーれーほーど、なるべく壊さないで下さいと言ったにもかかわらず、ほぼ半壊《はんかい》ってどういうことですか⁉　どういうことですか⁉　お父様はいったいなにをやってたんですか⁉」

「えーっと、なにもしてない……。けど、それは……！」

「言い訳禁止！」

クーンがめちゃおこである。

まあ、わからなくもない。稀少《きしよう》な決戦兵器という古代文明の粋《すい》を集めて作られたゴレムをほとんど壊してしまったのだから。

大腿部はバラバラと真っ二つ、前腕部は桜の共振兵器《シンフオニツクホーン》で全身亀裂だらけ。エンデの倒した腹部と八重、ヒルダの倒した上腕部はまだマシな方だが、みんなで攻撃《こうげき》した下腿部はオーバーロードのキャノンナックルで木《こ》っ端微塵《ぱみじん》だ。

極《きわ》め付けに一番大事なギガンテスの総合頭脳であるQクリスタルがあったであろう頭部ゴレムと、莫大《ばくだい》な動力源になっていたと思われる本体のGキューブがあった胸部ゴレムを邪神の使徒に掻《か》っ攫《さら》われる始末。

最後のはクーンじゃなくても怒《おこ》って当然のミスだ。油断がなかったとは言い切れない。だけど前半のギガンテスをボロボロにしたのは僕のせいか……？

「わかってますの⁉　あのギガンテスは古代ゴレム文明が遺《のこ》した貴重な、きちょ〜なゴレムだったんですよ⁉　そりゃ作れと言われればバビロンの力をもってすれば作れるでしょう。でもそういうことじゃないんですの！　太古の技術者が汗水《あせみず》流して試行錯誤《しこうさくご》の結果生み出された一点物《ワンオフ》だからこその価値なんですよ！　それを……聞いてますか、お父様⁉」

「あ？　あ、ああ、聞いてる、聞いてる。ごめん。で、なんだって？」

「聞いてないですわ！」

さらに激おこになるクーン。

いや、怒ってる姿が母さんに似ていてさ……。思わず懐《なつ》かしくなっちゃって……。よくこんなふうに怒られたっけなあ。

種族は違《ちが》うけど、この子も母さんの血を引いているんだな、と思って、なんか嬉しかったんだよ。

「なに笑ってるんですか！　本気で怒《おこ》りますよ⁉」

「はい、すみません……」

ニタニタしていた僕にクーンの雷《かみなり》が落ちる。いかん、さらに怒らせてしまったみたいだ。

「もうそこらへんにしときなさい。あんただって無傷で手に入るとは思っていなかったでしょう？」

「それは……そうですけど……」

戦闘《せんとう》に参加しなかったエルゼから制止の声がかかる。助かった。正座させられてかれこれ三十分は怒られているからな。もう少し早めに助けてくれるともっとよかったんだが。

「まあ……なんだ。バラバラになったパーツからでも多くの技術を得られるだろう。国が壊滅《かいめつ》することに比べたら遥《はる》かに良かったさ」

「そう言っていただけると助かります……」

憐むような目で鉄鋼王に慰《なぐさ》められた。ひょっとしてクーンは鉄鋼王に僕が責められることがないように、ああして公開説教をしてくれたのかもしれない。

「まったく、もう！　ああ、もったいない、もったいない……！」

……違うかもしれない。

「とりあえずギガンテスはこの地下都市《アガルタ》で解体、分析《ぶんせき》するということでいいのかな？　もちろんボクらも参加させてもらうが」

「そうだな。そうしてもらえるとありがたい」

僕が【ストレージ】から出した腹部パーツをぺしぺしと叩きながら、博士が鉄鋼王に話しかける。……いや、お前すでに【アナライズ】をかけて分析したろ、今。

「それともうひとつ。この地下都市《アガルタ》をどうするかですけど……」

「うむ。ここは我が国《くに》の領土には違いないが、正確に言えば、我が国が建国される前からこの都市は存在していたわけだ。となると、先住民として自治権を認めざるを得ないところなのだが、住人がすべてゴレムというのはなかなかに難しいところだな……」

ペルルーシカたちには契約者《マスター》がいない。正しくは契約者《マスター》が亡《な》くなっている。この都市の住人が契約者《マスター》だったのなら、子孫に受け継《つ》がせるためのサブマスターシステムも無意味だろう。なにせ住人たちは一人残らず全滅《ぜんめつ》してしまっているのだからな。

となると一旦《いったん》すべてリセットして、新たなマスター契約《けいやく》をするのが普通だけど……。

「却下《きゃっか》よ！　古代ゴレム大戦を生き残った古代機体《レガシィ》のゴレムよ⁉　その記憶《きおく》を消去するなんてあり得ないから！　休眠《きゅうみん》装置を使ったとはいえ、ここまで保存状態が良く、なおかつ記憶も残ってる擬人《ぎじん》型ってすごいものなのよ⁉」

エルカ技師にめちゃめちゃ反対された。なんでも記憶を留《とど》めたまま発見されたゴレムはいくつかあるらしい。うちの白の王冠《おうかん》、アルブスもそうだし、ロベールのところの青の王冠、ブラウもある程度の記憶を残している。

しかし人と密接な関係にあった擬人型が、その記憶を有したままで発見されることは、ほぼないのだそうだ。

擬人型は基本的に繊細《せんさい》な作りをしているので壊《こわ》れやすく、さらに言うなら人から人へと譲渡《じょうと》されやすい。

血族でない者へ譲渡されるたび、新たな契約のためにリセットされるわけだから、古代文明の記憶など残っているわけもなく。

擬人型は人との生活を基準に作られている。それはつまり古代文明時代の大衆文化や慣習、人々の暮らしなどを記憶しているということだ。

少なくともペルルーシカにはその記憶がある。それを消去してしまうということは、歴史的価値のあるものをドブに捨てることに等しい。

つまり彼女が新たなる契約者《マスター》を得ることはできないということだ。いや、させないというべきか。

ペルルーシカはゴレムではあるが、独立した人格を有しているので、このままこの地下都市を治め、ここを維持《いじ》していくのがいいと思う。

鉄鋼王もこれに賛成してくれた。地下都市《アガルタ》はトンネルの中継《ちゅうけい》地点として発展することができる。もともと擬人型であるペルルーシカは人に貢献《こうけん》することを望んでいるのでこの提案に否はなかったようだ。

ああ、そういやトンネルを掘《ほ》っている最中だったたっけな……。これからまた掘るの面倒《めんどう》だなあ。

「なに言ってんの、あんたなにもしてないでしょうが」

「それをいうならエルゼもなにもしてないんじゃ……」

「あたしは土魔法使えないもの。ほら、ちゃっちゃと掘って掘って。エンデも付けるから」

「えっ⁉　僕は無関係だろ⁉」

妹弟子《でし》から予想外の暴投を受けて、兄弟子《あにでし》が慌《あわ》てふためく。

クーンはギガンテスに夢中で手伝ってくれなそうだし、リーンも疲《つか》れているだろうしな。

この際エンデで我慢《がまん》するか。

「この際ってなんだい⁉　君ら最近ちょっと僕を雑に扱《あつか》いすぎだろ！」

エンデが少し涙目《なみだめ》で反論してくるが、ははは、なにを今さら。お前はそういうポジションに収まったのだ。

「さあ行くぞー。僕が固めるからお前はひたすら掘れ」

エンデの襟首《えりくび》を掴《つか》み、【パワーライズ】を使って強引《ごういん》に引きずっていく。早いとこ終わらせて帰ろうぜー。

「あっ、ちょっと冬夜⁉　あ、アリス！　こいつを止めて！」

「お父さん頑張ってー！」

「ああぁ、もう！　お父さん頑張るようぅぅぅぅ！」

ホント、アリスのおかげで扱いやすくなったよ、お前は。

第四章　王子の帰還

鉄鋼国でひと騒動《そうどう》起こっていたころ、レグルス帝国《ていこく》の帝都《ていと》ガラリアでは――――。

「お金が足りませんね……」

賑《にぎ》わいを見せている帝都の中央通り、その先にある中央公園の噴水《ふんすい》に近いベンチに腰掛《こしか》けて、久遠《くおん》が財布《さいふ》の中身を取り出しながらため息とともに呟《つぶや》いた。

『金ですかい？　相変わらず人間ってのは変な物に振り回されてるんスね』

ベンチに立て掛《か》けられた一振《ひとふ》りの剣《けん》から小さな声が放たれる。近くには誰《だれ》もいないので、その声は久遠にしか聞こえないはずだ。

『よくわからねぇんですけど、坊《ぼ》っちゃんの故郷に向かう乗合馬車の料金ってそんなに高いんですかい？』

「いや、それ自体は高くないから持っているお金で乗ることはできます」

『じゃあなにが問題で？」

「お土産を買うお金が無いんですよ……」

はぁ……とため息と共に弱冠《じゃっかん》六歳の少年は小さく呟いた。その顔にはいささかの苦悩《くのう》と諦念《ていねん》が感じられる。六歳の少年がする表情ではない。

『み、土産ですかい？　別になくたってかまわねぇと思いやすが……』

「ダメです。父上と母上たちは気にしないでしょうが、姉様たちは間違《まちが》いなく文句を言います。それはもうしつこいくらいに」

彼《かれ》には姉が七人もいる。その中で一番優《やさ》しいエルナはなにも言わないかもしれないが、その他の六人の姉は絶対に文句を言う。というか唯一《ゆいいつ》の妹であるステフでさえもお土産がないと知れば文句を言うだろう。

故《ゆえ》に買っていかないという選択肢《せんたくし》はない。だが、乗合馬車の料金を差し引くと、何人分かのお土産が足りなくなる。適当な安物を買えば、ねちねちと嫌《いや》みを言われるかもしれない。それは嫌だ。

「お金になりそうな物はもうありませんしねぇ……」

『なんでチラッとこっちを見るんスか!?　売却《ばいきゃく》不可っスよ！』

さすがに久遠もシルヴァーを売る気はない。古代機体《レガシィ》であるシルヴァーならば、東方大陸でもかなりの額になるとは思うが、そんなことをすれば間違いなくクーンの雷が落ちる。

レグルス帝国を治める皇帝《こうてい》陛下は久遠の姉であるアーシアの祖父である。皇帝陛下にとって、久遠は義理の孫と言ってもおかしくはないのだが、いきなり城へ行って『あなたの義理の孫ですけど、お金を貸してください』と言えるわけもなく。

「言ったところで信じてもらえないでしょうね……」

実は皇帝陛下にはすでに冬夜《とうや》が話しているので、素直《すなお》にお城へと行けば問題は解決したのだが、それを彼が知る由《よし》はなかった。

「最悪旅費をお土産代《みやげだい》にして、ブリュンヒルドまで走ればなんとか……。あるいは魔獣《まじゅう》を狩《か》ってその素材を売れば……。こんなことならエルフの里で少し稼《かせ》いでくるんでしたね……」

うーん、と久遠が腕を組み、唸《うな》りながら頭を捻《ひね》っていると、立てかけてあったシルヴァーが辺りにわからぬよう小さな声で囁《ささや》いてきた。

『坊っちゃん、坊っちゃん。あれ見て下せえ。なんですかね、あれ』

「ん？」

久遠が顔を上げると噴水の辺りに人だかりができていた。なにやら二人の男が集まった人たちに声を張り上げている。

「さあさあ、お立ちあい！　ここにある機械人形、これこそが西方大陸で使われている『ゴレム』、人の奴隷《どれい》に成り代わる新たな奴隷だ！」

「しかもこいつは古代遺跡《いせき》から発掘《はっくつ》された『古代機体《レガシィ》』ってやつで、半端《はんぱ》ない力を持っている！　本来ならこんな安値で売るものじゃない、買うなら今だぞ！」

人だかりの足下を抜《ぬ》けて、久遠は叫んでいる二人組の前へと辿《たど》り着いた。

柄《がら》の悪そうな禿頭《とくとう》の大男と、目付きが鋭《するど》い瘦《や》せぎすで鷲鼻《わしばな》の男が人だかりに向けて熱弁している。その後ろには三メートル近くある大きな黒鉄色のゴレムが首に値札をかけて佇《たたず》んでいた。

高さは四メートル近くある。胴体《どうたい》が大きく、頭は小さい。足が太く、腕も太い。パッと見はパワータイプのゴレムに見える。

「本当に動くのか？　動かして見せてくれよ」

「もちろんだ。おい、皆《みな》さんに挨拶《あいさつ》しろ！」

鷲鼻の男がゴレムへ向かって命じると、黒いゴレムはその大きな両腕を頭上へと振り上げた。おおーっ、と観客から驚《おどろ》きの声が漏《も》れる。

その中から小太りで身なりのいい商人風の男が鷲鼻の男へ声をかけた。

「ふむ。これはどれくらいの力が出せるのかね？」

「馬車一台を軽々と持ち上げることもできる。荷運びにも使えるし、旅の護衛にも使えるぞ。それがこの値段なんだからお買い得ですぜ」

小太りの商人風の男はしばらく考《かんが》え込《こ》んでいたが、やがて懐《ふところ》から財布を取り出した。

「よし、ではそれを貰《もら》お……」

「やめといた方がいいですよ？」

突然足下から聞こえてきた声に、驚いた商人の男は視線をそちらへと向けた。

そこにはサラサラの金髪《きんぱつ》を後ろで縛《しば》った、五、六歳ほどの少年が立っていた。手には鞘《さや》に入った小さめの小剣《ショートソード》を持っている。

直感だが、商人の男はこの少年がどこか普通の少年とは違うように感じた。その少年が『買うのはやめた方がいい』と言っている。

『自分の直感に従え』という、尊敬する兄の言葉を思い出し、商人の男は少年へと声をかけた。

「どうしてかね？　この値段ならそれほど悪い買い物とも思えないが」

「まあ、これが本当に古代機体《レガシィ》のゴレムならね。これ、偽物《にせもの》ですよ？」

「このガキ！　言いがかりつけやがって、商売の邪魔《じゃま》すんじゃねぇよ！　子供はあっち行ってろ！」

禿頭の大男が久遠を追い払《はら》おうと前に出てくる。首根っこを掴もうとした男の手をひょいと躱《かわ》し、久遠はトンッ、とゴレムの腕を蹴《け》ってその肩に飛び上がった。

そしてその頭に鞘に入ったままの小剣を軽く振り下ろす。カァン、という乾《かわ》いた音が辺りに響《ひび》き渡《わた》った。

「この音。これ、中身が入ってませんよね？　ゴレムの制御中枢《せいぎょちゅうすう》であるQクリスタルはどこに？」

叩《たた》くのに使ったシルヴァーから『坊っちゃん、あっしを手荒《てあら》に扱わねえで下せえよ……』と、非難めいた声が聞こえてきたが久遠はあえて無視する。

「Qク……？　わからねえこと言ってねえでそこから降りろ！　おい、やっちまえ！」

痩せぎす鷲鼻の男がゴレムへと命令すると、黒鉄色のゴレムが動き出し、肩に乗った久遠を掴み取ろうとする。

それをひょいと躱して地面へと降りた久遠は、手にしていたシルヴァーを抜き放ち、ゴレムの前面数カ所を瞬時《しゅんじ》に斬り裂《さ》いた。

それによりゴレムの胸部装甲《そうこう》がゴトンと外れ、中身が外気に晒《さら》される。そこにはびっくりした顔の小男が、窮屈《きゅうくつ》そうに座《すわ》って操縦桿《そうじゅうかん》を握《にぎ》っていた。

「やっぱりゴレムじゃなくてドヴェルグでしたか」

ドヴェルグはストランド商会が売り出している土木作業機械である。ゴレムとは違い、人が操《あやつ》らなければ動かない機体だ。

一般的《いっぱんてき》に世間にはまだあまり流通しておらず、今現在は大抵《たいてい》が国家のインフラ設備に投入されている。

ドヴェルグもかなり高価なものではあるが、古代機体《レガシィ》のゴレムと比べたら遥かに安い。

つまりこの二人、いや、ドヴェルグに乗った男も含《ふく》めて三人は詐欺《さぎ》を働こうとしていたわけだ。

しかし売った後、中に入った小男はどうやって逃《に》げるつもりだったのだろうか。穴だらけの詐欺に久遠は首を傾《かし》げたが、夜中にでもこっそりとドヴェルグごと逃げ出すつもりだったのかもしれない。

「ちっ……！　このクソガキが！　邪魔しやがって！」

禿頭の大男が容赦《ようしゃ》ない蹴りをかましてくるが、久遠はそれを避《よ》け、ぽん、と大男の腰《こし》を叩く。

「【パラライズ】」

「ぐえっ⁉」

蛙《かえる》を潰《つぶ》したような声とともに大男がその場でくずおれる。

そのまま流れるように久遠はシルヴァーで黒鉄色のゴレム、もといドヴェルグの両手両足を切断した。

「ぶっ⁉」

前のめりに倒《たお》れたドヴェルグに閉《と》じ込められ、中に入っていた小男は出られなくなってしまった。

「くっ……！」

「逃《のが》すか！」

「ぎゃっ⁉」

逃げ出そうとしていた鷲鼻の男が、見物人の一人に取り押さえられ地面へと叩きつけられる。逃がすまいと『固定』の魔眼を使おうとしていた久遠は、すんでのところで魔眼の発動を止めた。

「おい、誰か騎士団《きしだん》呼んでこい！」

「なにか縛る物よこせ！　そこの鉄屑《てつくず》の下にいるやつも捕《つか》まえろ！」

なぜか見物人たちがわあわあと騒《さわ》ぎつつ、三人の男たちを捕《と》らえている。いくらなんでも子供に捕縛《ほばく》は無理と思われたためであるが、久遠は気にせず服の埃《ほこり》を払っていた。詐欺《さぎ》師《し》がどうなろうと知ったことではない。

「君！　いや、助かったよ。ありがとう。もう少しでで騙《だま》されるところだった」

商人の男が久遠へと礼を述べてくる。久遠が介入《かいにゅう》しなければあのドヴェルグを数倍の値段で買わされていたところだったのだ。

珍《めずら》しい物であったので、つい先走ってしまったことを商人の男は反省していた。兄に『お前はまだまだ甘《あま》い』と言われても仕方がないな、と心の中で恥《は》じる。

「この時代、東方大陸ではまだドヴェルグやゴレムは一般的に流通してませんからね。騙されるのも仕方ないと思いますよ」

「この時代？」

「ああ、いえ、お気になさらず」

実は東方大陸でもゴレムやドヴェルグもそれなりに流通し始めてはいるのだが、未《いま》だ国家優先の取引が多いので世間的には噂《うわさ》程度でしか知られていないだけである。

すでに目ざとい商人は独自に西方大陸へと渡り、自分で買い付けをしたりしているので、世間的に広まるのはこれからだろう。

とはいえ、庶民《しょみん》がそう簡単に買えるものでもないのだが。

「助けてくれたお礼に何かしたいところだが……君、親御《おやご》さんは？」

「ああ、えっと、一人旅をしているところでして……親は今いないんです」

「なんと……！　それは大変だね……」

商人の男は目の前の少年をあらためて見た。見たところまだ五歳か六歳だろう。一応剣を持ってはいるようだが、子供の一人旅にそれだけでは心許《こころもと》ない。先ほどの戦いからそれなりの腕《うで》はあるようだが、いくらなんでも無防備すぎる気がした。

「どこか行くあてはあるのかい？　私はこれからロードメア連邦《れんぽう》へ行くんだが、よかったら乗っていくかね？」

「あー……、ありがたい申し出なんですけれども、行き先が正反対でして……。ブリュンヒルドへ行くつもりなんですよ」

惜《お》しい。行き先が反対ならぜひ乗せてもらいたかった。それならお土産もなんとか買えるし、お金を稼ぐ必要もなくなったのに、と久遠は心の中で落胆《らくたん》した。

「ほう、ブリュンヒルドかい！　ならちょうどいい。私の兄がブリュンヒルドに店を持っていてね。今、帝都に来ているんだが、数日後に帰る予定なんだ。久しぶりにここで会おうと待ち合わせをしているんだが、兄に君を乗せてくれるよう頼《たの》んであげるがどうかね？」

「本当ですか⁉　助かります！」

久遠はありがたくこの申し出を受け入れることにした。これでお土産も買える。姉たちにぐちぐちと嫌みを言われることもない。願ったり叶《かな》ったりだ。

久遠が喜んでいると、商人の男が自分の背後にいる誰かに気がついたように大きく手を振った。

「兄さん！　こっちだ！」

「久しぶりだな、バラック。ん？　その子は……？」

「あ、僕《ぼく》は……えっ⁉」

振り向いた久遠は、そこに見知った顔があったのに驚く。そこにいたのは久遠の知っている姿より幾分《いくぶん》か若いが、間違いなくブリュンヒルド王室のお抱《かか》え被服《ひふく》商、ザナック・ゼンフィールドであった。

◇　◇　◇

鉄鋼国ガンディリスから頼まれたトンネルも無事掘《ほ》り終わり、僕らはブリュンヒルドへと帰還した。

と言っても、クーンや博士、エルカ技師に教授《プロフェッサー》などは、ギガンテスを分析するために地下都市《アガルタ》に残っている。

ガンディリスのゴレム技師たちも何人か地下都市に集まっていたが、ゴレム技師の最高《さいこう》峰《ほう》である五大マイスターの二人がいることに驚いていたな。

「やれやれ、酷《ひど》い目にあった……」

「お疲れ様《さま》でした」

リビングのソファーにもたれて脱力《だつりょく》していると、ユミナがお茶を淹《い》れてくれた。

子どもたちはギガンテスの戦いに触発《しょくはつ》されたのか、フレームユニットで対戦して遊んでくると遊戯室《ゆうぎしつ》へ行ってしまった。

エルゼ、ヒルダ、八重《やえ》がついていったから大丈夫《だいじょうぶ》だろう。アリスと一緒《いっしょ》にエンデもついて行ったしな。

「しばらく離《はな》れていたけれど、子供たちもずいぶんと集まったのね」

同じくユミナにお茶を出された時江《ときえ》おばあちゃんがゆっくりとそれを飲みながらソファーで微笑《ほほえ》んでいた。

時江おばあちゃんはしばらく神界の方に行っていたらしい。本来ならこの世界の結界を修復すべき身の上なのに、なにかあったのだろうかと思ってはいたのだけれど。

「来ていないのはあと二人ですね。ユミナとの息子《むすこ》とスゥとの娘《むすめ》。……全員揃《そろ》ったら子供たちは未来へと帰ってしまうんですよね？」

「そのことなんですけどね。ちょっと面倒なことになっているの」

時江おばあちゃんは苦笑《くしよう》するように微笑み、湯呑《ゆの》みをテーブルへと置いた。

面倒なこと？　まさか……未来へ帰せないとか？

「ああ、そういうことじゃないの。未来へと返すだけなら問題ないの。あの子たちが元いた時間軸《じく》の世界へ無事に帰すことはできるわ。ただ、私たちの方でちょっと事情があってもう少しここにいてもらえないかと……」

「事情？」

「ごめんなさい。今はまだ言えないわ。もう少し調べて、はっきりとしたらあらためて話すから」

困ったような顔をして時江おばあちゃんはまた湯呑みに口をつけた。むむむ、またなにか厄介事の予感……。『邪神の使徒』だけでも面倒なのに、これ以上なにか起こってほしくはないなあ。

僕が嫌な予感をビンビンと感じていると、懐のスマホが着信を告げた。

「あれ、ザナックさんからだ。珍しいな？」

服飾店《ふくしよくてん》『ファッションキング・ザナック』のオーナーであるザナックさんは、僕らの結《けっ》婚式《こんしき》でウェディングドレスを作り、一躍《いちやく》その名を世界中に轟《とどろ》かせた。彼はすぐさまウェディング部門を作り、各国の王侯《おうこう》貴族に売り込みを開始、そのウェディングドレスは飛ぶように売れているという。

「はい、もしもし？」

忙《いそが》しすぎて、結婚式後はほとんど連絡《れんらく》なんてなかったんだが。なにかあったのだろうか？

『もしもし。公王陛下でいらっしゃいますか。えーっとですね、え？　代わってくれ？　でも……ああ、うん、失礼のないように頼むよ？　すみません、ちょっと代わります』

なにやら向こうで別の人と話しているようだ。代わるって誰に？

『もしもし。お電話代わりました、えーっと、望月久遠《もちづき》です。わかりますか？』

「んなっ⁉」

ザナックさんの代わりに聞こえてきたのは声変わりもしていない男の子の声。久遠？望月久遠って言ったか⁉

『あのー、聞こえてますか？』

「あっ、はい⁉　聞こえてます！　あの、本当に久遠なのか……⁉」

『はい。間違いなく。運良くザナックさんとレグルスで出会いまして、電話をしていただきました。僕のはちょっと……無くしてしまったので』

この子が久遠……。僕の息子？　なんかずいぶんと大人びた話し方だけど……。

僕が聡明《そうめい》な子だと喜ぶべきか、子供らしくないなと嘆《なげ》くべきか判断に迷っていると、隣《となり》にいたユミナに強引にスマホを引ったくられた。

「もっ、もしもしっ！　久遠、久遠ですか⁉　お母さんです！　わかりますか⁉」

ええー……。ちょっと、ユミナさん、それはなくない？　僕が話してたのに……。

ユミナからスマホを取り返そうとするが、彼女《かのじょ》から巧《たく》みなディフェンスを受ける。バスケやってんじゃないんだから。

「ええ、ええ。わかりました。そこにいて下さいね⁉　動いちゃダメですよ！」

そう言うとユミナは無情にもスマホの通話をぶった切った。ちょっ、なんで切るのさ！

「冬夜さん！　レグルスの帝都です！　中央区の乗合馬車の駅前！　すぐに迎《むか》えに行きましょう！」

「え？　ああ、そうか、その方が速いか……」

電話じゃなくても直接話せばいいんだ。場所さえわかれば転移魔法《まほう》で跳《と》んでいける。

時江おばあちゃんを見ると小さく頷《うなず》いている。よし、じゃあ一人息子を迎えに行くか。

「【ゲート】」

【ゲート】の扉《とびら》が開くや否《いな》や、僕よりも速くユミナがそこへ飛び込んでいった。え、ちょっとユミナさん、慌て過ぎじゃないっスかね？

部屋に残るみんなに後を頼んで僕も【ゲート】をくぐると、何度か訪《おとず》れたことのある乗合馬車の駅前、そこに近い裏路地に出た。

【ゲート】をこっそりと使うために、こういった人気《ひとけ》のない場所は普段《ふだん》からチェックしているのだ。

すでにユミナの姿はなく、駅前へと向かったようだった。

僕も小走りで裏路地を出て、すぐに見えてきた多くの馬車が並ぶ駅前へと急ぐ。するとそこには六歳くらいの男の子を抱《だ》きしめているユミナの姿があった。

その横にはわけがわからず立ち尽《つ》くすザナックさんと、ザナックさんによく似た顔立ちの商人らしき男性が一人立っていた。

「ああ、公王陛下。いらっしゃったのですね。すると本当にこの子は陛下の親戚《しんせき》の子でしたか」

「あーっと、はい。まあ、そうです」

曖昧《あいまい》にザナックさんに返事をして、あらためてユミナの方へ視線を向けると、抱きつかれた男の子が苦しそうに目を白黒させて、ユミナの肩《かた》をタップしていた。

「ちょっ、ユミナ！　久遠が苦しがっているから！　一旦放して！」

「えっ⁉　あっ、ああ、すみません！　つい……！」

　ユミナから解放された久遠は大きく息を吐《は》き、呼吸を整えていた。どんだけ強くハグしてたんだか。

　六歳の男の子にしては少し身長は低めかな。華奢《きゃしゃ》な印象を受ける。ユミナと同じ金色の髪《かみ》を後ろに束ねていて、ちょっと見ると女の子に見えなくもない。

　その久遠が僕の方へと視線を向けてくる。瞳《ひとみ》は僕と同じ黒色だった。

「とりあえずお話はブリュンヒルドでよろしいですか？　ここでは落ち着いて話せませんし」

「あ、ああ……。うん、そうだな。わかった」

　ザナックさんにお礼を言うと、その流れで弟さんを紹介《しょうかい》された。バラックさんというらしい。どうりで似ていると思った。

　レグルスにある『ファッションキング・ザナック』の支店長をしているらしい。弟さんがいたんだね。弟さんにもお礼を言うと、逆にお礼を言われた。なんでも詐欺師に騙されそうなところを久遠に助けてもらったとか。マジですか……。しっかりしてんなあ……。

「ブリュンヒルドに帰るなら送りますけど……」

「ああ、いいえ、お気遣《きづか》いなく。途中《とちゅう》に寄る町がいくつかありますので……」

ザナックさんもブリュンヒルドへ送ろうと思ったら断られた。仕事なら仕方ないか。東方大陸ではまだ移動の主役は馬車だ。ブリュンヒルド、レグルス間に魔《ま》導列車が開通すればもっと楽になるんだろうけど。

「冬夜さん！　早く！」

ユミナが久遠の手を引いてせっつくように僕を呼ぶ。ふと見ると、久遠はユミナと繋《つな》いでいる手とは逆の手に小さな剣を持っていた。久遠は剣を使うのか。

ザナックさんと弟さんにもう一度お礼を言って、僕らは再び裏路地からブリュンヒルドへと帰還した。

◇　◇　◇

「あらためまして、望月久遠と申します。こちらの時代では初めてお会いしますが、父上、母上、よろしくお願い致《いた》します」

「あ、ああ、はい……」

「あの、もうちょっと砕《くだ》けてもいいんですよ？　親子なんですし……」

堅《かた》い挨拶にさすがのユミナも困惑《こんわく》していた。真面目君なんだろうか。

「いえ、お気になさらず。普段から僕はこんな感じですし。充分《じゅうぶん》砕けている方ですよ？」

久遠はそう言うがとても砕けているようには見えない。下手すりゃビジネスマンだ。男の子ってもっと騒がしくて落ち着かないイメージだったのだが。

リビングのソファーに腰掛けた久遠は、背負っていたリュックから紙で包まれた箱を取り出した。

それをテーブルに載《の》せて、すすっと僕らの方へと差し出す。え？　なにこれ？

「こちらはお土産《みやげ》です。バラックさんおすすめのクッキーで有名なお店のものです。お口に合うとよろしいのですけれど」

「ちょっと待って、君、本当に六歳児⁉」

両親にお土産まで用意する、その気配りの良さはなによ⁉　なんてできた息子だ！

「はぁー……。ずいぶんと礼儀《れいぎ》正《ただ》しい子ですわね……」

「本当に私のリンネよりも年下なのでしょうか……」

僕らの様子を窺《うかが》っていたルーとリンゼからそんな声が飛んでくる。

その声を聞いてか、隣のユミナがものすごく嬉《うれ》しそうにしている。うん、気持ちはわかるけれども、あまりニマニマしない方がいいと思うぞ？

それから僕らは久遠がどこに現れ、どうやってここまで来たのか話を聞いた。やっぱり彼もスマホを無くしていたらしい。

エルフラウの雪の中か。そりゃ、探しようがないよな。

「じゃあ付与《ふよ》された【アポーツ】と【テレポート】の魔法を使って、久遠のスマホを召喚《しょうかん》……」

僕は自分のスマホから持ち主が登録されているリストを開いたが、はたと気がついた。

………あれ？　久遠のスマホのシリアルナンバーってどれだ？　というか、登録されてないだろう！　まだ作られていないんだから！

ということは、直接探しに行かないといけないのか……。いや、近くに行って【サーチ】を使えば一発で見つかるだろうけどさ。

「冬夜さん？」

「いや、なんでもない。ちょっと久遠のスマホを拾ってくるから……」

「すみません、父上」

息子君に謝《あやま》られた。ううむ、本当に僕の子かと疑いたくなるような礼儀正しさだな。逆に言うとちょっとよそよそしい気もする。ユミナの言うとおり、もっと砕けてくれてもいいんだが。

子供らしくないかもしれないが、これもこの子の個性なのだろう。それは否定してはいけないと思う。

とりあえずスマホを落とした大体の位置を久遠に聞いて、僕はエルフラウへと転移した。

「うわ、さっぶ！」

広がった一面の雪景色とその寒さに僕は身を竦《すく》ませた。さっさと捜《さが》して帰ろう。

【サーチ】を発動する。えーっと……けっこう遠くにあるな。

雪の上を【フライ】で飛んで、【サーチ】が反応した場所の雪を溶《と》かすとすぐに久遠のスマホが見つかった。

溶かした雪でビショビショになってしまったが、【プロテクション】をかけてあるこのスマホはそう簡単に水なんかで壊れたりはしない。

「よし、回収完了《かんりょう》。さっさと戻《もど》るか」

転移して城のリビングに戻ってくると、久遠の周りには遊戯室から戻ってきた子供たちがわいわいと集まっていた。

「久遠、おそーい！　なにやってたのー！」

「まあいろいろと……。あ、リンネ姉様、これお土産のレグルスのお菓子《かし》です」

「わー！　ありがとう！　美味《おい》しそう！」

「久遠ちゃん、またなにかトラブルに巻き込まれた？　気をつけないとダメなんだよ」

「いえ、巻き込まれたというほどでは……。あ、フレイ姉様にはこのナイフを。ちょっと珍しいデザインのナイフなんですが」

「……へえー、レグルス製にしてはずいぶんと反身なナイフなんだよ。ふーん、こんなの初めて見るよ。ふふ、ありがとうなんだよ」

久遠が次々とお土産を姉たちに渡していく。手慣れているというか、手玉に取っているというか。

「久遠、久遠！　ボクのは⁉　ボクのお土産はー⁉」

ソファーに座る久遠の横にべったりとアリスがしがみ付いている。そういや、アリスは久遠のことが好きなんだっけか。

そんなことを思い出していると、ポン、と肩を叩かれた。振《ふ》り向くと、そこには笑顔《えがお》ではあるが目が笑っていないエンデの姿が。

「冬夜……君の息子さん、ちょおおぉぉぉぉっと、うちの娘《アリス》と距離《きょり》が近すぎると思わないかい……？」

いやいや、どう見ても引っ付いているのはアリスの方だろ……。そんなん言われても知らんわ。

「ステフとクーン姉様の姿が見えませんが……。まだ来てないんですか？」

「ステフはまだですけど、クーン姉様はちょっと野暮用《やぼよう》でガンディリスに行ってますわ。夕食までには戻って来ると思いますけれど」

久遠の疑問にアーシアが答える。後で八雲が迎えに行くと言っていたからな。それまでは粘《ねば》って分析《ぶんせき》を続けるだろう。

アーシアに説明されると久遠は傍《かたわ》らに置いてあった小剣を手に取った。

「残念です。クーン姉様にちょうどいいお土産があったのですが」

『ちょっ、坊っちゃん⁉　お土産ってまさかあっしですかい⁉』

んっ⁉　なんだ今の声？　あの剣か？　剣が喋《しゃべ》ったのか？

みんなもギョッとして喋った剣を凝視《ぎょうし》していると、ふわりと鞘に入ったままの剣が浮《う》かび上がった。

『おっと、ご挨拶が遅《おく》れやした。あっしはシルヴァーってぇケチな剣でござんす。こんなナリでやんスが、ひとつよろしくお願い致しやす、姐《あね》さん方』

ペコリと器用に空中で柄頭《つかがしら》を下げる剣。しかしなんだってそんな三下みたいな喋り方《かた》なんだ……。まるで久遠の舎弟《しゃてい》みたいだな……。

「喋る剣とはまた珍しい物を……。これは魔道具《アーティファクト》なの？」

「いえ、こんな姿ですけど一応ゴレムだそうですよ。正しい名前は【インフィニット・シルヴァー】。本人曰《いわ》く、あのクロム・ランシェスの作品らしいです」

八雲へ答えた久遠の言葉に僕らは驚く。クロム・ランシェス⁉　アルブスたち『王冠《クラウン》』シリーズを作った古代のゴレム技師か！

その作品ということは……まさか……。

「銀の『王冠』……？」

『おっ？　懐《なつ》かしい呼び名でやんスね。そう呼ばれてた頃《ころ》もありやした。もっともあっしにゃ【王冠能力《クラウンスキル》】が無いんで、『王冠』と言っていいものかわかりやせんけどね』

僕の呟きにシルヴァーという名の剣が右に左に首を振るように柄頭を動かす。

「【王冠能力《クラウンスキル》】がない？」

『クロムの野郎《やろう》は「代償《だいしょう》」無しで【王冠能力《クラウンスキル》】を発動できないか研究してたんス。その過程で作られたのがあっしってわけでして』

そう言えばアルブスがそんなことを言っていたような。

五千年前の表世界に『黒』と『白』の王冠の力で世界の結界を超《こ》えて跳んだクロム・ランシェスは、フレイズから逃れるために裏世界へと戻ろうとしていた。

だけど『黒』の王冠の『代償』を払えば裏世界へ帰れても、クロムは若返り過ぎて死んでしまう。

それで『代償』のいらない王冠を作ろうとしてたとか。

ま、結局それが完成する前にフレイズの侵攻《しんこう》が始まり、クロムは『白』の王冠を暴走させて、全ての記憶《きおく》を失ってしまったらしいが。

「ん？　ちょっと待て。『王冠』かどうかは置いといて、シルヴァーはゴレムなんだよな？　ひょっとして久遠とマスター契約《けいやく》してる？」

『バッチリッス』

「えっ!?　した覚えないですけど!?」

シルヴァーの声に久遠が目を見開いて驚く。あれ？　違《ちが》うの？

『あっしはゴレムでもあり、魔法生物でもあるんスよ。適性を持つ持ち主なら、そいつと自動契約しちまうんす』

シルヴァーの話によると、シルヴァーを手にした者が操る適性を持っていた場合、自動的に契約が行われてしまうんだそうだ。

シルヴァーだけじゃなく、インテリジェンスウェポンと呼ばれる魔法生物は大抵そのタイプらしい。いわゆる選ばれし者しか操れない、的なことか？

しかもその適性者により、シルヴァーの人格も変わるんだそうで。

『前の適性者は人を斬《き》るのが三度の飯よりも好きっつう、ちょいと頭のイカれた奴《やつ》でして。契約されたこっちもその影響《えいきょう》を受けて、ちょっと暴走気味だったんスけども』

「ああ、だから最初に会った時、あんな『コロスコロス』な性格だったんですね。……え、なら今の性格は僕の影響ってことですか……?」

久遠《くおん》がなんとも苦虫を噛《か》み潰したような顔をする。

『そりゃあ、あんなにビビらされたら、こんな性格にもなりまさあ。坊《ぼ》っちゃんの相棒に一番相応《ふさわ》しい性格でがしょ?』

またしても久遠が苦々しい表情になる。おい息子、この剣《けん》にいったい何をした?

……しかし、こいつが『銀』の王冠なら、邪神《じゃしん》の使徒が手に入れ、『方舟《アーク》』の鍵《かぎ》にした機体は『金』の王冠ってことか?

「シルヴァー、『金』の王冠のことをなにか知っているか?」

『「金」でやすかい? あっしは研究室に固定されてんでよくは知らねえです。ただ、あっしと同じく向こうも魔法生物をベースに作ったゴレムだとかクロムのやつが漏らしてやしたね』

魔法生物。おそらく魔法が発展していない裏世界から来たクロム・ランシェスにとって、それは魅力的《みりょくてき》な素材だったのだろう。それとのハイブリッドを考えてもおかしくはない。

魔法生物というと、ゴーレムとかガーゴイル、ミミックなんかか。まあ、もともとゴレム自体がゴーレムと類似点《るいじてん》が多かったしな。融和性《ゆうわ》はあるのかもしれない。

「武器の性能としてはどうなのかなっ⁉ 私はそっちの方が気になるんだよ！」

武器マニアのフレイがふよふよと浮かぶシルヴァーにぐぐっと迫《せま》る。ブレないなあ……。

『あっしは持ち主に合わせて大きくも小さくもなれるんでやんス。誰《だれ》にとっても理想の剣になれるってわけでやして』

「え、それぐらいお父様の剣《ブリュンヒルド》もできるけど」

勢《いきお》い込んで聞いたフレイがシルヴァーの説明を聞いて、がっかりといった表情を見せた。

まあ、【モデリング】の機能が付与されているからな。

『き、距離のある相手に斬撃を飛ばせやす……』

「遠距離攻撃《えんきょりこうげき》？　お父様のもできるよ？」

『あ、相手を麻痺《まひ》させて動けなくすることもできやす！』

「それもできるよ？　付与弾《ふよだん》を替えれば眠《ねむ》らせたり、燃やしたりもできるんだよ？」

他は？　というフレイの目に、ふよふよと浮いていたシルヴァーが少しずつ沈《しず》んでいく。

な、なんか僕が悪いことしてる気になってくるな……。

『しゃ、喋れやす……』

うん、それは僕のブリュンヒルドもできない。まあ、古代機体《レガシィ》のゴレムにならよくある機能だけども。

「よくわかんないんだけど、喋る劣化《れっか》版ブリュンヒルドってこと？」

『うぐうっ⁉』

首を捻《ひね》っていたヨシノがズバンと痛烈《つうれつ》な意見を述べ、シルヴァーがへなへなと落下する。

そこらへんにしとけよ。ちょっとかわいそうだろ……。

「まあまあ、シルヴァーはシルヴァーでそれなりに役に立つ剣ですし。少しウザい時もありますけど、意外と使えるんですよ？」

『坊っちゃん！　褒《ほ》めてんだか貶《けな》してんだかわからねぇ言葉はやめて下せぇ！』

笑顔でけっこう酷いことを言い放つ久遠にシルヴァーが噛みつく。

なかなか辛辣《しんらつ》だなぁ……。僕の息子は意外と黒い部分を持っているのかもしれない。

「冬夜様にそっくりですわ」

背後から飛んできたルーの言葉は聞こえなかったことにしよう。

◇　◇　◇

「【七色の魔眼】？」

「はい。僕の両眼には七種の魔眼が宿っていて、自分の意思で発動させることができます」

久遠にその話を聞かされて驚《おどろ》いた。魔眼を複数持っているなんて初めて聞いた。しかも七つもか。

普通《ふつう》、魔眼は片目どちらかで、本来持っている眼とは違う色になったりする。『遠見』の魔眼を持っている、くのいち三人娘の焔《ほむら》みたいに、片方だけが少しだけ茶色で、パッと見、両眼とも同じに見えるって者もいるが、久遠の場合、どう見ても両眼とも黒目だ。

「ちょっと使ってみてくれるか？」

「いいですよ。じゃあ、小さく【ライト】を使ってもらえますか？」

【ライト】？　よくわからないが、言われるままに僕は小さな魔法の明かりを空中に生み出した。

久遠がその光の球をじっと見つめる。その目が薄《うっす》らと青を含んだ金色に変化すると、たちまち【ライト】が消失してしまった。これは……。

「『霧消《むしょう》』の魔眼です。魔法を無効化できる魔眼ですね。基本的に視認《しにん》していないと効果がありませんけど」

魔法無効化か。こりゃすごい。僕の使う吸収魔法【アブソーブ】みたいなものかな？

「すごいです、久遠！　他にはどんな魔眼を持っているんですか⁉」

ユミナのテンションが爆上がりだ。息子に自分と同じ魔眼持ちの特性が受け継《つ》がれたのが嬉しいらしい。気持ちはわかるけど、ちょっと落ち着け、お母さん。

久遠が説明してくれた【七色の魔眼】は以下のようなものだった。

■緑：臣従の魔眼：動物、魔獣《まじゅう》を従える魔眼。
■黄：固定の魔眼：物体の動きを止める魔眼。
■青：霧消の魔眼：魔法を無効化する魔眼。
■白：看破の魔眼：人の善悪が読める魔眼。
■赤：圧壊《あっかい》の魔眼：物質を破壊《はかい》する魔眼。
■橙《だいだい》：先見の魔眼：未来視の魔眼。
■紫《むらさき》：幻惑《げんわく》の魔眼：幻《まぼろし》を見せる魔眼。

魔眼を使うと金色に少しその色が混ざった虹彩《こうさい》に変化するらしい。

『看破』の魔眼と『先見』の魔眼は間違《まちが》いなくユミナから受け継がれたものだろう。

どれもこれも便利そうな魔眼だが、色々と制限もあるらしい。

例えば『固定』の魔眼は瞬《まばた》きをすると解けてしまうらしいし、『臣従』の魔眼は人間には効かず、一匹《ぴき》に二十四時間しか効かないらしい。それでもかなり役立つ能力には違いないが。

「魔法は使えるのか?」

「無属性魔法だけです。【スリップ】と【パラライズ】ですね」

おっと、こっちは僕がよく使う魔法を受け継いだっぽいな。どっちも便利だろ?

「さすが私と冬夜さんの息子です！　くふふ、いい子いい子してあげますね！」

「あの、母上、それはちょっと恥ずかしいので……」

久遠の隣に座《すわ》ったユミナが息子君を抱き寄せて頭を撫《な》で撫でしている。なんとも居心地《いごこち》の悪そうな久遠だが、されるがままになっていた。

「デレデレでござるな……」

「あんなユミナさん、初めて見ますわ……」

という、八重《やえ》とルーの声が聞こえてきたが、僕も同じ気持ちだ。傍目《はため》には『弟を可愛《かわい》がっている姉』のようにしか見えないのだが。

「だけどなんか堅いのよね。礼儀正しいのはいいけど、男の子はもっと元気な方がいいんじゃない？　ユミナってばどんな教育したのかしら」

「むう。いいじゃないですか。一国の王子たるもの、礼儀正しく、立ち振る舞《ま》いは優雅《ゆうが》でかつ毅然《きぜん》としていないと！　さすが私です！　よく教育しました！」

エルゼの言葉にユミナが反論する。しかしそれに今度はアーシアが異を唱えた。

「いえ、ユミナお母様は国家運営で基本的にいつも忙しかったので、久遠の教育はほぼ別の者がやっていたのですが……」

「「え!?　誰が!?」」

僕とユミナがそう切り返すと、子供たちの視線が一点に集まる。そこにはソファーの上でゴロンと横になった白い子虎《とら》が一匹。

『はい？』

「「琥珀《こはく》ぅ!?」」

「生まれてからずっと琥珀は久遠のそばにいましたからね。言葉も琥珀から覚えたんですよ」

あ、ああ！　そういや似てるわ！　琥珀の話し方と久遠の話し方！　そうか、琥珀の話し方を真似《まね》て覚えてしまったのか！

アーシアの話によるとそれだけじゃなく、マナーや学習教育、戦い方、果てはダンスに至るまで、王子としての立ち振る舞いなどは全て琥珀指導で叩《たた》き込《こ》まれたという。

「そういえば琥珀は久遠の護衛になるって聞いてたな……。護衛だけじゃなく教育係でもあったのか」

『なるほど……。で、あるならば誇《ほこ》らしいことです。よく頑張《がんば》ったと未来の自分を褒めるべきでしょうか』

「うう……。未来の私はなにをやってるんですか……」

どこか誇らしげな琥珀に反して、ユミナが肩を落として落ち込んでいる。

「いいえ、母上は父上を支え、この国をより良くしようと頑張っておられます。母上のその真摯《しんし》な姿を僕は大変尊敬していますので」

「冬夜さん！　息子かわいい！」

ユミナはまたしてもぎゅうっと抱き付き、頭を撫でくり撫でくりし始めた。ハゲるかもしれないからやめなさい。

僕が息子の頭を心配していると、リビングの扉がドバン！　と開き、クーンと彼女を地下都市《アガルタ》に迎えに行った八雲が入ってきた。

「銀の『王冠』はどこ！」

クーンの第一声に、みんな残念そうな顔をする。まずはやっと辿《たど》り着いた弟に目を向けなさい。

クーンは久遠のところへつかつかと進み、彼《かれ》の傍らに置いてあったシルヴァーを手に取った。

「これね！　まさか銀の『王冠』が武装型のゴレムだとは思わなかったわ。クロム・ランシェスの武装ゴレム……ふふふ、ギガンテスは博士たちに取られたけど、これはいいものが手に入ったわ！」

『坊っちゃん！　この姐さん、めっちゃ怖《こわ》いんスけど！　特に目が！　目がなんか怖い！』

クーンに掴《つか》まれ怯《おび》えるシルヴァー。今すぐ研究室へ走り出しそうなクーンを母であるリーンが止める。

「こら。まずは弟君に『おかえり』の一言でも言いなさい。それにその剣は彼のものよ。勝手なことしないの。あなた、弟の物を奪《うば》って姉として恥《は》ずかしくないの？」

「あいたっ⁉」

クーンの頭にリーンのチョップが落ちる。うん、今の態度は怒《おこ》られるよ。

「あ、えと、ごめんなさい……。おかえり、久遠。無事でよかったわ。それでその、この剣、ちょっと見せてもらえる？」

リーンに叱《しか》られて、ちょっとしょぼんとしたクーンが、それでもやっぱりシルヴァーが気になるのか、申し訳なさそうに久遠に尋《たず》ねる。

「あなたね……」

「リーン母様、お気になさらず。クーン姉様がこうなるのは毎度のことなので。それにその剣はもともとクーン姉様へのおみや……」

『おおっとぉ⁉ 坊っちゃん、坊っちゃん、坊っちゃーん⁉ あっしらは一心同体でやんスよね⁉ あっしを手放すなんて、そんな惨《むご》たらしいことを坊っちゃんはするわけねぇと信じてやすよ⁉ 信じてやすからっ⁉』

「あー……もともとクーン姉様に調べてもらおうと思ってたので。はい」

今、おみやげって言おうとしてなかったか？

必死の懇願《こんがん》が効いたのか、久遠はシルヴァーを譲《ゆず》ったりはしなかったようだ。調べさせることは調べさせるみたいだが。

「壊《こわ》さないで下さいね、クーン姉様」

「しないわよっ。これがどれだけ貴重なものか私にだってわかるわ。さすがに細かいところは博士の【アナライズ】で調べてもらうから」

分析魔法《ぶんせきまほう》【アナライズ】か。僕《ぼく》も使えるけど、僕は知識がないから、中を見てもなにがなんだかわからないからなあ。

シルヴァーにしてみたらCTスキャンを受けるようなものなんだろうかね？

『不安しかないでやんス……』

震《ふる》えているのかクーンの手の中でシルヴァーが鍔鳴《つばな》りを放っている。器用なやつだな。

「それよりも！　久遠の服をなんとかしないといけません！　これから一緒にザナックさんのお店へ行きますよ！」

「えっ？　この服じゃダメですか？」

ユミナの突然《とつぜん》の発言に久遠は自分の服を見下ろした。まあ、元はそれなりにいい服だったのかもしれないが、長い旅路のせいか、ちょっとヨレヨレなところもある。息子にそんな服を着せておくことがユミナには許せなかったのかもしれない。

「あ、じゃあボクも行く！　久遠に似合う服を選んであげるよ！」

アリスが手を挙げて久遠たちに同行を申し出る。アリスー、うしろーうしろー。君の親《おや》父《じ》が苦虫を噛み潰《つぶ》したような顔をしてるぞ。

久遠も苦笑いしてるな。エンデのこの反応はどうやら未来でもいつものことらしい。

「あ、じゃああたしも行こうっと。エルナも行きましょ？　かわいい服を買ってあげるわ」

「え？　この前買ってもらったばかりだけど……」

エルゼの言葉にエルナがいいのかな？　という顔を見せた。子供たちの中で、一番服を買ってもらっているのはエルナだと思う。エルゼがあれもこれも似合う、かわいいと買い与《あた》えるのだ。

確かにどれもこれも似合ってたし、かわいかったから僕としては止める気はない。

たぶんユミナも同じ状態なんだな。息子君にいろんな服を着せたいんだろう。だとすれば僕ができることは一つ。

僕はザナックさんの店に近い路地裏まで【ゲート】を開いた。

「行っといで。琥珀と八雲もついていってくれ。帰りは頼《たの》むよ」

「わかりました」

「さ、久遠、行きますよ！　お母さんとお出かけです！」

ユミナが久遠の手を引いて【ゲート】の中へと消える。そのあとアリス、琥珀、エルゼ、エルナ、八雲と続き、エンデが通ろうとしたところで【ゲート】を閉じた。

「ちょっと!?」

「お前がついていったら久遠が落ち着いて選べないだろ。少しは気を遣《つか》えっての」

「くっ！　僕はアリスに服を買いたいだけだから！　君の息子《むすこ》といちゃいちゃしないよう

に見張るわけじゃないぞ！」

　本音が漏《も》れてますぜ、旦那《だんな》。

　エンデはリビングに続くベランダから飛び降りて、そのまま出ていってしまった。

　城下にあるザナックさんの店まで行く気だな。あいつの足なら数分で着くだろう。すまん、久遠。彼女の馬鹿親父が行くけど耐《た》えてくれ。

「しかしエンデもあそこまで親馬鹿とはなあ。娘《むすめ》の彼氏《かれし》の一人や二人、受け入れる度量が欲《ほ》しいね」

　僕がそんな呟《つぶや》きを漏らすと、フレイ、クーン、アーシアあたりから呆《あき》れたような視線が飛んできた。なんだよう。

「思いっきりブーメランなんだよ……」

「私たちに言い寄ってきた男の子を、片《かた》っ端《ぱし》から睨《にら》みつけていた人のセリフとは思えないわね」

「録音しておきましょうか？」

　子供たちが何やら言っているが聞こえない、聞こえない。

「ところでクーン。ガンディリスから譲ってもらった鋼材は『格納庫』に置いておけばいいのか？」

僕はシルヴァーをブンブンと振り回しているクーンに尋ねた。こら、危ないから室内で振り回すのはやめなさい。ほら、リーンにまた叩かれた。

ガンディリスに安く譲ってもらうはずだった鋼材は、アガルタの発見とギガンテスの譲《じょう》渡《と》（共同分析はするが、物自体は譲った。壊れた物をもらっても仕方ないし）という条件によって無料でもらった。量が量だけに遠慮《えんりょ》しようかとも思ったが、それだけの価値があるというのでありがたくもらっておいた。

「うう……。全て格納庫に入れておいて下さい。設計はできているらしいので、すぐにでも製作に入れます」

またもやリーンにチョップを食《く》らったクーンが頭を押《お》さえながら返事をする。

しかしもらった鋼材はとんでもない量なんだけど、何を作る気だ？　アルブスのオーバーギアなんだよな？　何機か作ってギガンテスみたいに合体するとか？

「それは完成してからのお楽しみです。それじゃあ私は銀の『王冠』を分析しますので、これで！」

ぴゅうっ、と風のようにクーンが去っていく。あの様子だとアルブスのオーバーギアはすぐに製作とはいかないようだぞ……。

「まったく落ち着きのない……。弟君を見習ってほしいわ。私もクーンが生まれたら教育は琥珀に頼もうかしら……」

いややいや、久遠の場合は特殊《とくしゅ》な例だと思うぞ。それに時江《ときえ》おばあちゃんの話だと、時の精霊《せいれい》による強制力で未来は変わらないらしいから無駄《むだ》だと思う。ただ、この強制力も神の力の前には及《およ》ばないという。

つまり邪神絡《じゃしんがら》みだと未来も変わってしまう可能性があるということだ。もちろんそんなことはさせないが。

時江おばあちゃんが子供たちを未来へすぐには返せないというのも、邪神問題を片付けて、憂《うれ》いをなくしてから、ということなのかもしれない。

「さて！　久遠も来たことですし、今晩の夕食はひとつ豪勢《ごうせい》にいきましょう！　お母様、どちらが久遠を喜ばせるか勝負といきましょうか！」

「懲《こ》りませんね、アーシア……。あなた、一度負けたのを忘れてしまったようですわね」

「ふふーん、お母様は久遠の好みを知らないでしょう？　私はあの子が生まれた頃から食の好みを知っています。今回は私がいただきます！」

「むっ……」

睨み合うな、睨み合うな。アーシアとルーがお互《たが》いに不敵な笑《え》みを浮かべながらバチバチと火花を散らしている。

「アーちゃんは相変わらずズル賢《がしこ》いんだよ……」

ため息とともに呆れたようなフレイの声が聞こえた。

◇　◇　◇

「おお……。似合う、似合う。まるで王子様だ」

「ふふん。久遠はなにを着せても似合いますからね！　さすが我《わ》が息子です！」

「はは……」

ドヤ顔でふんぞり返っているユミナに、引きつったような笑いを浮かべる久遠。お母さん、息子が引いてるぞ。

ザナックさんの店から帰ってきた久遠は白いシャツに紺地《こんじ》のベスト、紺地のリボンタイに黒のズボンとシックな出《い》で立ちであったが、醸《かも》し出すオーラが王子のそれであった。うむ、我が息子ながら凛々《りり》しい……はっ⁉　これではあまりユミナのことを言えないぞ。

もちろんこの服だけではなく、他にも紙袋《かみぶくろ》に山のように買ってきたようだが。

その後、アーシアとルーの作った夕飯がこれでもかとばかりに食卓《しょくたく》に並べられた。アーシアは久遠の食の好みを知っていたようだが、買収（お菓子で釣《つ》った）に屈《くっ》したヨシノとリンネから情報を得て、ルーもそれに劣《おと》らぬ料理を作り上げていた。

「ぐぬぬ……。ズルいですわ！」

アーシアが文句をつける。この子は……。どの口が言うのやら。

どっちが美味しかったかと迫る二人に、久遠は『どちらも家族の味ですので甲乙《こうおつ》はつけられません』と、にこやかに返してその場を切り抜《ぬ》けた。そのテクニック、お父さんにも教えてほしい……。

美味しいご飯を食べたあとはユミナにお風呂《ふろ》に連れて行かれそうになった久遠だが、さすがにもう母親と入るのは抵抗《ていこう》があるのか全力で拒否《きょひ》していた。

その代わり『一緒《いっしょ》に寝《ね》ます！』と寝室《しんしつ》に引きずられていったが。まあ、ユミナはずっと久遠と会えることを楽しみにしていたからなあ。息子よ、それくらいは付き合ってやってくれ。

「いいのう……。わらわもステフと早く会いたいのじゃ」

スゥが寝室へと向かうユミナと久遠を羨《うらや》ましそうに見送る。まだ来ていないのはスゥの娘であるステファニアだけだ。スゥが羨ましいと思っても仕方がない。

僕は小さなお嫁《よめ》さんを抱《だ》きしめて慰《なぐさ》める。

「大丈夫《だいじょうぶ》。久遠が来たんだからステフもすぐに来るさ」

「……うむ。来たら思いっきりかわいがってやるのじゃ。一緒にお風呂に入って、一緒に遊んで、一緒に寝るぞ」

「うん。親子で川の字になって寝ような」

「うむ」

まだちょっと元気がないが、少しは落ち着いたようだ。

その様子を見ていたリンネとエルナが、スゥの左右に来て、その手をそれぞれ握《にぎ》る。

「スゥおかーさん、今日は私が一緒に寝てあげる」

「わ、私も。スゥお母さんと一緒に寝たい……」

「な、なんじゃ、お前たち。わらわは別に寂《さび》しいわけではないぞ!?　……こほん。しかし、お前たちがそこまで言うのなら一緒に寝るとするかのう」

それを見ていたエルゼとリンゼが苦笑《くしょう》気味に肩《かた》を竦める。にこにことした笑顔でスゥはエルナとリンネを抱きしめていた。

優《やさ》しい娘たちを持って僕は幸せ者だよ。

◇　◇　◇

翌朝。

久遠はさっそく八重とヒルダに訓練場に連れて行かれ、早朝訓練に付き合わされた。

魔《ま》眼を使わない剣の試合だったが、なかなかに強いと思われる。八雲、フレイまでとはいかないが、そこらへんの冒険者《ぼうけんしゃ》なんかより遥《はる》かに強い。

一緒に見学していた八雲たちの話だと、小さい頃から八重やヒルダ、諸刃《もろは》姉さんたちに鍛《きた》えられていたそうだ。どうりで。

ちなみに魔眼を使われると八雲やフレイでも面倒《めんどう》らしい。『固定』の魔眼で一瞬《いっしゅん》動きを止めさせられるからだそうだ。

『固定』の魔眼とは言うが、完全に止められるわけではないらしく、全力で力を込めればなんとか動けないこともないらしい（常人にはほぼ無理らしいが）。瞬きさえさせれば消せるので、そういうときは目を狙《ねら》う、とか言っていたが、君らどんな訓練してたんだよ……。

「久遠ー！　来たよー！」

大声を上げて、訓練場の向こうからアリスがやってきた。朝から元気だなぁ……。おや？

その後ろにアリスの母親ら三人が来てる。メル、ネイ、リセ、のフレイズ支配種三人組だ。

久遠のところへ一直線のアリスをよそに、やってきた三人は僕のところへと来た。

「三人揃《そろ》ってどうしたんだ？　エンデは？」

「エンデミュオンは今日はギルドの方で仕事を。私たちはアリスが夢中な殿方《とのがた》を見に来ました」

「お前の息子とはいえ、変な輩《やから》にアリスを嫁には出せんからな」

「確認《かくにん》する。これ大事」

ああ、品定めに来たってこと？　親父《エンデ》だけじゃなく、母親《こっち》の方も過保護だなぁ……。

僕の考えが顔に出たのか、それを見てメルがくすりと笑う。

「私はアリスが選んだのなら、なんの反対もしませんよ？　ただ将来義理の息子になるかもしれない子なんですから、見ておきたいとは思うでしょう？」

「ま、気持ちはわからんでもない」

メルたちの視線は訓練場で八重と戦う久遠へと向けられる。

久遠とアリスが結婚《けっこん》ねえ……。未来の未来の話だな。何年先の話だよ。

しかしそうなると、将来アリスがブリュンヒルドの王妃《おうひ》になるのか？　……そっちの方が大丈夫か？

うちの娘たちと一緒に淑女《しゅくじょ》教育をさせておいた方がいいのでは？　と、僕は将来に向けたことを考えていた。

◇　◇　◇

「ちょ、ちょっと待ってくれ、冬夜殿《どの》。言ってる意味がわからん。ユミナの息子？　私たちの孫？」

まあ、そうなるわなあ。ベルファスト城で目を見開いて驚いているベルファスト国王陛下とユエル王妃。ユエル王妃の胸ではユミナの弟であるヤマト王子がすやすやと眠っていた。

「時空魔《ま》法《ほう》の事故といいましょうか、未来からこちらの時代に流されてきたのです。あ、数ヶ月後には問題なく未来へは帰れるらしいのでご心配なく」

「いや、そういうことではなくてだな……」

気持ちはわかる。突然未来から来た孫と言われても困るよね。

「冬夜殿のキテレツな行動にはある程度慣れたつもりでおったが、今回のはまた極《きわ》め付けだな……」

国王陛下が呆れたような声を漏らす。おっと何気にディスられたぞ。つーか、今回のは僕のせいじゃないやい。

「こちらでは初めてになります。望月久遠と申します。お祖父様《じいさま》、お祖母様《ばあさま》におかれましては、こちらの時代でもお元気そうでなによりです」

「お、おう……。これはどうもご丁寧《ていねい》に……」

ペコリと頭を下げて挨拶《あいさつ》をした久遠に、思わず同じように頭を下げる国王陛下。あ、これ僕の時と同じ反応だな。この子を相手にすると、どうしてもそんな感じになるよね。

「歳《とし》の割にはずいぶんと礼儀《れいぎ》正《ただ》しい子ですね……」

「ふふん、そうでしょう、そうでしょう！　私の久遠はとてもいい子なんです！　王子の中の王子なんですよ！」

王妃様の言葉に久遠の横にいたユミナが胸を張ってドヤ顔をかます。ユミナもホント親馬鹿になってしまったな……。まあ、わからんでもないが。

久遠は賢く、礼儀正しく、顔立ちもユミナに似て整っていて、性格も良い。どこの王子様だよ！　と突《つ》っ込みたくなるが、王子様だから仕方がない。……ううむ、僕も親馬鹿なのかもしれん。

国王陛下たちに他の嫁さんたちの子供も来ていると言ったらさらにびっくりされた。レグルス皇帝《こうてい》陛下や先代のレスティア国王陛下などに挨拶済みということも話しておく。

「冬夜殿の他の子供たちは皆娘《みなむすめ》なのか？」

「ええ。息子はこの久遠だけです」

僕の言葉を聞くと、国王陛下がソファーから身を乗り出し、目を輝《かがや》かせて尋ねてくる。

「ということはこの子が次代のブリュンヒルド公王ということだな！　うむ、ユミナ、でかした！」

「はい！　やりました！」

なんか知らんが二人がにこにこと語り合っている。やはり王族にとって、跡継《あとつ》ぎを生むというのは大事なことらしい。

ユエル王妃が腕《うで》の中で眠るヤマト王子を小さく揺《ゆ》らしながら久遠に尋ねる。

「ではクオン王子はヤマトの甥《おい》、ということになるのですね」

「お祖母様、どうか久遠とお呼び下さい。そうですね、ヤマト殿下《でんか》は叔父《おじ》上になります。

小さい頃《ころ》はよく遊んでいただきました」

小さい頃は、って、君はまだ小さかろうに。まあ、目の前にいるヤマト王子よりは大きいけども。

久遠の話だとヤマト王子とオルトリンデ公爵《こうしゃく》のところのエドワード君は、うちの子供たちとちょくちょく遊んでいたようだ。

なにせ八雲が【ゲート】を使えるし、ヨシノも【テレポート】が使える。

かなり好き勝手に姉弟《してい》でベルファストのお城に無断侵入《しんにゅう》していたらしい。誠《まこと》に申し訳ない……。

僕が未来のベルファスト国王と王妃両陛下に謝罪をしていると、ユエル王妃がずいっと久遠に身を寄せてきた。

「そ、それでヤマトはどのような子になっていますか？　ベルファストの次期王位継承《けいしょう》者《しゃ》として立派にやってますか⁉　そこのところを詳《くわ》しく！」

「え、えーっと、はい。ヤマト叔父上は文武両道でとても正義感が強く、民の気持ちを第一に考える、真《ま》っ直ぐなお人柄《ひとがら》です。きっとよい国王になられるだろうと父上も仰《おっしゃ》っておりました」

「まあ！　まあまあまあ、それは素晴《すば》らしいわ！」

「おおっ、そうかそうか！　さすが我が息子だ！」

「ふあぅ……」

久遠の言葉に破顔した両陛下がおねむのヤマト王子に視線を向ける。未来の僕のお墨付《すみつ》きか。僕としては微妙《びみょう》な気持ちだが。

息子にお世辞を言うとは思えないので、たぶん本当なんだろう。次代のベルファストは安泰《あんたい》ってことかな？

それから両陛下が孫である久遠《くおん》にいろいろなことを尋ねていたが、答えられないものもあるらしく、言葉を濁《にご》す場面も多々あった。

久遠は聡《さと》いので、時江おばあちゃんに口止めされたことは喋《しゃべ》らないだろう。アリスのようについうっかり、ということもなさそうだ。残念ではあるが。

祖父母との挨拶も終え、ブリュンヒルドへと帰ってくるや否《いな》や、久遠をアリスに強奪《ごうだつ》されてしまった。なんでも城下へ二人で遊びに行きたいらしい。

ユミナがついていこうとしたが、リーンからの『男の母親がついてくるデートなんて地獄《ごく》でしょうに』との言葉になんとか踏《ふ》み止《とど》まり、いささか引きつった笑顔《えがお》で二人を見送った。

「なんでしょう……親になって一日で子離《こばな》れされた気分です……」

「いや、実際は生んでもいないんだから、そんなに気にせんでも」

ちょっとしゅんとしたユミナを慰める。いずれそういう時は来るんだろうけどさ。まあ、まだだいぶ先の話だ。

「陛下」

「ん？　椿《つばき》さんか」

僕が未来へと想《おも》いを馳《は》せていると、いつの間にかリビングにブリュンヒルド諜報《ちょうほう》機関の長、椿さんが立っていた。何かあったのだろうか？

「例の合成獣《キメラ》らしきものがまた現れたそうです。今度はレア王国の海辺の漁村に」

またか。

『邪神《じゃしん》の使徒』とやらが作り出している、謎《なぞ》の正八面体の核《かく》を埋《う》め込まれた、呪《のろ》いを振《ふ》りまく合成獣《キメラ》。

この半魚人タイプのやつが、世界中の海辺の至るところで目撃《もくげき》されている。強さとしてはそれほどでもない。しかしこいつらに傷を付けられると『呪い』が感染《かんせん》する。

傷を受けるとその人間は高熱を出して倒《たお》れ、身体が変異し始める。そしてやがては同じ半魚人となってしまうのだ。

半魚人となった者は人間だった時の記憶《きおく》も感情も失い、そのまま海へと消えていく。

まるで『邪神の使徒』が自分たちの兵隊を集めているようで気分が悪い。

この合成獣《キメラ》とやらは邪神の加護とでも呼べるものを持っているのか、【サーチ】にも反応しないのだ。忌々《いまいま》しいことに。神気を拡散させた【サーチ】ならいけると思うのだが、範囲《はんい》が狭《せま》いからな……。

それを知ってか知らずかブリュンヒルド近辺には現れたことがない。まあ、ダンジョン島を除けば、ブリュンヒルドには海がないんだけれども……。

「レア王国の被害《ひがい》は？」

「襲《おそ》われた村人は村を捨てて逃《に》げ出したそうですが、何人かが犠牲《ぎせい》になったようです。レア王国のゴレム騎士団《きしだん》が救援《きゅうえん》に駆《か》けつけたときには村には誰一人《だれひとり》としていなかったと……」

その犠牲になった人たちは間違いなく半魚人化して連れて行かれたんだろうな……。

やはり奴《やつ》らは海中、海底を拠点《きょてん》としている可能性が高い。

珊瑚《さんご》と黒曜《こくよう》に頼んで、海に生きる配下の動物たちを動員して探しているのだが、まだ有力な情報は得られていない。

というのも、イルカやアザラシ、カメといった動物はそれなりに頭がいいので、こちらのいうことを理解して動いてくれるらしいのだが、一番多いであろう魚類に関しては、話すことがとっ散らかっていて理解してるのか怪《あや》しいのだそうだ。会話のキャッチボールができない感じ？　魚だしな……。

彼らがなにか見つけてくれるのを気長に待つしかないのだろうか。

紅玉にも頼んで、空から鳥たちにも監視《かんし》を頼んでいる。海を拠点にしてるってのは僕の推論でしかないしな。

あっ、そうだ！　ついでに変わった子供を見かけたら教えてくれるよう頼んでおこう！

久遠たちの話だと、ステフはかなりやんちゃなようだからすぐ見つかるかもしれない。

僕は思いついたことを紅玉に伝えるため、念話を送った。

◇　◇　◇

「ほら見て久遠！　このお店こんな頃からあったんだよ！　パンの味もちょっと違《ちが》うの！面白《おもしろ》いよね！」

アリスに手を引かれて久遠はブリュンヒルドの一角にあるパン屋を見上げた。未来の世界ではよくアリスとここのパンを買って食べてましたね、と思いを巡《めぐ》らす。

味が違うというのは作り手がまだ熟練していないということなのだろうか。

店の中ではパン屋の主人がパンを並べている。アリスも久遠もここの主人とは顔馴染《かおなじ》みで、よくおまけしてもらったものだ。窓から見える彼は久遠の知る彼よりもかなり若い。

「ここには僕たちを知っている人はいないのに、僕たちは町の人たちをよく知っている。変な気分です」

「だよねー。ボクもそう思った」

生まれてからずっと暮らしてきた町である。まだ建てられていない建物などもあるが、そこまで大きな変化はない。二人はこの町にすぐに適応してしまった。

やがて二人はお気に入りの場所へと辿り着く。高台に作られた公園である。公園といっても遊具もない、ベンチがいくつかあるだけの場所だが、ここはブリュンヒルドの町並みが一望できる知る人ぞ知る観光スポットだった。

「あー、なんか見慣れた景色を見ると安心するよね」

「いや、けっこう違いますよ。向こうの赤い屋根の家は僕らの時代にはなかったですし、あっちの小さな家はもっと大きく……」

「もー、久遠ってば細かいなあ」

アリスがむくれる。久遠からすればアリスが大雑把《おおざっぱ》すぎると思うのだが、あえて口にはしない。女性に変に逆らうと話がややこしくなるのは生まれた時からの経験で知っているのだ。

「早くステフも来ればいいのにね」

「本当に……。あの子が今なにをやっているか考えただけでも胃が痛くなります。止める者がいないということは、どんな無茶《むちゃ》なこともやれるということで……」

久遠が一つ下の妹のことを思うと、不安が押し寄せてきた。

スゥの娘であるステフは良くも悪くも自由奔放《じゆうほんぽう》だ。なんにでも興味を持ち、思い立ったら即《そく》行動、反省はするが、後悔《こうかい》はしない。姉弟妹《きょうだい》の中でも一番の自由人であった。

その無茶な行動に巻き込まれて痛い目にあった回数は数知れない。とにかく余計なことはしないで真っ直ぐにこっちに来て欲しいと思うが、それは儚《はかな》い希望だと久遠は知っている。

次元震《しん》に巻き込まれた時、久遠とステフはほぼ同じところにいた。つまり、すでにステフはこの時代に来ていることになる。まだブリュンヒルドに来ていないのは、単純に距離《きょり》のためか、それとも……。

頼むから国交問題だけは起こしてくれるなと久遠は神に祈《いの》った。

久遠が小さくため息をついていると、上空から風切り音とともに飛来した鞘《さや》に入ったままの一本の剣《けん》が、地面にドカッ！　と突き刺《さ》さった。

クーンに連れて行かれたはずの銀の『王冠《おうかん》』、インフィニット・シルヴァーである。

『坊《ぼ》っちゃん！　あの姐《あね》さん、なんとかして下せぇ！　おっかねぇのなんのって……！　危《あや》うくヤスリで削《けず》られるところでやんした！』

「あー……バビロンから逃げてきたんですね。しかしよくここがわかりましたね？」

久遠が上空を見上げる。もちろんステルス状態になっているバビロンは地上からは見えない。

『坊っちゃんはあっしのマスターでやんスからね。それくらいは。坊っちゃんが呼べばどこからでも飛んでいきやすし、近距離《きんきょり》なら転移することもできやす』

「なにげに多機能ですね……」

変なお喋り機能さえついていなければ、かなり使える剣なのだが、と久遠は残念に思う。

そんな残念さを感じていたら、久遠のスマホが懐《ふところ》で震えた。着信名はクーン。間違《まち》いなくシルヴァーのことだろう。

「はい、もしもし？」

『あ、久遠？　そっちにシルヴァー行ってる？』

「来てますけど。クーン姉様、いったい何をしたんですか」

『別に変なことはしてないわよ。素材を調べるためにちょっと電流を流したり、硫酸《りゅうさん》を少し垂らしてみたりしたけど。大袈裟《おおげさ》に暴れるから作業台に縛《しば》り付けたんだけど、ベルトを切って逃げ出したのよね』

いやいや。どんな拷問《ごうもん》だと久遠は突っ込《こ》みたくなった。人間と一緒にしてはいけないのだろうけど、意思を持っているシルヴァーからしたらよほど恐《おそ》ろしかったに違いない。今もガタガタ震えているし。

「それで？　何かわかったんですか？」

『いくつかはね。確かにシルヴァーはゴレムであり、魔法生物でもあるみたい。特殊なGキューブとQクリスタルを使っていて、今までの『王冠』とは一線を画す存在ね。おそらく刀身自体はお父様の作った晶剣《しょうけん》と同じくらいの強度と切れ味があると思うわ。まあ、もともと五千年前に現れたフレイズに対抗《たいこう》するために作られたとしたなら、その性能も頷《うなず》けるけど』

とりあえずクーンにシルヴァーはこっちで預かると伝えて通話を切ると、あからさまにシルヴァーがホッとした様子を見せた。剣のくせに器用なことをする。

シルヴァーは思ったより性能が高いようだ。話すと三下っぽい残念な剣なのに。

しかしこの残念な性格は久遠を対象として形成されたものらしいので、なんとも複雑な気持ちがある。

「矯正《きょうせい》したら直るんですかね……？」

『ひぃ⁉　なんか坊っちゃんから妖精《ようせい》族の姐さんと同じ黒い気がぁぁ⁉』

シルヴァーが、ズザザザザッ！　と後退する。シルヴァーはゴレムではあるが魔法生物でもある。生物であるならば、躾《しつ》けるのは可能ではないか？　犬よりは賢いだろうし。

などと久遠は考えていたが、すでに躾けられていることに気がついていない。

「むぅ〜。久遠、さっきからその剣とばかり話してズルい！」

「いや、ズルいと言われても……」

よくわからないがアリスがむくれている。久しぶりに二人きりのデートだったのに、とアリスは少々おかんむりなのだが、久遠にまだその心の機微《きび》はわからないようであった。

『坊っちゃん、なんでやんスか、このちっこいのは？』

「ちっこくない！　ボクはアリス！　アリステラ！　久遠のお嫁さん！」

「いや、僕はまだ婚約者《こんやくしゃ》は……」

シルヴァーに向けて薄《うす》い胸を張るアリスに久遠が突っ込みを入れようとすると、シルヴァーが余計な一言を入れた。

『はっ！　嫁だかなんだか知らねぇが、あっしは坊っちゃんの相棒だぜ！　いつでもどこでも一緒、死ぬのも生きるのも一緒の運命共同体だァ！　ちんちくりんの嫁と比べないでもらいてぇな！』

「ち、ちんちくりんー!?　むきー！　こいつボロ剣のくせに生意気！　『劣化《れっか》ブリュンヒルド』のくせに！」

『おま……！　言っちゃなんねぇことを！』

久遠を挟《はさ》んでギャンギャンと言い合う少女と剣。しまいには殴《なぐ》り合い（？）に発展しそうだったので久遠が仕方なく止めた。

「これ以上喧嘩《けんか》するなら二人とも置いていきますよ？　あとクーン姉様とメルさんを呼びます」

ピタリと口論が止まった。

「はい。よろしい。じゃ二人とも仲直りを」

『「えー……」』

不満そうな声が二人から漏れる。スッ、と久遠は笑顔のまま懐からスマホを取り出した。

『「仲直りー！」』

慌《あわ》ててアリスとシルヴァーは拳《こぶし》と柄頭《つかがしら》を合わせる。

ギギギギギ、と押し合いでアリスの顔が引きつっているし、シルヴァーの柄が軋《きし》んでいるが、まあよしとしとこう。

「じゃあどこかに食べにでも行きますか。……あ、そういえば僕《ぼく》、お金持っていませんでしたね……」

お金がないからレグルス帝国《ていこく》で馬車に乗るかお土産《みやげ》を買うかで悩《なや》んでいたのだ。結果、乗らずに済んだので残金でお土産を買ったのだが、おかげで久遠の財布《さいふ》の中身はすっからかんであった。

「あ！ ボクが奢《おご》るよ！ 前にねぇ、『にーずへっぐ』って魔竜《まりゅう》をリンネたちと倒してちょっとはお金があるんだ！」

「いや、さすがに女の子に奢ってもらうのは……」

と、久遠が遠慮する。『王子たるもの、常に子供と女性には優しく、負担をかけるなかれ』とは彼《かれ》の母たちの言葉だ。それに彼にも一応それなりのプライドというものがある。

「うーん……。無いなら無いでも大丈夫なんですけれど、少しは持ってた方がいいですよね……。なにかしら考えないといけませんかね」

『また金でやんスか。坊っちゃん、王子なんでがしょ？ 王様である親父さんに頼めば小《こ》遣《づか》いくらいもらえるんじゃ？』

「うちはなるべく自給自足なんですよ。父上でさえ家族の生活費は冒険者ギルドからの稼ぎで賄《まかな》ってますからね。うちの家族の生活に国民の税金は銅貨一枚たりとも使っていませんし」

基本的にブリュンヒルドの税金や国家収入は全て国の事業に充《あ》てられる。王家である望月家の生活費はほとんどが当主である冬夜のポケットマネーで賄われていた。

冒険者ギルドからの依頼《いらい》に、ストランド商会が販売《はんばい》する様々な商品の特許料、各国におけるフレームギアのレンタル料など、彼の稼《かせ》ぐ金額はかなりの額になっている。人数が多いとはいえ、自分の家族を養うのにはなんの問題もなかった。

まあ『バビロン』という金食い虫がいるので、潤沢《じゅんたく》に蓄《たくわ》えがあるかと言われたら否定せざるを得ないのだが。

「じゃあ一緒にお金を稼ごうよ！　ちょっと町の外へ行って、魔獣《まじゅう》を狩《か》ってくれれば冒険者ギルドで買い取ってくれるから、ご飯代くらいは稼げるよ！」

「魔獣を？　……ああ、買取はギルドカード無しでも大丈夫なんでしたっけ。ふむ。悪くないですかね」

ブリュンヒルドの周囲は比較的《ひかくてき》魔獣が少ない。それはダンジョン島を目当てにやってくる冒険者が多いので、適度に間引かれるからだ。

とはいえ全くいないというわけではないので、探せば魔獣の一匹《ぴき》や二匹、すぐに見つかると思う。

「お茶するお金くらいは持っておきたいですしね。ではそうしますか」

「やった！　二人きりでいこうね！」

『おっと！　あっしもいることを忘れんない！』

「お邪魔虫《じゃま》！」『マセガキがー！』とまた言い争う二人をよそに、久遠は町の外に出ることを父と母に連絡《れんらく》しておこうとスマホを取り出した。こういうところも真面目なのであった。

あとがき。

『異世界はスマートフォンとともに。』第二十五巻をお届けしました。お楽しみいただけましたでしょうか。

視点が冬夜君、久遠、八雲と、ころころと変わる巻となってしまいました。

子供たちが出てきてからは主役も食われる賑やかぶりです。果たして冬夜君に活躍の機会はあるのか。乞うご期待。

さて、帯でも告知されていると思いますが、次巻、26巻はドラマCD付きの特装版が出ます。第三弾です。

前回の第二弾が19巻で、二〇一九年の十二月発売なので、うん、発売まで二年以上経ってますね……。

実を言うと、第二弾が出てすぐに担当さんから『第三弾もいきましょう!』と言われ、出すことは決定していたのです。

しかしながら、ある程度書いたところでまったく筆が進まず、ズルズルと伸びに伸びて今日に至ってしまったわけです。これはもう謝るしかなく……。申し訳ございませんでした。

締切も特になかったので、本編の原稿やなろうの更新、他作品の原稿と、なにかと後回しにしていたのもあるのですが……。なにを言っても言い訳でしかなく。

ドラマCD第三弾の内容は、とある町に旅行にやって来た冬夜君たちが、その町の時計塔をめぐる不思議な出来事に巻き込まれていく……。そんなお話です。

特装版は数に限りがございますので、確実に入手いただくならご予約をお勧めします。よろしくお願い致します。


それでは今回も謝辞を。

イラスト担当の兎塚エイジ様。今巻もありがとうございます。子供たちも残り一人になりました。次巻もよろしくお願い致します。

担当のK様、ホビージャパン編集部の皆様、本書の出版に関わった皆様方、いつもありがとうございます。
そして『小説家になろう』と本書、読んで下さる全ての読者の方々に感謝の念を。

冬原パトラ

ドラマCD付き特装版
第3弾発売決定！
子供たちも8人合流し、
さらににぎやかになった一行。
フォンとともに。26
2022年春頃発売予定！